ZU DIESER AUSGABE

Es ist der letzte Tanz in der «Schneckenmühle», dem Ferienlager in der sächsischen Provinz. «Eine langsame Runde», wie der Untertitel zu Jochen Schmidts Roman lautet. Jens, der 14-jährige Held, nimmt Abschied von seiner Kindheit, auch wenn es ihm kaum bewusst ist. Und er nimmt zudem Abschied von seinem Staat, von der DDR, was er erst recht nicht realisiert. Als ihn seine Eltern vorzeitig aus dem Sommerspaß abholen, kündigen sie ihm eine wichtige Mitteilung an. Er spekuliert schon, dass sie sich womöglich scheiden lassen wollen. Aber dann hätte der Vater wohl keine neue Brille auf der Nase und wäre die Mutter nicht frisch frisiert. Auch ist davon die Rede, dass Jens doch immer schon mal nach Ungarn habe reisen wollen.

Es ist der Sommer 1989. Weltgeschichte wird geschrieben – und Aufbruch herrscht, wohin man schaut. Während in Prag DDR-Bürger über den Zaun der bundesdeutschen Botschaft klettern, Betreuer aus dem Ferienlager verschwinden und Ungarn zu einem ganz besonderen Reiseziel wird, zermartert sich Jens den Kopf, wie das mit dem Tanzen und Küssen konkret gehen soll. Dann ist plötzlich Peggy da. Erst hat er sie gemieden, weil sie irgendwie peinlich wirkte mit ihrer provinziellen Ausstrahlung. Ist schon klar: Als Schüler muss man schon sehr vorsichtig sein, mit wem man sich einlässt, um nicht von der Gruppe abgestraft zu werden. Aber dann staunt Jens, wie viel revolutionäres

Potenzial in Peggy steckt. So wird das Hauptmotiv des Romans, das von Abschied und Aufbruch handelt, vielfach intoniert. Immer beiläufig, nie aufdringlich, also kunstvoll. Einmal tagträumt Jens: «Wir donnern zusammen über Panzer und Barrikaden hinweg und über die Grenze. Ich überlege, ob ich mich überhaupt anschnallen muss, weil wir ja vermutlich nie wieder bremsen.»

Die Welt dreht sich wie wild: im Privaten wie im Politischen, im Kleinen wie im Großen. Und Jens ist mittendrin, ohne es zu wissen. Jochen Schmidt fängt diesen poetischen Moment in seinem Roman «Schneckenmühle» mit Liebe, Witz und Feinsinn ein. Aus der Sicht des Jungen, für den die Welt ein Abenteuerspielplatz ist, schildert er ein deutsch-deutsches Jahr der sehr historischen Art. Die DDR löst sich auf und wird in ihren letzten Momenten fixiert in diesem anrührenden, aber keineswegs nostalgischen Roman. Schmidt gelingt all dies mit seiner verblüffend sensiblen Darstellung der Hauptfigur. Deren pubertäre Naivität bietet zwar immer wieder Gelegenheit, sich zu amüsieren. Doch Schmidt macht sich nicht lustig über seinen Helden. Ganz im Gegenteil. Die Freuden und Leiden des jungen Jens werden zu denen des Lesers. Sein im besten, weil aufklärerischen Sinne naiver Blick auf Mensch und Raum beleuchtet einen untergehenden Staat.

Natürlich ist Jens weit davon entfernt, das sozialistische Gesellschaftssystem zu analysieren oder gar zu kritisieren. Vieles gefällt ihm sehr in seiner Hauptstadt und in seinem Ferienlager, auch wenn er am liebsten West-Fernsehen schaut. Doch immer wieder blitzt auf, was so recht nicht zusammenpasst in diesem Staat. Von «Überzeugten» ist die Rede und vom Kitzel, wenn man das eigene Land kritisiert.

Zur Freude über dieses schlanke Meisterwerk trägt vieles bei. Die Einsichten des jungen Weltergründers gehören dazu: «Ich kann nichts wegwerfen, es ist ja alles, was ich habe.» Zudem die Nonsens-Dialoge der Schüler. Aber auch die Sprüche der Alten haben es in sich. Nicht zuletzt die piefige Hochnäsigkeit der West-Verwandtschaft wird herzerfrischend zelebriert. Die bringt immer ihr eigenes rosafarbenes Toilettenpapier mit, weil das ja sonst kein Leben im Osten wäre, und der Onkel behauptet, mit Betreten der DDR Atembeschwerden zu bekommen: «Wenn sie bei uns leben müssten», da ist sich Jens sicher, «müssten unsere Verwandten aus dem Westen sterben.»

Dieser großartige Roman ist im 25. Jahr nach dem Mauerfall das «Buch für die Stadt» in Köln und der Region. Es eignet sich auf vortreffliche Weise für die Literaturaktion, die seit 2003 alljährlich im Spätherbst stattfindet. Dabei handelt es sich um eine gemeinsame Initiative des Kölner Literaturhauses und des Kölner Stadt-Anzeiger. Ziel ist es, die Leselust zu fördern und das Literaturinteresse zu befeuern. Mit Jochen Schmidts «Schneckenmühle» sind die dafür erforderlichen Voraussetzungen hervorragend erfüllt.

Bettina Fischer
Literaturhaus Köln

Martin Oehlen
Kölner Stadt-Anzeiger

JOCHEN SCHMIDT

★

SCHNECKENMÜHLE

JOCHEN SCHMIDT

★

SCHNECKENMÜHLE

Langsame Runde

ROMAN

C.H.BECK

1. Auflage. 2014

Satz: Fotosatz Amann, Aichstetten
Druck und Bindung: CPI – Ebner & Spiegel, Ulm
Gedruckt auf säurefreiem, alterungsbeständigem Papier
(hergestellt aus chlorfrei gebleichtem Zellstoff)
Printed in Germany
ISBN: 978-3-406-67146-3
www.beck.de

1

1

Schon Monate vorher träume ich nachts immer wieder von der Abfahrt, wenn die Kinder in aller Frühe von ihren Eltern im Bahnhofsgebäude abgegeben werden. Sie stehen in einem großen Pulk in der Mitte der Halle und sehen mich an. Ich gehe auf sie zu und erkenne Gesichter aus früheren Jahren, die ich in der Zwischenzeit vergessen hatte. Manche wecken ungute Erinnerungen. In Gegenwart ihrer Eltern halten sich ja noch alle zurück, aber dann bekommt man ohne Grund den Arm verdreht und muß betteln, wieder losgelassen zu werden. Diesmal bin ich aber vor so etwas sicher, ich bin in der größten Gruppe, das Ziel einer Entwicklung ist erreicht, wir sind die Könige des Durchgangs, nur unserem Gruppenleiter müssen wir uns beugen. Über allem thront der Lagerleiter, der damit leben muß, wegen seiner Machtstellung der unbeliebteste Mensch im Lager zu sein. Sogar manche Leiter sind insgeheim gegen ihn.

Es ist das letzte Mal, daß ich fahren darf, weil ich in diesem Jahr 14 geworden bin. Ein Sechstel meines Lebens ist vorbei, denn ich werde ja irgendetwas zwischen 80 und 100. Ein Sechstel, halb kommt mir das beruhigend wenig vor, aber eigentlich auch beunruhigend viel. Daß ich so klein bin, ist vielleicht Glück im Unglück, denn je langsamer ein Lebewesen wächst, um so älter wird es, weil es weniger Energie verbraucht. Außerdem ist es sicher nicht gut, groß zu sein, weil dann das Blut über längere Strecken transportiert werden muß, und auch noch bergauf, wodurch das Herz früher ermüdet. Das älteste Lebewesen der Welt ist ein Schwamm, der in zehn Jahren überhaupt nicht gewachsen ist, was gerade sein Trick ist. An einem Sonnabendnachmittag kam einmal nichts im Fernsehen, nur eine Bildungssendung, in der ein besonders alter Mann einem Saal voller Studenten vorgeführt wurde und erklären sollte, was sein Geheimnis sei. «Mäßig sein», sagte er, und ein paar Studenten aus den hinteren Reihen äfften seine zittrige Stimme nach. Er bekam davon zum Glück nichts mit, das hätte mir das Herz gebrochen. Vielleicht ist es ganz gut, daß man am Ende seines Lebens, wenn sich alle über einen lustig machen, schwerhörig wird.

Der erste Tag vergeht immer am langsamsten, später schafft man es kaum noch, in seine Sachen zu springen und sie abends wieder auszuziehen. Beim Bergfest ist dann schon die Hälfte der Zeit vorbei, der Vorrat wird immer kleiner. Man tröstet sich damit, daß ja noch das Abschlußfest kommt und die letzte Nacht, die man immer durchzumachen versucht. Und selbst dann bleibt noch die lange Heimfahrt im Zug. In Berlin pressen wir die Nasen an die Fenster, weil plötzlich braune Ziegelhäuser mit roten Dächern die Landschaft bilden, das ist unsere Stadt, es gibt sie noch. «Da wohn ick!» ruft einer. Wir werden uns Briefe schreiben, aus Berlin nach Berlin. Gleich am Wochenende wollen sich alle «an der Weltzeituhr» treffen. Ich bin aber noch nie zu diesen Treffen hingegangen, aus Angst, daß nur die Falschen kommen, zu denen ich dann auch gehören würde. Oder vielleicht lag es auch nur daran, daß ich einfach gerne zu Hause blieb.

Diese Altbauten im Zentrum, die aussehen wie aus einem Kinderfilm über die Nazi-Zeit, in dem einem freundlichen

Kommunisten im Hausflur ein Totschläger über den Hinterkopf gezogen wird. Wenn der Fernsehturm nicht zu sehen ist, habe ich wenige Orientierungspunkte in der Stadt, das Puppentheater, das Colosseum, das SEZ. Von dort kenne ich den Weg zur S-Bahn, mit der ich zurück in unser Neubaugebiet komme, ich darf nur nicht in die falsche Richtung fahren. Vielleicht könnte ich sogar an den Gleisen entlang laufen, wenn ich keine Fahrkarte habe. Sollte ich eines Tages zu Hause ausziehen wollen, muß ich vorher alle Stationen auswendig lernen, ich kann mir aber die Reihenfolge von «Ernst-Thälmann-Park», «Leninallee» und «Storkower» nicht merken. Storkower hieß früher «Zentralviehhof», als wir im Altbau gewohnt haben. Ob sich noch jemand anders daran erinnert? Ich achte an dieser Station immer auf die Gesichter der Erwachsenen und wundere mich, daß sich niemand etwas anmerken läßt.

Am Tag vor der Abfahrt kaufen wir im Intershop im Hotel Metropol den Computer, mit dem Geld, das uns meine Oma aus dem Westen vererbt hat. Auf der Rückfahrt in einer der alten Holz-U-Bahnen halte ich den bunt verpackten Quader aus Quietschpappe auf dem Schoß, und Wellen von Glück durchpulsen mich, weil ich Wochen brauchen werde, um auszuprobieren, was man mit dem Computer alles machen kann. Ich lasse mir nichts anmerken, um nicht den Neid der anderen Fahrgäste zu provozieren, die genau sehen, daß das Paket nicht «von hier» ist. Ich muß es damit bis nach Hause schaffen. Die Quietschpappe werden wir aufheben, falls der Computer einmal wieder eingepackt werden muß. Vielleicht gibt es irgendwo auch für mich so ein weißes Bett, in das ich am Ende zurückgelegt werde? Als erstes muß ich rausbekommen, was die Wörter bedeuten, die auf den Tasten stehen, und dann so schnell wie möglich «Pacman» programmieren, damit ich zuhause üben kann, bis ich es schaffe, im Kulturpark Plänterwald mit 50 Pfennig so lange zu spielen, wie ich will.

Im Wohnzimmer darf ich den Computer an den Farbfernseher anschließen, der Bildschirm strahlt in einem reinen, wundervoll künstlichen Blau. Man kann *von innen* an die Bildröhre schreiben, obwohl dort ein Vakuum herrscht, das den Fernseher jederzeit implodieren lassen könnte, ein Ereignis, vor dem ich mich fürchte wie vor dem Auftauchen amerikanischer Cruise Missiles, die ja nah am Boden entlangschießen und allen Hindernissen ausweichen. Der blinkende Cursor rast los, wenn man die Taste gedrückt hält. Am größten ist die Leertaste, genau wie bei der Schreibmaschine. In der Anleitung nennen sie sie «Space»-Taste, wie beim Space-Shuttle. Eine Weile versuche ich, die Leertaste genau im Rhythmus des Blinkens zu drücken, so daß der Cursor nie unsichtbar wird. Viel zu früh kommt mein Vater heim, sinkt in seinen Sessel und will Nachrichten sehen, dieses Gemurmel, von dem er nicht genug bekommen kann. Fahrzeuge mit Raketenwerfern spucken Geschosse in die Wüstenluft, da möchte man nicht leben. Am Sonntagvormittag guckt er immer eine Sendung, bei der nur geraucht und geredet wird, ab und zu sagt er: «Quatsch!»

Meine Mutter will meinen Koffer packen, und dafür muß ich alte Sachen anprobieren, ob sie überhaupt noch passen, die Pullover sind zu eng, es knistert beim Ausziehen, die Haare kleben an den Kunstfasern. «Zum Verlieben!» sagt sie bei allem, was ich ihr präsentiere. Ich weigere mich, kurze Hosen mitzunehmen. Ich bin einmal von einer Kindergartentante nach Hause gebracht worden, weil es so heiß war und ich als einziger lange Hosen trug. Aber ich finde, daß meine Beine von oben gesehen so dünn wirken, während im Sitzen die Oberschenkel auseinanderquellen. Meine Mutter gibt keine Ruhe, bis wir den halben Schrank durchhaben. Welches Nicki ich für die Disko will? Ich tanz doch sowieso nicht, sage ich. «Na, wart mal ab», sagt sie, als wüßte sie schon, was in meinem Leben als nächstes passieren wird. Aber ich tanze wirklich nicht, ich weiß nicht, wie das geht. Ich habe es mir von Roberto zeigen lassen, der seine Mutter zum Abschied immer auf den Mund küßt. Er konnte schon immer tanzen, aber bei mir funktioniert es nicht, ich muß bei jeder Bewegung nachdenken, was ich als nächstes tun soll, und wenn jemand zusieht, werden meine Glieder steif. Ich habe deshalb immer Angst, daß irgendwo das Licht ausgeht und die Musik laut gestellt wird. Sogar im SEZ gibt es um Mitternacht eine «Badehosen-Disko». Als mir mein Cousin aus Rendsburg einmal verriet, daß man, wenn man heiratet, mit seiner Frau nackt tanzen muß, wußte ich gar nicht, was von beidem schlimmer war, sich nackt ausziehen müssen oder tanzen.

Im Badezimmerschrank der Geruch von braunem Sulfoderm-Puder. Das röhrenförmige Unterteil und der Deckel lassen sich perfekt ineinanderschieben. Wenn die Pakkung eines Tages leer sein sollte, könnte man eine Camera Obscura daraus bauen, aber das Puder stammt noch von vor meiner Geburt, weil es niemand benutzt. In meinen Brustbeutel tue ich die Heftpflaster, die ich heimlich mit der Nagelschere kreisrund geschnitten habe, nachdem ich ausgerechnet habe, wieviele ich für drei Wochen brauche, für jeden Tag eins und eins als Ersatz. Seit einer Weile habe ich eine Warze auf dem Handrücken, obwohl ich nie eine Ratte angefaßt habe.

Lange sehe ich aus dem Fenster auf den Fußballplatz im Hof, ich habe dazu meinen besten Wollpullover angezogen und versuche, über irgendetwas Kompliziertes nachzudenken, weil ich mir einbilde, daß man mir das dann ansieht. Kann Gott auf die Wünsche jedes Menschen eingehen, oder würde er sich in Widersprüche verstricken? Warum herrscht in manchen Ländern solche Not? Wie kommt es, daß ich so ein besonderer Mensch bin? Ich schäme mich ein bißchen vor mir selbst, weil ich das Wort «Not» irgendwie nur automatisch benutzt habe, ich weiß gar nicht genau, was ich damit meine. In den Liedern aus der Schule wird es immer auf «Brot» gereimt. Zum Glück gibt es ja Mutter Teresa. Ich traue mich nicht, den Kopf nach links zu wenden, um zu sehen, ob Irina an ihrem Kinderzimmerfenster steht. Ich habe sie eigentlich nur einmal dort gesehen, aber seitdem mache ich das abends. Damit ich ungestört bleibe, ziehe ich hinter mir die Gardine zu. Ich stelle mir ihren Schreibtisch mit einem Häkeldeckchen vor und einer Blumenvase darauf. Bei mir stapeln sich Schulhefte, Urkunden, Aufkleber, leere Notizbücher und Knallplätzchen. Ein einzelnes Dia vom Matterhorn, das eine Beigabe aus einer Packung Toblerone war, wohin damit? Ein Bierglas mit dem Autogramm von Lothar Thoms, natürlich nur aufgedruckt. Dafür von Gojko Mitić ein richtiges Autogrammfoto, eine Kollegin meiner Eltern wohnt im selben Haus wie er und hat ihn für mich darum gebeten. Seltsamerweise trägt er eine Schapka, das paßt gar nicht zu ihm. Ich kann nichts wegwerfen, es ist ja alles, was ich habe. Der Kinder-Schreibtisch ist eigentlich ein Schminktisch, und deshalb hat er einen Spiegel in der aufklappbaren Tischplatte. Wenn ich später ausziehe, werde ich den Spiegel mitnehmen, einen Spiegel habe ich dann schon mal.

Auf dem vergitterten Fußballplatz spielt nur Janek, der eine Klasse unter mir in die Schule geht. Er wird von seinen Mitschülern gehänselt, weil er so schmächtig ist, seine Stimme überschlägt sich, und er kaut die Worte. Früher ist er kein schlechter Spieler gewesen, aber er hat sich körperlich nicht weiterentwickelt. Er schießt auf das Zaunfeld, das als Tor dient, es scheppert, und er reißt die Arme zum Torjubel in die Höhe und rennt in dieser Pose über den halben Asphaltplatz. Er tut mir leid, aber ich kann nicht mit ihm spielen, das wäre wie freiwillig Müll aufsammeln auf dem Hof, mein Vater hat uns mal dazu gezwungen, wir sind schließlich Christen und müssen die andere Wange hinhalten. Janeks Vater repariert manchmal unsere Radios, die abgebrochenen Antennen, er hat im Betrieb ein Lötgerät «für Eisen», mit dem das geht. Ich war deshalb einmal unten in ihrer Wohnung, die Frau lag auf dem Ehebett, Tochter und Sohn rechts und links in den Armen, sie sahen eine Volksmusiksendung. Das erste Mal, daß ich Zeuge davon wurde, daß jemand bei so einer Sendung nicht umschaltete. Sie sang leise mit und schunkelte mit den Kindern. Ich wunderte mich, daß bei ihnen das Bett in einem anderen Raum stand als bei uns. Wir nutzen unsere Wohnung einfach nicht so, wie es vorgesehen ist. Ich wünsche mir immer, daß wir unsere Durchreiche wirklich einmal als Durchreiche benutzen, aber in der Eßtischecke hinter der Küche stehen bei uns ein Sessel und das Klavier. Meine Freunde finden das immer befremdlich.

Es ist noch lange hell. Hinter dem Neubaublock, der unserem gegenübersteht, wächst eine Reihe Pappeln jedes Jahr ein bißchen höher, man sieht immer mehr von ihren Spitzen, was meine Mutter so freut. Natürlich werden die

Pappeln das Haus nie verdecken, weil sie ja *dahinter* wachsen. Bei unserem Einzug hat man sie aber noch nicht sehen können, und daß sich das ändert, ist für meine Mutter ein großer Trost. Meine Eltern achten darauf, daß wir regelmäßig ins Grüne kommen, weil wir sonst verkümmern, wie man an Janek sieht, dessen Eltern sich offenbar keine Zeit für Ausflüge nehmen. Sie haben allerdings auch kein Auto. Leider kann mein Vater beim Spazieren seit Jahren keine Tiere beobachten, weil wir sie mit unserem Geschrei verscheuchen. Man muß sich entscheiden: Kinder oder Wildschweine.

Der Himmel über dem Neubaublock färbt sich intensiv rot, in allen Nuancen, quer über den Horizont, darauf sind wir immer stolz, wenn Besuch kommt, besonders bei Westbesuch, das hätten die nicht gedacht, daß man in unseren Neubauten solche Sonnenuntergänge geboten bekommt? Wenn es auch kein gutes Klebeband zu kaufen gibt. Selbst in der Schule werden die ausgeschnittenen Picasso-Friedenstauben mit Tesa-Band an den Scheiben befestigt, weil unseres nicht hält. Die Verwandten bringen auch immer ihr eigenes Klopapier mit. Die letzten Rollen des weichen, rosafarbenen Papiers, die sie uns am Ende dalassen, benutzen wir als Taschentücher, wenn die Weihnachtsservietten alle sind. Ich finde es praktisch, daß das West-Papier perforiert ist, so daß es leichter fällt, es portionsweise abzureißen. Das geht wie beim Notizpapier in unserem Adreßbuch am Telefon, bei dem ich mich aber zwinge, mir das süchtig machende Zerreißen der Poren an ihrem Papierhäutchen nicht so oft zu gönnen, wie ich Lust hätte, weil es für diesen alten Adreßbuchblock keinen Ersatz zu kaufen gibt.

Seltsam, daß unsere Verwandten ständig Wasser trinken, sie nehmen überallhin einen Vorrat an Plasteflaschen mit. «Wie haltet ihr das bloß aus?» sagen sie und deuten vom Balkon unserer Wohnung auf die Häuser unseres Neubaugebiets. Irgendetwas, das für meine Augen unsichtbar ist, scheint ihnen zuzusetzen. Mein Onkel aus Rendsburg behauptet sogar, mit Betreten der DDR Atembeschwerden zu bekommen, als läge ihm ein Stein auf der Brust. Wenn sie bei uns leben müßten, müßten unsere Verwandten aus dem Westen sterben.

Nachts im Bett kann ich vor Aufregung nicht schlafen. In der Ferne rauscht es von der Autobahn. Jemand ist unterwegs, alleine durch die Nacht, ohne zu ahnen, daß ich ihn von meinem Bett aus belausche. Ab und zu tutet es, und man hört einen Güterzug rollen. Ich habe das Gefühl, irgendetwas für die Schule vergessen zu haben, müssen wir wieder ein Herbarium anlegen? Einmal hatte ich das am letzten Ferientag gemacht, als schon alle Pflanzen im Park verblüht waren, so daß ich mühsam irgendwelche Unterschiede zwischen ziemlich nah verwandten Gräsern konstruieren mußte. Ob ich diesmal eine Freundin haben werde? Aber wie soll es dazu kommen? In einem Buch aus der Kinderbibliothek habe ich die Geschichte von einem Jungen gelesen, der beim Sportfest im Weitsprung mit Absicht zweiter wird, obwohl er eigentlich der Beste ist, und im Laufen zum ersten Mal gewinnt, weil er sich ganz besonders anstrengt. Alles, weil seine Angebetete dazu eingeteilt ist, bei der Siegerehrung vom Weitsprung den Zweitplazierten und beim Wettlauf den Sieger zu küssen. Noch besser ist die Geschichte, in der ein Junge in der Kinderbibliothek hinter ein Regal gezogen wird und plötzlich «etwas Warmes und Weiches» auf seinen Lippen spürt.

Wenn es schon in Kinderbüchern steht? Man muß nur die Augen schließen und abwarten.

Eine Flasche klirrt, ein Besoffener singt ein paar Worte, er hat das Echo der Blöcke für sich allein. Zwei Katzen gehen fauchend aufeinander los, es klingt wie jammernde Babys. Ich übe mit zwei Fingern küssen, der Zeigefinger berührt die Oberlippe und der Mittelfinger die Unterlippe, so wird sich das anfühlen, aber natürlich wird dann etwas in meinem Kopf passieren, wovon ich noch keine Vorstellung habe, jedenfalls hoffentlich, das kann ja wohl nicht dasselbe Gefühl wie mit den Fingern sein. Wenn man die Zunge in den Mund der Frau schiebt, imitiere das «den Penetrationsvorgang», stand in «Denkst du schon an Liebe». Auf dem Inneneinband des Buchs sind mit Füller in Kinderschrift geschriebene Fragen zu lesen: «Wie muß man an seine Freundin herangehen, damit sie mich liebt?» Ich war davon ausgegangen, daß die Antworten im Buch standen, und habe es immer wieder von vorne durchgeblättert und dabei jedesmal etwas genauer gelesen, aber ich habe nichts finden können. Warum kann ich nicht tanzen? Und jetzt ist es zu spät, weil es schon alle wissen, jetzt kann ich nicht mehr unbemerkt damit anfangen. Alle würden ganz genau beobachten, wie ich mich anstelle. Ich fühle mich wie der am schlechtesten behandelte Mensch der Welt, als sei ich bei der Speisung der Fünftausend als einziger übersehen worden. Wie der Junge, der alleine im Regen auf dem Dorfplatz wartet, weil ihm keiner gesagt hat, daß der Rummel in diesem Jahr nicht kommt. Irgendwann werden sie mich entdecken und sich den Mund zuhalten vor Entsetzen über ihr Mißgeschick. Ich denke gern an diesen Moment, dafür wird sich das Warten gelohnt haben.

Beim Einschlafen sehe ich vor meinem inneren Auge, das ich mir in meinem Schädel wie einen Kinobesucher vorstelle, der in der letzten Reihe an der Wand sitzt und einen von innen an meine Stirn projizierten Film verfolgt, wie «Rabadack» mit seinem Truck die Mauer durchbricht und quer über alle Kreuzungen bis zu uns nach Buch rast, wo ich vom Balkon auf den Truck springe und bei Tempo 100 ins Fahrerhäuschen klettere. Wir donnern zusammen über Panzer und Barrikaden hinweg und über die Grenze. Ich überlege, ob ich mich überhaupt anschnallen muß, weil wir ja vermutlich nie wieder bremsen werden.

2 Wir sitzen im Wartburg, der laut Fahrzeugbrief dieselbe Farbe hat wie die Sahara, aber leider kein Schiebedach und nur eine Lenkradschaltung statt diesem Knüppel zwischen Fahrer- und Beifahrersitz. In manchen Taxis sind im Schaltknüppelknauf kleine Figuren eingelassen, wie in Bernstein. «Rechts ist frei», sagt meine Mutter an jeder Kreuzung, nachdem sie sich vorgebeugt und Ausschau gehalten hat. Ich möchte, daß wir ein Motorrad überholen, das uns überholt hat. «Wir machen keine Wettrennen», sagt meine Mutter, «das ist gefährlich.» Aus Langeweile zähle ich meine Lieblingsverkehrsschilder, die mit dem gelben Viereck. Es gefällt mir, daß man diesem Schild überhaupt nicht ansieht, was es bedeutet. Der weiße Rand sieht aus wie die durchsichtigen Plastedinger, die beim Einzug in unserer Wohnung auf allen Lichtschaltern steckten, damit die Tapete von den Berührungen der Finger keine Flecken bekam. Nach und nach sind sie verschwunden, und jetzt gehören sie zu den Dingen, ohne die es auch irgendwie geht, wie die Korrekturtaste von der alten Schreibmaschine, die durch ein Kügelchen aus Heftpflaster ersetzt worden ist, der Tonabnehmer vom Plattenspieler (auf dem neuen muß immer ein 20-Pfennig-Stück liegen, damit er nicht springt) und die eine blaue Figur vom «Malefiz»-Spiel, für die wir einen schmächtigeren, unlackierten Stein nehmen, den «Ersatzmann». Bei Irina ist der Lichtschalter-Schutz noch in allen Zimmern vorhanden, habe ich einmal gesehen, als ich ihrer Mutter, die aussieht wie Mireille Mathieu, einen Brief von meiner Mutter bringen mußte.

Wir parken vor dem Bahnhof Lichtenberg, hier ist der Klassenlehrerin meines Bruders der Motor aus dem Auto geklaut worden, er war nach einer Nacht auf dem Parkplatz einfach weg. Das hat uns amüsiert, weil sie «eine Überzeugte» ist. Mein Vater zeigt uns wieder einmal die Buchstaben über der Brücke, «S» für S-Bahn und «U» für U-Bahn. Er behauptet, früher hätten sie andersrum gehangen, so daß es wie «US» aussah, weil das aber eine verhaßte Abkürzung war, hat man die Reihenfolge zu «SU» umgekehrt. Es gibt ja Leute, die nennen die Sowjetunion «die SU». Zu Westgeld sagen sie «Valuta» und zum Westen «Nichtsozialistisches Wirtschaftsgebiet».

Schon von weitem sehe ich in der Halle die ersten Kinder und ihre Eltern, genau, wie ich es geträumt habe, aber jetzt ist es Wirklichkeit. Den Kleineren gucken die Köpfe von Stofftieren aus den Rucksäcken, manche Kinder weinen schon. Die älteren Mädchen haben Haarlocken vor den Augen und schielen gelangweilt drunter hervor, sie wirken so, als sei jede Bewegung, die sie machen müssen, eine Zumutung für sie, aber warten tun sie auch nicht gerne. Ein Mädchen mit Strumpfhose und einem kleinen Köfferchen streitet sich mit seiner Mutter, die nicht bis zur

Abfahrt bleiben soll. Meine Mutter schiebt mich zu einem traurig guckenden Mädchen mit langen, schwarzen Haaren, dessen Eltern sie kennt und mit dem ich deshalb jetzt mal reden soll. Sie ist größer als ich, und ich fürchte, daß die Peinlichkeit ihrer Cordhosen mit Schlag auf mich abfärben könnte. Eine energische, ältere Frau ruft mit einem Megaphon Namen von einer Liste auf, die Kinder werden gruppenweise einem Leiter zugeordnet, der mit seinem Vornamen vorgestellt wird. «Gruppe Wulf», «Gruppe Uschi» ... Meine Mutter sagt lachend zu Wulf, er solle ruhig streng mit mir sein, wenn mir «das Fell juckt». Wulf hat einen Igel, das wirkt, als hätte er eigentlich lange Haare gehabt, die er sich aus irgendwelchen Gründen abschneiden mußte, wahrscheinlich bei der Armee. Sehr zu meiner Freude hat er eine Nickelbrille. Solche Brillen trägt man bei der Bundeswehr unter der Gasmaske, meine Schwester hat sich so eine zu Weihnachten gewünscht, mit stählernem, grünem Etui, über das ein Panzer rollen kann. Auf einem Zettelchen im Samtfutter notiert man Name und Blutgruppe, falls man dann nicht mehr in der Lage ist zu sprechen. Mit so einer Brille sieht man aus wie John Lennon, und überall, wo man einen wie John Lennon aussehen sieht, lohnt es sich, ein Stück hinterherzulaufen.

Im Zug nach Dresden trennen sich die Mädchen von den Jungen, wegen der Viererabteile setzt man sich in Gruppen und spricht schon von «uns» und «denen». Schuhgrößen werden verglichen, und wie tief wir mit unseren Uhren tauchen könnten. Nur Wolfgang sitzt allein, auf dem Platz neben ihm steht seine Tasche. Vielleicht, damit es nicht so aussieht, als würde sich dort niemand hinsetzen wollen. Bis jetzt hat er noch kein Wort gesagt. Er hat ein weißes Unterhemd an. Als Gürtel hat er solche bunten Bänder, die bei alten Fahrrädern das Schutzblech vom Hinterrad schmücken. Der Reißverschluß seiner Hose ist kaputt, und der Knopf ist abgerissen. In einem Stoffbeutel transportiert er ein Paar Mini-Kakteen. Ich habe gesehen, daß er alte Mosaik-Hefte liest, mit den Digedags, also noch ohne Sprechblasen. Der Text steht unter den Bildern, das ist mir immer zu trostlos gewesen. Erwachsene sind damit überfordert, die Sprechblasen von Comics in der richtigen Reihenfolge zu lesen, dabei macht man das doch automatisch. Komischerweise scheint Wolfgang nur den Text zu lesen, die Bilder verdeckt er mit einem Blatt Papier.

Nach der ersten Aufregung kehrt Stille ein. Wulf sammelt von allen die Teilnehmerhefte ein, mit Bade-, Schwimm- und Springerlaubnis. Die Stullen werden ausgepackt. Bei manchen hat sie die Mutter in eine ausgewaschene Milchtüte getan. Ich habe eine Reise-Eierbüchse für zwei Eier und mit einem eingebauten Salzfäßchen. Sollte man nicht doch mal die rote Notbremse ziehen? Das ist einfach zu verlockend. Und warum funktioniert das nicht, daß man hochspringt und der Zug unter einem ein Stück weiterfährt?

«In Apfelkernen ist Blausäure!»

«Die ist aber gesund.»

«Zeigt mal, wieviel Steine eure Uhren haben.»

«Meine ist aus steinlosem Stahl.»

«Wieso?»

«Steht hinten drauf.»

«Wieso steht denn da ‹Western› Germany? Gibt's da Cowboys und Indianer?»

«Was ist wertvoller? Platin oder Gold?»

«Weiß doch jeder.»

«Am wertvollsten ist Sand.»

«Davon träumste ...»

«Nee, wirklich, zum Bauen, und weil daraus Glas hergestellt wird.»

«Glas ist doch nicht aus Sand?»

«Guckt mal, 'ne Rangierlok!»

Die fahren ja meistens rückwärts, und der Fahrer guckt zum Seitenfenster raus.

«Ej, Eike, weeßte, watt?»

«Ja?»

«Watt 'n?»

Marko hat eine Ruhla-Uhr, die angeblich für Kampfschwimmer hergestellt wird. Sie ist aus Panzerglas. Auf der Rückseite steht «Eigentum der NVA». Er hat sie von seinem Vater, der Offizier ist.

«Gegen wen kämpfen denn Kampfschwimmer?»

«Na, gegen andere Kampfschwimmer.»

Er weiht uns darin ein, daß er nie ein anderes Auto fahren würde als einen Porsche. Aber nur einen mit Boxermotor, weil der «so schön blubbert». Er will später Fernfahrer werden und sich ein Nummernschild ins Fenster stellen, auf dem «Joe le Taxi» steht. Er macht mir ein bißchen Angst, weil er immer so ernst guckt, man muß bei jedem Spruch fürchten, daß er ihn für kindisch befindet, und dann hat man sein Gesicht verloren. Er weiß genau, was er anziehen und besitzen will, und solange er das nicht haben kann, ist es ganz egal, was er anzieht und besitzt, deshalb trägt er eine Trainingshose und Sandalen.

«Ick jeh mal Erwin um die Tallje fassen», sagt er und verschwindet auf dem Klo.

Wir «kloppen» Skat, auf dem kleinen Tischchen unter dem Fenster. Manchmal sagen wir auch «Schkat», weil das erwachsener klingt. Ich habe das bisher mit meinen Geschwistern gespielt, und bei uns ist es so, daß jeder darauf spekuliert, daß im Skat der Kreuz- und der Pikbube liegen. Wir reizen also so weit, wie man überhaupt nur reizen kann, bis zwei von uns Grand Ouvert spielen wollen, und dann findet man irgendeine Lusche im Skat und schwenkt auf Null um, damit man weniger Minuspunkte bekommt. Bis jetzt kann ich noch nicht mischen, dieses blitzschnelle Hin- und Herhacken der Hände, bei dem die Karten auf unerklärliche Weise langsam von der einen in die andere Hand wandern. Eine dieser Künste, die andere Jungs beherrschen, wie mit den Fingern zu pfeifen und Löten. Ich kann nur Oma Raketes Mischmethode, aus den Karten werden zwei gleich große Stapel gebildet, die man dann an einer Ecke ineinanderschiebt. Früher dachte ich wirklich, Oma Rakete heiße so, aber eigentlich hatte ich nur den Vornamen falsch verstanden.

Oma Rakete ist im letzten Herbst gestorben. Mein Vater hatte sich nach Jahren dazu durchgerungen, endlich das Wohnzimmer zu streichen, und nicht nur die Stellen, an denen immer das Regenwasser durch das flache Betondach unseres Neubaus sickert. Ich mußte die Bücher entgegennehmen, die mein Vater von den Regalen hob, und stellte sie in wackligen Stapeln auf den Tischen ab. Als meine Tante anrief, war es schon dunkel, wir hatten den Deckenleuchter abgehängt und konnten kein Licht machen. Ohne Licht verlor der Sonnabendnachmittag alles von seinem Zauber. Man kann mit dem Deckenleuchter eigentlich jeden Kummer besiegen, erst gehen drei Birnen an, und wenn man den Schalter ein zweites Mal drückt, die anderen drei. Mir gefällt das Geräusch vom klickenden Relais im Schaltkasten, der im Flur hängt. Wenn ich allein in der Wohnung bin, mache ich immer alle Lichter an, auch das in der Kammer. Das hilft auch, wenn man sich so unnormal fühlt. Als ich einmal ein Buch über alte Zukunftsutopien durchgeblättert habe, mit einer Abbildung von behaarten Urmenschen, die in Panik vor Raketen wegliefen. Sie verstanden gar nicht, was das am Himmel war, das hatte mich plötzlich so bedrückt.

Mein Vater arbeitete schweigend weiter. Oma Rakete war auf dem Weg zur Kirche, wo mein Onkel, der sehr an Gott glaubt, immer die Treppe fegt, gestürzt, und hatte seitdem im Krankenhaus gelegen. Dort war sie nicht gut behandelt worden, einmal hatte sie nackt am offenen Fenster gesessen, weil sie vergessen worden war. Zu meinem letzten Geburtstag hatte sie mir noch eine Tüte Pulver für Paradies-Creme geschickt, das war mir seltsam vorgekommen, so etwas Normales als Geschenk? Auch wenn es nicht «von hier» war? Außerdem bekam ich fünf leere Kassettenhüllen, weil ich mir von ihrer letzten Westreise «leere Kassetten» gewünscht hatte. Im Geburtstagsbrief schrieb sie mir, daß irgendeine Bekannte von ihr an der Galle operiert worden war. Einmal haben wir sie im Krankenhaus besucht, die Strümpfe rutschten ihr bis zu den Füßen, als sie im Bademantel aus dem Zimmer auf den Flur geführt wurde, wo wir uns in einer Ecke zusammensetzten. In einem Plasteteller mit drei Abteilungen, genau so einem wie in der Schulspeisung, gab es das Mittagessen, und dazu ein Schälchen Pflaumenkompott. An der Wand hing ein Bild von einem Gebirge, mein Vater versuchte, sie an die Alpen-Wanderungen mit ihrem Mann zu erinnern, vor dem Krieg, und ich schaffte es nur mit größter Anstrengung, nicht zu weinen. Ich kannte Oma Rakete nur in der Schürze, die bei uns im Schrank hing. Sie zog sie an, wenn sie zu Besuch war, um Stollen zu backen. Das letzte Mal hatte sie mich gebeten, einen Krümel zu suchen, der ihr runtergefallen war, ihre Augen waren zu schlecht. Ich verstand nicht, warum sie sich um einen einzelnen Krümel so mühte. Ich war froh, daß ich nicht zum Begräbnis mußte. Jetzt hatte ich keine Großeltern mehr, das konnte man mit einem gewissen Stolz erwähnen, das bedeutete doch, daß man etwas durchgemacht hatte im Leben, ein Leidensvorsprung.

Oma Raketes Mischmethode kann ich hier nicht anwenden. Marko läßt zwei Stapel Karten mit den Daumen ineinanderflattern und drückt die Karten so durch, daß sie eindrucksvoll zu einem Block zusammenwachsen. Wie großartig wäre es, wenn ich die Karten jetzt hintereinander in einem Bogen von der einen in die andere Hand rieseln lassen könnte, das wäre fast so schön, wie Spagat zu können, oder einen Salto. Es sieht so einfach aus, als müsse man nur den Trick kennen, oder sich ein einziges Mal zu springen trauen. Wenn man fest daran glaubt, kann man auch Wände hochlaufen. In den Zeichentrickfilmen fällt man ja auch erst dann in den Abgrund, wenn einem bewußt wird, daß man zu weit gerannt ist und unter sich nur noch Luft hat.

Die anderen zählen immer «Augen», sie sagen «der Alte» und «die Zicke». «Gespaltener Arsch», das sorgt für Aufsehen, weil es selten ist. Ich bin ganz darauf konzentriert zu bedienen, es geht so schnell. Wie bei dem einzigen Fußballtraining, zu dem ich je gegangen bin, die Jungs aus der Nebenklasse hatten sich bei Medizin Buch angemeldet, Marcel und ich gingen einfach mit. Ein Jugendlicher im roten Trainingsanzug teilte uns zum Spielen ein, und jeder bekam eine Position zugewiesen, aber ich hatte keine Ahnung, wovon er sprach: «Vorstopper»? Wir spielten immer mit Torwart, Stürmern und den anderen. Marcel ist als einziger in der Klasse kleiner als ich, und wir sind die einzigen, die Fußball spielen. Deshalb verlieren wir alle unsere Klassenspiele. Immer, wenn wir einen Neuen bekommen, der spielen kann, bleibt er am Ende des Jahres sitzen. Beim letzten Spiel, das wir nach einer 1:0-Führung 1:17 verloren haben, hat sich Roberto in den Schneidersitz gesetzt, sich die Ohren zugehalten und Sirenengeräusche gemacht, weil ich ihm unsere Taktik erklären wollte. Ich konnte nicht akzeptieren, daß wir so hoch verloren, und setzte deshalb durch, daß wir immer weiterspielten, wodurch wir doppelt so hoch verloren.

Weil wir die kleinsten waren und außerdem überzählig, schossen wir auf der schwarzen Aschenbahn einen Stein hin und her, während die anderen auf dem Rasen durcheinanderrannten. Richtiger Rasen mit echten Toren, bei denen man nicht diskutieren mußte, ob der Ball drin gewesen war. Beim Asphaltplatz nehmen wir Zaunsegmente als Tore und beim Rasen vor unserem Haus Jacken oder unsere Mappen. Man darf dort nicht über den Metalleinsatz eines Gullys stolpern, der seit dem Einzug, als hier noch alles Schlamm gewesen war, mitten auf dem Rasen liegt und nie montiert worden ist. Der Rasen ist auch nicht rechteckig, und das Gras ist bei den Toren schon so runtergetreten, daß ich im Frühjahr immer besorgt vom Balkon gucke und hoffe, daß es sich wieder erholt. Ich will in der Gärtnerei am Bahnhof einen großen Beutel Samen kaufen und streuen, aber aus solchen Ideen wird leider nichts, es kommt einfach nicht dazu, daß ich es auch mache. Das Vorhaben liegt mir nur auf der Seele, selbst wenn es längst nicht mehr aktuell ist. Ich glaube, das habe ich von meiner Mutter geerbt, sie macht manche Briefe nicht auf, weil sie dem Absender schon so lange nicht geantwortet hat. Sie hat 30 Jahre alte Briefe, die immer noch ungeöffnet sind.

Als wir dann kurz vor Schluß mitspielen durften, ging alles so schnell, der Ball war immer woanders, ich wurde angeschrien: «Linie! Linie!» oder «Winkel verkürzen!» Es war sinnlos, die anderen hatten einen Vorsprung, den ich nie wieder einholen würde. Und jetzt hieß es: «Warum hast du denn nicht die Zehn geschnitten?» Sie wissen auch immer schon, was der andere spielen wird, und schieben ihre nächste Karte ein Stückchen aus dem Fächer hoch. Dann wundern sie sich, was ich spiele, und schieben sie wieder runter. Man kann auch nicht schummeln, weil sie sich jeden Stich merken. Wo haben sie das alles gelernt? Was habe ich in der Zeit gemacht?

Eike fordert mich auf, mit den Mittelfingern die Mundwinkel breitzuziehen und möglichst schnell zu sagen: «Die Hühner picken auf dem Hof.» Solche Aufgaben lassen mich immer ratlos, erst kapiere ich nicht, wo der Witz ist, und dann ist es etwas Schweinisches, und ich muß mich verstellen, damit sie nicht merken, daß sie nicht mein Niveau haben. Dennis nimmt seine Trinkflasche und kippt Tee aus dem Fenster, weiter hinten im Waggon kreischen Mädchen. Wir setzen uns mit den Karten in der Hand kerzengerade hin und verziehen keine Miene, als Wulf rumgeht, um die Schuldigen zu suchen: «Euch geht's wohl zu gut?» Ich frage ihn, ob das eine Bundeswehrbrille ist, und das Wort kommt mir so fremdartig vor, so auffallend unpassend für unsere Welt. «Bundes», das ist dieses Foto von einem Pärchen auf der Rückseite einer Pakkung Aufkleber aus meinem Besitz. Ihr gesamter Hausrat, vom Fernseher bis zur Tennisschlägerhülle, ist neu und aus orangefarbener oder weißer Plaste, und überall klebt ein Aufkleber drauf. Eben beklebt die Frau auch noch das Surfbrett, sie sieht zu ihrem Mann hoch, ob sie es auch richtig macht, und beide lächeln, weil er es ihr nie übelnehmen würde, wenn der Aufkleber etwas schief sitzen würde. Sie sind so glücklich, wie mühelos das Aufkleben geht und wie gut sie beide zueinander passen. Das ist für mich «Bundes».

Auf die Vorhänge, die im Wind flattern, weil wir das Fenster mit viel Mühe nach unten gezogen haben – zwei von uns mußten sich dafür an den Griff hängen –, sind die Buchstaben «DR» gedruckt. «Deutsche Reichsbahn», sagt Matthias. Man bekommt fast einen Schreck, das klingt so verboten, «Reich», so ein Wort kann man eigentlich gar nicht laut aussprechen. Ist das übersehen worden? In Weißensee gibt es eine «Gustav-Adolf-Straße», das klingt auch so unheimlich, wegen «Adolf». Es gibt das «deutsche Blatt», mit «Schell» und «Eichel», «Ober» und «Unter». Es wirkt eigentlich fremdartiger als das französische, das normalerweise benutzt wird. Es kommt von irgendwo unten im Land, stelle ich mir vor, weit weg von Berlin, also ungefähr, wo wir gerade hinfahren, da ist «Deutschland» früher gewesen.

«DR: ‹Dein Risiko›», sagt Marko. Ein Gefühl der Überlegenheit, es kitzelt im Bauch, immer, wenn man sich über unser Land lustig macht. Wenn der Gestank einer Fabrik hereinweht und wir uns empört die Nasen zuhalten. Im Westen wird der Qualm gefiltert (wie einfach das geht, sieht man doch an den Zigaretten), oder es wird irgendwie dafür gesorgt, daß er angenehmer riecht. Aber bei uns haben sie offenbar noch nie etwas von Fortschritt gehört.

Ich habe immer noch nicht gespielt, ich warte auf ein gutes Blatt, vier Buben und vier Asse, das wäre eine sichere Sache. «Von jedem Hund 'n Dorf», das ist eigentlich immer der Fall. Grand Hand nimmt man geschlossen auf, behauptet Marko und sagt «18», bevor ich überhaupt meine Karten geordnet habe. Heimlich einen Buben nach unten mischen? Oder gleich alle vier? Aber es wird ja abgehoben, allerdings mindestens vier Karten! Draufklopfen, wenn man nicht abheben will, das ist aber nach den Regeln des Altenburger Skatgerichts nicht erlaubt, die Marko als schwarze Broschüre mitgebracht hat. Wir «klopfen» trotzdem, so machen es die richtig alten Männer, solche, die nur noch Arme haben, wie der Rentner im Rollstuhl an der Bucher Currybude. Es ist immer ein besonderes Gefühl, einen Brauch zu pflegen, der von den Oberen in Jahrhunderten nicht auszurotten gewesen ist.

3 Ich sitze auf meinem Koffer, als wir in Pirna vor dem Bahnhof auf den Bus warten, einen Ikarus, der schließlich in einer blauen Abgaswolke hält. Im Bus wird mir schlecht, deshalb muß ich ganz vorn sitzen, hinter dem Fahrer, und in die Ferne gucken. Am schlimmsten ist der Platz über den Radkästen, weil es da am meisten vibriert. Ich atme nur durch den Mund und horche in mich hinein. Ein Atemzug durch die Nase wäre zuviel. Die lauwarme Flüssigkeit schießt mir dann aus dem Rachen, wobei ich mich immer wundere, wie unversehrt vieles noch aus-

sieht, nach der langen Zeit im Bauch. Das Essen hat mich von innen gesehen, das würde ich auch gerne einmal.

Der Fahrer hält das große Buslenkrad fest, mit dem man so praktisch die Hebelgesetze anwenden kann. Neben mir sitzt ein Mädchen, das wir in Dresden eingesammelt haben, offenbar ist sie in diesem Jahr «der Sachse». Einer ist immer dabei, vom sächsischen Partnerbetrieb. Wegen seiner Sprache bleibt der Sachse Außenseiter. Es ist mir unangenehm, neben einem Mädchen zu sitzen, noch dazu trägt sie einen Pionier-Anorak, mit dem aufgenähten Fackel-Symbol der Pionierorganisation, dessen Flammen wie drei Zungen aussehen. Es gefällt mir, daß die Fackel aus den Buchstaben «J» und «P» gebildet ist, das ist schon fast ein bißchen wie bei den Graffitis in New York. Darunter steht «Seid bereit!» In meinem Kopf dreht sich der Gedanke, daß es sich nicht «Seit bereid!», «Seit bereit!» oder «Seid bereid!» schreibt. Diese Anoraks gibt es verbilligt zu kaufen, aber nur Überzeugte oder Asoziale ziehen sie an. Das unangenehme Gefühl, neben dem Mädchen aus Sachsen zu sitzen, kommt nicht gegen meine Apathie an, denn ich vermeide jede Regung, um meinen Magen nicht zu reizen. Nachdem einigen Mädchen erst zu heiß war, ist ihnen jetzt zu kalt. Wulf stemmt sich gegen die Deckenklappe, man kann sie bei Ikarus-Bussen in drei Stufen verstellen, hinten hoch, vorne und hinten hoch oder nur vorne hoch, so daß vom Luftstrom eine dicke Scheibe abgehobelt und in den Bus geschoben wird. Aber unsere Klappe klemmt. Ich sehe in die Ferne und versuche, an nichts zu denken und nur den Bonbon zu lutschen, den mir die Sani-Tante gegeben hat. Am Straßenrand steigt der Wald steil nach oben, und auf der anderen Seite fließt ein Bach durchs Tal. Kurve für Kurve wird mir übler. Die anderen kreischen laut, wenn sie durch die Fliehkraft zur Seite gepreßt werden, es ist eine Gelegenheit, den Nebenmann in den Mittelgang zu schubsen. Die Sani-Tante fragt: «Mußt du spucken?» Von diesem altmodischen Wort wird mir noch übler. Die Sani-Tante gehört dieser freudlosen Welt derer an, die schon vor dem Krieg gelebt haben, als das Spielzeug aus Blech war und wie selbstgemacht aussah. Sie hat bestimmt noch Schiebewurst gegessen und sagt «Julei» statt «Juli». Sie läßt den Fahrer halten. Ich steige aus und stelle mich mit dem Rücken zum Bus, um mich im Straßengraben in den Farn und den wilden Rhabarber zu übergeben. Unter den Augen aller Kinder bringe ich aber nur einen dünnen, bitter schmeckenden Speichelfaden heraus, der mir zwischen die breit auseinandergestellten Füße tropft. Einer Ameise ist durch die Flüssigkeit der Weg versperrt, sie dreht ab, sieht aber nicht ein, daß es hier nicht weitergeht, und läuft immer wieder dagegen. Ich bin für sie so etwas wie das Schicksal. Seltsam, daß ich ausgerechnet dieses Stück Straßenrand jetzt so genau betrachte, einen ganz zufälligen Ausschnitt der Welt, ich nehme mir vor, ihn mir zu merken. Brennesselblätter kann man in der Mitte anfassen, ohne daß es wehtut, daran muß ich denken.

Im Bus setze ich mich wieder neben die Sächsin. Sie dreht sich zu mir und reicht mir einen Ost-Bonbon, bei dem das Papier immer mit dem Bonbon verwächst, so daß man ihn gleich mit dem Papier lutscht und es später krümelweise mit der Zunge zusammensucht und ausspuckt. Ich will die Krümel aber nicht in der Hand halten oder in den Bus spucken, deshalb schiebe ich sie hinter das Zahnfleisch, wo ich manchmal ein Pfeffi verstecke, wenn die Lehrerin oder die Katechetin von der Christenlehre meinen Mund kontrolliert.

Der Bus hält vor dem Steinhaus, die Koffer werden ausgeladen. Wir wollen so schnell wie möglich zu den Holzbungalows, die auf Steine aufgebockt sind, man könnte drunterkriechen, aber dort ist sicher alles voller Käfer und Schnecken. Manche machen unterwegs Pause und setzen sich auf ihre schweren Koffer, andere haben von den Eltern nicht so viel Wechselsachen eingepackt bekommen und haben deshalb weniger Mühe. Sie drehen ihre Schlüpfer gegen Ende der Zeit einfach um. Meine Beine sind noch wacklig, aber es geht darum, ein gutes Bett zu ergattern, ich beeile mich also, den schimmelfarbenen Koffer mit dem goldenen Aufkleber «Echt Vulkanfiber» zum Bungalow zu schleppen. In einem Schweinslederanhänger sind hinter dem Sichtfenster Name und Adresse zu lesen, auf der Rückseite des eingeschobenen Zettels steht sogar noch mein Name mit unserer Adresse im Altbau. Das war eine erregende Entdeckung für mich, als ich einmal aus Langeweile den Zettel rausgezogen habe. Das Wort «echt» hat einen besonderen Klang, auch wenn ich gar nicht weiß, was Vulkanfiber ist, aber es klingt sehr stabil, weil es entweder Vulkanen standhält oder mit Hilfe von Vulkanen hergestellt wurde. Bei uns beschäftigt sich die Forschung damit, für möglichst jedes Material einen Ersatz zu entwickeln, sogar für Marzipan, das heißt dann «Persipan». Wobei mir Kunsthonig eigentlich besser schmeckt als richtiger. Die vielen Kunstfasern mit den interessanten Namen «Wolpryla», «Regan», «Silastik», «Grisuten», «Viskose» und «Dederon» («Der Faden vollendeter Verläßlichkeit», stand in Rostock an einer Hauswand.) Und ich habe einen Koffer aus «Echt Vulkanfiber», den werde ich mein ganzes Leben benutzen können, einen Koffer habe ich also schon mal.

Jetzt entscheidet sich, mit wem man das Doppelstockbett teilen wird, ob man oben oder unten schläft. Unten hat man die Füße vom Obermann im Gesicht, dafür zieht die schlechte Luft nach oben ab. Die Keilkissen werden herausgezerrt und auf den Metallspind geworfen. Wer vom Bett aus an seinen Spind reicht, hat einen Vorteil, weil er nicht aufstehen muß. Es ist auch gut, am Fenster zu schlafen, jedenfalls nicht zu nah an der Tür. Andererseits möchte man nicht am Rand liegen, zwischen zwei anderen Betten fühlt man sich doch sicherer. Die unten Liegenden befestigen ihre Taschenlampen an den quietschenden Metallfedern und freuen sich, wie praktisch das ist, daß sie jetzt ein Leselicht haben. Jeder denkt: Das ist mein Reich, hier bestimme ich, aber man guckt auch gleich mal zu den anderen, wie es bei denen ist.

Wir müssen unsere Betten selbst beziehen, das Laken wird hinter das Metallgestell geklemmt. Bei der Armee werden wir ein Lineal benutzen und die Kästchen vom blaukarierten Bezug abzählen. Ich packe meinen Koffer aus, sogar an Bügel hat meine Mutter gedacht. Oben liegt ein Durchschlag vom «Sachenverzeichnis», mit Schreibmaschine getippt:

1 Anorak
2 Windjacken
7 Paar Kniestrümpfe
1 Campingbeutel
3 Frotteehandtücher
2 Päckchen Quick Polish
...

In allen Kleidungsstücken steht mein Name, mit Kugelschreiber auf Pflaster geschrieben oder hineingestickt. Auch die Seifendose und die Hülle für die Zahnbürste, die ich nur im Ferienlager benutze, sind mit einem beschrifteten Pflaster beklebt. In manche Pullover und Hemden ist «Al Kouffi» eingestickt, die stammen von einer Freundin meiner Mutter aus Bremerhaven, die einen Araber geheiratet hat und einmal im Jahr abgelegte Sachen ihres Sohns schickt und das Paket mit Werbegeschenken der Firma «Nordfisch» auffüllt, für die sie arbeitet, Zettelblöcke und Kugelschreiber, die mir dann zu wertvoll zum Benutzen sind. Daß das mein Name ist, «Al Kouffi», weil mein Vater Araber ist, so was wie «Al Capone», leider findet sich keiner, der mir das lange glaubt. Ich kann einfach nicht gut lügen.

Noch versucht jeder, die anderen zu übertönen, es ist eine große Aufregung unter uns ausgebrochen, an allem wird gerüttelt, um zu sehen, ob es abgeht, die Fenster werden ausgehängt, schade, daß es keine Kellerluke gibt, oder ein Periskop auf dem Dach, wie bei einem U-Boot. Jeder, der etwas entdeckt, muß es allen mitteilen, das geht nur mit Schreien. Dann wird es ruhiger, und wir gucken aus den Fenstern, ob da vielleicht jemand was dagegen hat? «Watt dajejen?» Das ist jetzt unsere Festung, da können die aus den anderen Bungalows ruhig kommen, schade eigentlich, daß sie es nicht tun. Wir müßten eine Wache aufstellen, man weiß ja nie, was die anderen vorhaben. Ich fühle mich stark in der Gruppe, voller Trotz gegen eine unbekannte Macht. Man will irgendetwas packen, in die Höhe reißen und über dem Kopf schwenken. Hier in diesem feuchten Tal sind wir vielleicht sogar vor Atombomben sicher. Ich glaube nämlich nicht, daß es wirklich hilft, sich mit einer Zeitung auf dem Kopf, die Füße zum Atompilz, auf den Boden zu legen. Aber ob es überhaupt gut wäre, den Krieg zu überleben? Dann wäre ja alles verseucht und verbrannt, und die Neugeborenen hätten zugewachsene Augen.

Ich darf nicht daran denken, was nach dem Sommer kommt, die neue Schule, acht Stunden Mathe in der Woche, «diophantische Gleichungen». Ich hatte die Aufnahmeprüfung eigentlich gar nicht bestehen wollen, aber dann hatte es mich doch gereizt, weil es an der Schule ein Computerkabinett gibt. Deshalb habe ich bei «Berufswunsch» nicht die Wahrheit geschrieben, nämlich «zur Rocksteady Crew gehören», sondern «Medizinische Kybernetik». Außerdem geht einer meiner Brüder schon an die Schule. Ich habe gemerkt, was für eine ungeheure Wirkung es hat, wenn man sagt, daß man dort aufgenommen wurde, man wird dann angesehen, als sei man irgendwie auf eine positive Art behindert. Der Direktor sagte, wir seien freiwillig hier und müßten dieses Privileg in Leistung zurückzahlen. Man werde am Ende jedes Schuljahres noch einmal prüfen, wer den Anforderungen entsprochen habe und wer nicht, und gegebenenfalls aussortieren. Meine Eltern sind aber sehr dafür, daß ich es versuche, sie sagen, einen Mathematiker könne man nicht zwingen, seine Forschungsergebnisse dem Marxismus-Leninismus anzupassen, die Zahlen seien ja, wie sie sind. Ich würde später von der Partei in Ruhe gelassen. Außerdem muß man während der Arbeit nur nachdenken.

Im Lauf der Schulzeit ist die Schrift in den Schulbüchern immer kleiner geworden, und die Bilder seltener, sie haben auch die Farbe verloren. Später wird es gar keine Bilder mehr geben, und die Schrift wird nach und nach durch Formeln ersetzt. Ich kenne das schon von den Heftern meiner Geschwister, die mir seit der ersten Klasse Angst machen, teilweise standen da nur noch Zahlen und der Buchstabe «X». Man rechnete nicht mehr plus, minus usw., sondern «hoch». Es ist etwas, was ich überall beobachte, das Leben wird immer schwieriger und anstrengender. Man muß nur einmal meine Puzzles mit denen verglei-chen, die meine Mutter abends macht, das sind viel mehr Teile, und manchmal bestehen die Bilder fast nur aus Himmel. Es kommt aber noch schlimmer: Die meisten Ge-sellschaftsspiele sind ja nur von 9–99 Jahren, danach darf man gar nicht mehr mitspielen.

Vier Jahre an der neuen Schule, und danach kommt die Armee. Und wenn man die überlebt hat, ohne von den anderen mit Zigarettenqualm im Spind erstickt worden zu sein, muß man studieren. Irgendwie wird sich bis dahin herausstellen, wofür ich mich interessiere, bis jetzt ja eigentlich nur für Fernsehen und Geschenke auspacken. Klavierstimmer wäre vielleicht ein guter Beruf, aber dafür muß man blind sein. Wo werde ich später arbeiten? In einem «Betrieb»? Jeden Morgen am Fabriktor eine Des-infektions-Lauge durchwaten? Betriebe liegen immer hin-ter hohen Mauern, und von drinnen hört man eine ein-same Kreissäge und das Fluchen eines Mannes, der gerade über ein herumliegendes Metallteil gestolpert ist. Bis zur Rente wird im Leben alles immer schlimmer. Zum Glück kann ich zur Not in den Westen gehen. Wie in manchen Filmen, wenn ein Angestellter die Tür knallt: «Ich kün-dige!» Das muß so ein schönes Gefühl sein. «Da bist du ja endlich», würden unsere Verwandten in Rendsburg sagen. Schade, daß sie nicht in Ravensburg leben.

4 Eike sitzt plötzlich nackt auf dem Fensterbrett, zweifellos eine Attraktion, alle kommen mal gucken. Er demonstriert, wie egal es ihm ist, daß er nackt ist. Die Mädchen sind entsetzt, manche trauen sich gar nicht richtig heran, sind aber auch zu fasziniert, um sich abzuwenden. Zur Abrundung der Aufführung pinkelt er aus dem Fenster, wozu er sein «Ding» ja nur mit den Fingern in die richtige Richtung ziehen muß. Daß man nicht aus Fenstern pinkeln soll, ist eigentlich klar. Die Bestrafung besteht darin, daß er heute abend eine Stunde um den Appellplatz gehen und nachdenken soll, was er falsch gemacht hat. Sein Vater ist angeblich Schriftsteller, aber Eike lebt bei seiner Mutter.

Der Begrüßungs-Appell, eigenartig, daß es so etwas hier geben soll, das paßt gar nicht zu den Ferien. Die Pioniertücher haben wir mit, manche auch das weiße Hemd oder schon ein FDJ-Hemd, aber das zieht kaum einer an. In den Ferien ist man doch der Autorität der Lehrer entzogen, das spürt man. Es gibt ja auch keine Zensuren. Als schlimmste Strafe kann man nach Hause geschickt werden, wovor man natürlich Angst hat, aber das ist nicht zu vergleichen mit einem vor versammelter Schule ausgesprochenen Tadel. Und ich habe nur einmal erlebt, daß ein Kind verbannt wurde, weil es Bettnässer war.

Die anderen haben Angst, daß die Disko gestrichen wird. Oder daß wir nicht «zu den Tschechen» fahren, denn für die größte Gruppe steht das auf dem Programm. «Tschechei» soll ich nicht sagen, mein Vater meint, das sei ein Nazi-Begriff. Bei den Tschechen gibt es Hörnchen, darauf freuen sich alle, nur ich verstehe nicht, was damit gemeint sein soll. Was soll man denn mit Hörnchen? Ich kann es gar nicht glauben: ins Ausland! Ich wollte immer in den Ferien ins Ausland fahren, aber mit uns ist das meinen Eltern zu anstrengend. Roberto fährt jeden Sommer an den Balaton, auf dem Wasser schwimme ein Film von Sonnenschutzmittel, und die westdeutschen Touristen, die zuhause alle arbeitslos seien, bauten Türme aus Sektgläsern. Der Erich Honecker von Ungarn heißt János Kádár. Komisch, daß bei uns in allen Gebäuden ein Honecker-Bild hängt, manchmal neben einem von Stoph, aber in Wohnungen habe ich diese Bilder noch nie gesehen. Ich kenne alle sozialistischen Generalsekretäre, außer von Vietnam und der Mongolei. Dazu muß man nicht mal lernen, das weiß man irgendwie von selbst. Damit hatte man schon fast eine Eins in Heimatkunde sicher, man mußte dann nur noch wissen, daß das Nest vom Raubvogel «Horst» heißt, der Mann der Ente «Erpel», und daß Narvik der nördlichste eisfreie Hafen der Welt ist, was es dem Golfstrom verdankt. Und Rostock wird das «Tor zur Welt» genannt. Als ich das meiner Mutter erzählte, sagte sie: Rostock? Hamburg ist viel größer! Da verlaufe man sich richtig.

Leider haben wir jetzt «Geographie» und nicht mehr «Heimatkunde». Am Beginn der Stunde wird einer zur Landkarte beordert und muß zehn Fragen zur Topographie beantworten. Mit dem Zeigestock drauftippen: «Leipziger Tieflandsbucht», «Magdeburger Börde», «Kursker Becken» und «Ploieşti und Piteşti». Die Baumgrenze am Brocken, wie sich die erkläre? Ausgerechnet Irina, deren Eltern in der Partei sind, meldet sich: Damit man die Flüchtlinge besser sieht.

Der Lehrer zeigt uns die Sowjetunion. Zwei Drittel des Territoriums seien unzugänglich, 70% von Sümpfen und

«Permafrostboden» bedeckt. Dort Straßen und Flugplätze zu bauen, bedeute, den Boden mit Gold zu pflastern. Und da komme dann «so ein Spezialist» und frage, warum denn in Sibirien kein Getreide angebaut werde? Dann müßte die Sowjetunion nicht, wie gerade geschehen, Weizen aus den USA importieren. Aber bei dem Klima! Von 40 Grad plus bis 40 Grad minus. Dazu die Mücken. Und in Amerika sei ja auch kein Schuß gefallen im Zweiten Weltkrieg. Die Preise im Westen: alles immer mit 99 Pfennig am Ende. Da sehe man doch schon, wie die die Menschen für dumm verkauften. 3,99 Mark, gerade mal ein Pfennig weniger als 4 Mark, aber es klinge natürlich gleich viel billiger. Sowieso gehöre dort alles «Unilever».

Und jetzt mal den längsten Fluß von Afrika zeigen. «Harry Piel sitzt am Nil und wäscht sich seine Füße mit Persil.» Durfte man denn als Lehrer im Unterricht «Persil» sagen? Das war schon ein wenig gewagt, hatte man den Eindruck. «Persil, da weiß man, was man hat». Ich verstehe das Prinzip von Werbung nicht. Wenn eine Firma Werbung macht, gibt sie doch zu, daß ihr Produkt es nötig hat?

Meliorationsmaßnahmen, *Be-* und *Ent*wässerung. *In*tensivierung der Landwirtschaft, nicht *Ex*tensivierung, chemischer Dünger und Ernten im Dreischichtsystem, rund um die Uhr, was nur in der LPG möglich ist, wo man dafür auch Urlaub hat, davon hätte ein Bauer früher nur träumen können.

Faltengebirge, immer gut, wenn mal ein Schal vergessen worden ist, den kann man dann zur Demonstration benutzen, wie sich das Gestein zusammenschiebt und Spitzen hervorgedrückt werden, die dann abknicken. Irgendwie ja auch logisch, daß Italien gegen Europa geprallt ist, das war eigentlich vorauszusehen gewesen, daß dabei die Alpen entstehen würden. Und daß Südamerika sich ursprünglich einmal so bohnenförmig an Afrika angeschmiegt hat, wie die BRD an die DDR, leuchtet einem als erfahrenem Puzzler ein, da paßt kein Haar dazwischen. Auf unserer alten Weltkarte im kleinen Zimmer, die ich, wenn ich krank bin, den Tag über anstarre, sieht Afrika wie ein Mann mit Strohhut aus, der Victoria-See als Auge.

Als der Lehrer die USA mit Florida anzeichnet, bekommt Roberto sich nicht mehr ein, weil der Zipfel aussieht, wie ein «Ding». Da guckt der Lehrer genervt, das habe er kommen sehen, daß das wieder Gegacker gebe, «von einigen Spezialisten». Auch sehr heikel: «Finnischer Meerbusen» und «Spitzbergen», da ist die Stunde eigentlich schon gelaufen, wenn ausgerechnet Irina das auf der Karte zeigen soll.

Ich würde sehr gerne einmal fliegen, weil man dann einen Bonbon bekommt und durchsichtiges Plastebesteck, mit den Messern kann man sogar schneiden. Vom Rückflug aus Budapest hat mir Roberto einmal eine Kotztüte mitgebracht, die hat man natürlich, wenn man sie braucht, nie dabei. So ist das auch mit dem Lageplan vom Tierpark, den man jedes Mal neu kaufen muß, weil man ihn zuhause nicht mehr findet, und bei gutem Wetter die bunten, durchsichtigen Sonnenschirme mit der Gummistrippe, die aus demselben Material sind wie die Lesezeichen mit den aufgedruckten Indianerhäuptlingen. «Geron*i*mo» habe ich immer gelesen, bis es in einem Film einmal «Dschie*ron*nimo» ausgesprochen wurde. Ein Pfauenauge findet man nur ganz selten.

5 Wir schlurfen widerstrebend zum Appellplatz, das Pioniertuch nur über die Schulter geworfen und ohne den speziellen Knoten. Eike setzt sich hinter uns auf die Wiese und ist kaum zu bewegen, sich für die paar Minuten hinzustellen. Das traurige Mädchen mit den langen, schwarzen Haaren wächst zu schnell und hat deshalb eine Appell-Befreiung, weil sie vom Stehen immer in Ohnmacht fällt. Wulf zählt durch, offenbar fehlt noch jemand. «Peggy», sagen die Mädchen, in einem Ton, als würden sie sie und ihre Unzuverlässigkeit schon seit Jahren kennen, aber gelernt haben, damit zu leben. Ich kann die Mädchen noch nicht auseinanderhalten. Einer fehlt ein halber Schneidezahn, die ist die Anführerin, das spürt man gleich. Manche haben sich schon das erste Mal umgezogen und die Haare eingesprayt.

Die Lagerleiterin sagt, daß sie Rita heiße und wie alle Erwachsenen hier für uns ihren Urlaub opfere. Daß wir dankbar sein sollten, hier unsere Ferien verbringen zu dürfen, weil die Werktätigen das mit ihrer Arbeit ermöglichen, entsprechend sollten wir für Ordnung und Sauberkeit sorgen. Es habe niemand etwas gegen einen Spaß, solange er niveauvoll sei. «Seid bereit», «Immer bereit», murmeln wir lustlos. An der Schule haben wir einen Schüler aus der neunten Klasse, der Trompete spielen kann und das bei jedem Appell demonstrieren muß. Wir nennen ihn den «kleinen Trompeter» und freuen uns immer, weil er von der Anstrengung rote Flecken im Gesicht bekommt. Er verspielt sich jedes Mal, und manchmal gerät er sogar so aus dem Konzept, daß er kämpft, als würde er einen Luftballon aufblasen, ohne dabei einen Ton zu erzeugen, das ist dann am schönsten für uns.

Endlich ist es vorbei, sofort verteilen sich alle auf der großen Wiese, um an den Holztischen Skat zu spielen, oder man stellt sich an einer der Tischtennisplatten bei Chinesisch an. Wer keine Kelle hat, spielt solange mit der Hand, bis ihm ein Ausgeschiedener seine borgt. An der großen Tafel, wo der Wochenplan hängt, ist unter «UNSER LAGERLEBEN» eine Zielscheibe für Bogenschießen aufgemalt. In der alten Holzscheune kann man sich Sportgeräte ausleihen, ein Rucki-Zucki, Plastekegel oder dieses Spielgerät, das in jeder Spielzeugkiste liegt, ohne daß ich jemals erfahren hätte, wozu man es benutzt. Ein Lederbällchen, das unten flach ist und drei bunte Plastefedern hat. Man kann es in die Luft werfen, aber da bleibt es dann auch nicht länger, als wenn es keine Federn hätte.

Die Mädchen aus den kleinen Gruppen stehen in Pulks und erzählen sich atemlos, als seien sie am Ertrinken. In Pärchen laufen Jungs wie blind durchs Lager und sehen nicht von ihrem Autoquartett auf: «2000 U/min?» «12-Zylinder-Boxer?» Ich habe mir angewöhnt, die Hände hinter dem Rücken zu falten, so komme ich mir würdevoller vor. Karl Marx ist so immer in seinem Arbeitszimmer im Kreis gelaufen, beim Nachdenken, deshalb hatte der Teppich dort am Ende seines Lebens eine runde Spur. Schade, daß ich nicht ein bißchen humple.

Marko kann Fliegen mit der Hand fangen. Das muß man üben, bis man es auch kann, obwohl es unmöglich scheint. Man muß sie von vorne erwischen, das ist der Trick, dann fliegen sie einem in die Hand. Oder von hinten, damit sie möglichst lange nichts sehen? Hat man eine? Mal nachsehen, schwups, da ist sie weg. «32 heb auf»? Das kenne ich schon, aber man kann es einem von den Kleinen zeigen. Eike macht mit Zeigefinger und Daumen einen Ring und läßt den Zeigefinger der anderen Hand um das Loch kreisen. «Was ist Fußball? Fummeln, fummeln, bisser drinne is ...» So ganz kapiere ich das nicht, aber da es von Eike kommt, ist es sicher wieder was «Schweinisches». Wer so etwas erzählt, hat meistens Schorf an den Lippen oder sogar violette Brandnarben im Gesicht. Und einen Vater, der seinem Kind, wenn er betrunken nach Hause kommt, Geld aus der Sparbüchse klaut.

Ein Rasenstück ist für mich historisch. «Junge!» hat hier einmal einer zu mir gesagt, das war als Drohung gemeint gewesen, ich hatte das gar nicht verstanden. Sofort lagen wir im Gras, und ich versuchte vergeblich, ihn abzuwerfen. Ein Mädchen sagte: «Der hat 'ne Brille», und deshalb wurde ich wieder freigelassen. Jetzt hatte ich mich geprügelt, aber ich wußte überhaupt nicht, wie es dazu gekommen war. In Zukunft würde ich mich vor Jungen mit Igel in acht nehmen.

Gleich am ersten Tag sollen wir an unsere Eltern schreiben. Aber was? Daß der eine immer das ABC rülpst, und der andere behauptet hat, man könne seine Furze anzünden? Daß Eike nur eine Hose mithat, obwohl er für alle drei Durchgänge angemeldet ist? Daß irgendeine «Peggy» immer zu spät kommt? Die Mädchen verfassen lange Berichte und schreiben auf den Briefumschlag: «Briefträger eile, Judith hat Langeweile.» Von meiner Mutter ist schon eine Karte gekommen, sie hat sie vorgeschrieben, damit ich gleich am ersten Tag Post habe. Wir denken uns die kürzestmögliche Karte an unsere Eltern aus: «Liebe Eltern, mir geht es gut. Schickt bitte Geld, Euer Jens.»

Es ist verboten, unbeaufsichtigt über die Straße zu gehen, darauf achtet die Brückenwache, unterstützt von der «Gruppe vom Dienst», die an dem Tag vor den anderen aufstehen muß. Wenn genug zusammengekommen sind, sperrt die Wache die Straße mit einem echten Verkehrsstab, der Batterien hat und im Dunkeln leuchtet. Zum Essen im «Steinhaus» gehen wir immer gruppenweise. «Wir überqueren die Straße geschlossen!» Wir dürfen auch nicht unbeaufsichtigt im Bach spielen, weil wir uns sonst eine Blasenentzündung holen.

Broiler wird bejubelt, obwohl man ihn «Gummiadler» nennt, Kochklops geht auch noch. «Tote Oma», «Kinderpuller», «Verkehrsunfall», «Moppelkotze» und «Elefantenpopel» sind weniger beliebt.

«Leber darf man nur einmal im Monat essen, sonst vergiftet man sich.»

«Mostrich ist aus Schweineblut.»

«Ich denke Lakritze?»

«Nee, die ist aus Pferdeblut.»

«Warum gibt's denn nie Pommes Frites?»

«Na, willst du die Kartoffeln schneiden? Das machen die Behinderten.»

«Kann ich deinen Nachtisch haben?»

«Was gibt's denn?»

«Pflaumenkompott.»

«Da schwimmen immer Maden drin.»

«Na und? Ist doch was Natürliches.»

Für das Essen stehen wir an der Essenausgabe an, wo die dicke Köchin mit einer Alu-Kelle aus großen Töpfen Suppe schöpft. Die Frauen wohnen im nächsten Ort, man sieht durch die Luke immer nur Teile von ihnen in ihrem dampfenden Reich, aber man empfindet sie als Verbündete, so dicke Frauen können es nur gut mit Kindern meinen. Es liegt ihnen am Herzen, daß jeder satt wird, sie sind sich sogar mit den Leitern uneinig, was uns schmecken müßte. Die Gruppen sitzen an langen Tischen. Ich habe Angst, daß jemand mein Pflaster bemerken könnte. Suppe ist mir lieber, weil ich mit der rechten Hand den Löffel halten und die linke unter dem Tisch verstecken kann. Eike spielt mit seinem Löffel «Fahrstuhl», das Aluminium läßt sich ja leicht verbiegen, die Zähne der Gabeln zeigen immer in alle Richtungen. Eike hat einen 90-Grad-Knick in den Griff gemacht und fährt damit senkrecht vom Teller zum Mund hoch. Im Westfernsehen war mal Uri Geller zu sehen, der es schaffte, Löffel zu verbiegen, wir verstanden überhaupt nicht, was daran die Kunst sein sollte.

Unseren Lärm nehmen wir selbst gar nicht wahr. Geschichten machen die Runde, was jeder mal im Essen gefunden hat, oder zumindest davon gehört. Ein Fingernagel in einem «Hamburger» in Budapest. Ein Rattengerippe in einer Büchse Erbsen. Eine leere Speiseöl-Verpackung, ins Brot eingebacken. Und in der Fabrik, wo die überhaupt nicht nach Schokolade schmeckende Creck-Schokolade hergestellt wird, hat jemand gesehen, wie die Kakerlaken den Rührarm langkrabbeln und bei jeder Runde in den Kessel gewischt werden. Aber man muß vorsichtig sein, denn es gibt auch die Geschichte von einem, der auf Ekelerzählungen beim Essen so empfindlich reagierte, daß er dem Erzähler seine Suppenschüssel über dem Kopf ausgekippt hat. Manchmal gibt es einen Tumult, alle drehen sich in eine Richtung, wo sich eines von den kleineren Kindern auf seinen Teller übergibt. Der ist allergisch, oder es hat mit Heimweh zu tun.

Mir gegenüber sitzt wieder die Sächsin, sie guckt traurig und piekst mit der Gabel im Bayrisch Kraut. Sie hat ganz leichte Segelohren, nach oben etwas spitz, wie bei einem Eichhörnchen. Es reizt mich, daß sie gar keine Notiz von ihrer Umwelt nimmt. Woran denkt sie? Könnte ich sie aufheitern? Auf dem Schüsselrand hat sie um ihre Bohnensuppe einen sehr symmetrischen Ring Brotbrocken verteilt. Ich bekomme plötzlich so ein Gefühl von Gerührtheit, als würde mein Herz mit einer Feder gekitzelt. Wie bei dem kleinen, weißen Hund in der einen Geschichte aus «Lustige Geschichten», als sein Begleiter, der Schneemann, im dichten Winterwald vom Sturm zu einem Haufen Schnee verweht wird, und der Hund «bitterlich» weint. Er muß den Hasen und Eichhörnchen versprechen, nicht mehr hinter ihnen herzujagen, wenn sie ihm helfen sollen. Sie bauen dann den Schneemann wieder zusammen, und so kann der Schneemann den Brief der Kinder mit der Bitte um eine Neujahrstanne an Väterchen Frost überbringen.

Wir sollen uns schon mal Gedanken machen, sagt Wulf, was wir zur Abschlußfeier aufführen wollen. Meistens ist die älteste Gruppe ja eine Band mit bei der Basteltante selbstgesägten, zackigen E-Gitarren mit Zebramuster. Wollen wir das auch? Vielleicht wieder die Rentnerband von der «Andrea Doria»? Das klappt doch immer so gut, wenn dem einen an der entsprechenden Stelle das Pappgebiß aus dem Mund fällt? Oder wir führen ein Stück auf?

«Was denn? Von Shakespeare?»

Das habe ja noch Zeit, wir sollen es uns aber schon mal überlegen. Und die täglichen Stubendurchgänge, daß wir uns da Mühe geben, nicht die schlechtesten zu sein. Das wird an einer Tafel für jede Gruppe notiert, eine Sonne für «sehr gut» und eine Wolke mit Blitz für «mangelhaft». Den

Jungen ist es natürlich fast unmöglich, jemals besser dazustehen als die Mädchen, das schafft man höchstens an einem einzigen Tag, wenn sich alle gemeinsam außerordentlich anstrengen. Die Sieger im Stubendurchgang dürfen beim Abschlusslagerfeuer ein paar Atemzüge aus dem Sauerstoffgerät der Feuerwehr nehmen.

Und wenn was passiert. Schlangengift, das stimmt gar nicht, daß man das aussaugen muß, das ist zu gefährlich, falls die Lippen rissig sind. Abgeschnittene Finger in einer Tüte mit Eis transportieren, und wenn man keine hat, im Mund aufbewahren. Bei Fundmunition: sichern und melden. Und Rehkitze nicht anfassen, die verhungern sonst. Frühblüher gebe es ja jetzt nicht, sonst sollten wir aber trotzdem nicht drauftreten.

Außerdem möchte Wulf mit uns eine Zeitkapsel vergraben. Eine Schachtel mit Sachen drin, für die Zukunft. Wir sollen uns mal überlegen, was da reinkommen müßte.

«Muß das wertvoll sein?»

«Das weiß man ja nicht, was in Zukunft wertvoll ist.»

«Und kriegen wir das wieder?»

«Nein, das ist wie ein Brief, den kriegt man ja auch nicht wieder.»

«Briefe sind ja auch nicht wertvoll, man kann ja einfach noch einen schreiben.»

«Aber für den, der ihn bekommt, kann ein Brief sehr wertvoll sein.»

«Wegen der Briefmarke?»

«Nein, wegen dem, was drinsteht.»

«Da steht doch immer dasselbe drin.»

«Das wichtigste steht oft zwischen den Zeilen.»

«Das hat Lenin auch so gemacht, mit Milch zwischen

die Zeilen geschrieben, und das Tintenfass war aus Brot, das hat er schnell verschluckt, wenn ein Gefängniswärter kam.»

Durch die Fenster vom Essensaal sehen wir die Wiese hinter dem Steinhaus. Dort mäht Opa Schulze Gras. Er wohnt in einem der Dörfer in der Gegend, und alle sind der Meinung, daß «Schneckenmühle» ihm früher gehört hat, bevor er in die LPG eingetreten ist. Trotzdem mäht er noch das Gras. «Schlägt man's mit dem Hammer nieder, kommt es dennoch immer wieder.» Er trägt eine Baskenmütze, wie unser Geographielehrer, wenn wir ihn abends besoffen in der S-Bahn treffen, deshalb denke ich, daß sie sich vielleicht aus dem Spanienkrieg kennen. Da unser Ferienlager «Fritz Schulze» heißt, halten wir Opa Schulze für Fritz Schulze. Fast alle Schulen und Ferienlager heißen ja nach Antifaschisten. Neuerdings aber auch manchmal nach afrikanischen Präsidenten.

Als Wulf den Wischlappen bringt, «jeder kommt mal dran», wandert er bis nach hinten, bloß nicht mehr machen müssen als die anderen. «Holger, was ist mit dir?» «Wer is jestorben?» «Miss Piggy wollte doch heute ...», sagen die Mädchen, und der nasse Lappen landet vor dem Eichhörnchen-Mädchen. Also das ist diese Peggy, die immer zu spät kommt? Ich stehe schnell mit den anderen auf, es darf kein Zusammenhang hergestellt werden zwischen ihr und mir. So einen Ruf wird man nicht mehr los, und dann steht überall mit Kreide «Jens und Peggy» an den Wänden.

Früher haben «die Großen» im kleinsten Bungalow geschlafen, der «Krümel» hieß. Manche von ihnen hatten Spitznamen, man bewunderte sie, obwohl sie einen nicht kannten. «Dolly» konnte den Ball «20 Meter hoch» köpfen. «Der spielt im Verein ...» Beim Tischtennis schaffte man gegen ihn keinen Punkt, weil er «schnibbeln» konnte, so daß der Ball praktisch um die Ecke sprang. Die Mädchen aus der großen Gruppe wickelten ein Seil um «Krümel», aber die Jungs störte das nicht, dann blieben sie eben drinnen.

In der Mittagshitze sitzt Dolly mit einem Spiegel, den er aus dem Waschraum geholt hat, vor «Krümel» und wirft Lichtflecke auf den Mädchenbungalow am anderen Ende des Lagers. Er beugt sich vor und spuckt einen langen Faden aus.

«Watt machst 'n da?»

«Willste frech werden?»

Die Großen spielen Fußball auf der Wiese, und Dolly ruft mich: «Du stehst im Kahn.» Damit meint er das Tor, aber ich stelle mir eine Art Arche Noah vor, in der man dann steht und auf den Ball wartet. Ich habe Durst, aber man darf ja nicht zum Steinhaus rübergehen, und außerdem muß ich im Kahn stehen. Ich überlege, ob ich aus dem Bach trinken soll, das Wasser sieht eigentlich ganz klar aus. Aber vielleicht ist es voller durchsichtiger Wasserflöhe? Am verriegelten Wasserhahn vom Gullyloch auf der Wiese kleben ein paar Tropfen, die nach Metall schmekken. Im Bach rauscht das Wasser vorbei, und ich habe Durst, aber am Ende nennt mich Dolly «Sepp Maier», und das ist, wie ich aus einem Fußballbuch weiß, der Beste Torwart der Welt, eigentlich müßte er also für Argentinien spielen. Wenn Argentinien auf Brasilien trifft, berührt der Ball ja fast gar nicht mehr den Boden.

6 Die Leiter sieht man nachmittags beim Volleyball. Die Männer, fast alle mit Bart und in abgeschnittenen, fransigen Jeans. Einer hat lange Haare und läuft immer barfuß, der ist bestimmt kirchlich. Die Frauen in kurzen Turnhosen, mit Zopf und Brille. Wenn wir nicht zusehen würden, würden sie wahrscheinlich nackt spielen, «Naturwissenschaftler» gegen «Geisteswissenschaftler».

«Wo soll ich mich hinstellen?»

«Im Sozialismus steht der Mensch im Mittelpunkt. Und die anderen stehen rum.»

«Jugendfreund Wulf, offenbar fehlt es dir noch an der nötigen politisch-ideologischen Reife. Hier sind alle fortschrittlichen Kräfte der Gesellschaft gefragt, um dich dabei zu unterstützen, ein Klassenbewußtsein zu entwickeln.»

«Jugendfreundin Henriette, die Ursachen der bei mir noch vorherrschenden, überwundenen Lebensvorstellungen können wir in einem schöpferischen Gedankenaustausch ergründen.»

«Ich halte mehr von der erzieherischen Kraft des Kollektivs, die aus einer gemeinsamen Tätigkeit erwächst. Würdest du bitte aufschlagen, Jugendfreund Wulf.»

«Wenn es der weiteren Festigung unserer freundschaftlichen Beziehungen dient, möchte ich dieser Entwicklung kein Hemmschuh sein.»

«Na, wir werden schon noch einen vernünftigen Menschen aus dir machen.»

Man darf den Ball auch noch berühren, wenn er über die Linie hinausfliegt, Hauptsache, er war noch in der Luft. Das ist also falsch gewesen, daß ich ihn gefangen habe, jetzt müssen sie beraten, wie sie das werten. Der Stärkste, mit schwarzen Locken und einem Schnurrbart, kann den Ball «bis in den Himmel» pritschen, fast so hoch, daß er nicht mehr runterkommt. Aber dann bricht er sich dabei den Arm und wird vom Krankenwagen in die Stadt gefahren. Am Abend hat er einen Gips. Da dürfen alle mal dranklopfen. Mit einem Löffel kratzt man sich drunter, der darf aber nicht reinrutschen.

Muskeln, man braucht Muskeln. Muskeln lösen alle Probleme. Eigentlich müßte der Staatschef ja der Mann mit den meisten Muskeln sein. Wenn Tarzan gegen Winnetou kämpft, wer da wohl der stärkere wäre? Ich öffne und schließe beim Einkaufen immer die Hände, damit ich mit dem Gewicht der Beutel meine Unterarme trainiere, um einen kräftigeren Händedruck zu bekommen. Es ist mir peinlich, mich in der Straßenbahn an der Stange über meinem Kopf festzuhalten, weil dann meine Jacke runterrutscht und man mein dünnes Handgelenk sieht. Ich würde lieber wie unser Sportlehrer aussehen, bei dem wir immer hoffen, daß er in den Liegestütz fällt, weil dann durch die Spannung der Muskeln sein Uhrenarmband aus Metall aufschnappt. Das Gegenteil dieses Menschentyps sind die Sportbefreiten, die die Stunde über in Socken auf einer Bank sitzen oder bei Leistungskontrollen die Weiten auf dem Maßband ablesen. Der eine muß nie mitmachen, er hat eine senkrechte Narbe vom Hals bis zum Bauch, irgendeine Herzoperation. Wenn er nur *ein Mal* schnell renne, fiele er schon tot um, sagen die anderen aus seiner Klasse. Die Farbe des Sportzeugs ist für jede Schule einheitlich. Wer seins vergessen hat, muß in Unterwäsche mitmachen. «Sie haben doch auch bunte Sachen an», habe ich einmal zur Lehrerin gesagt und wurde rausgeschickt.

Der PVC-Belag im Umkleideraum hat das gleiche Parkettmuster wie in unserer Wohnung. Wehe, jemand trägt

Ohrringe! Das kann Schlitzohren geben. Wenn einer die Zunge verschluckt, aus dem Hals ziehen und mit einer Sicherheitsnadel arretieren, bis Hilfe kommt. Das Hallenparkett ist rutschig, man zieht die Schuhe aus und befeuchtet sich die Sohle mit Spucke, eine Wissenschaft. Beim 10-Runden-Lauf immer mit dem Rücken zur Kurve rennen, die Technik hat unser Lehrer erfunden. «Los, Irina, volle Kanne, zeig ihm, was 'ne Harke ist!» *Er* hätte sich das nicht gefallen lassen. Als im Studium einmal ein Mädchen schneller als er gelaufen war, da hätte er abends so lange alleine trainiert, bis er wieder schneller war als sie.

«Ihr Pupsmäuse», sagt er, und wenn er die Pfeife nicht schnell genug findet, steckt er zwei Finger in den Mund und zerschneidet die Luft mit einem Pfiff. «Ich mach gleich mit da hinten!» Unsere Nachbarschule, bei denen würden sie mit einem Tambourin im Takt einmarschieren, ob wir das vielleicht auch wollten? «Wegen mir könnt ihr das gerne haben.» Oder er nennt uns «meine Herrlichkeiten und Dämlichkeiten», was die Jungs natürlich amüsiert. «Eulenschießen» hätten sie als Studenten gespielt. Dabei wurde in der Kneipe gewettet, wer sich traute, die häßlichste im Raum anzusprechen.

Wir stellen uns zur «Gumminastik» auf, eine Armlänge Abstand zum Vorder- und Nebenmann. Das ganze immer wieder auf Zeit. «Arme in die Vorhalte» und Kniebeuge. Oder auf den Rücken legen und «Klappmesser». Zwischendurch Beine ausschütteln, darin bin ich gut. Wenn wir jetzt nicht Gymnastik machen würden, wäre es für immer zu spät. «Ihr habt alle einen Haltungsschaden.» Das komme vom krummen Sitzen in der Schule, und weil wir die Mappen inzwischen nicht mehr auf dem Rücken tragen. Erst benutzte man nur noch einen Riemen und hängte sie über eine Schulter, wodurch die Schulter schief wurde, dann wanderte sie in die Hand, und das Rückgrat wurde verbogen, und als nächstes werden wir uns einen Aktenkoffer besorgen und damit wie «zum Dienst» gehen.

«Orthogenes» Training, das ist eine moderne Methode, die sie bei uns ausprobieren. Der eine Boxer, der könne seine Muskeln auf diese Art so entspannen, daß er, wenn er mit dem Finger in seinen Bizeps piekse, bis zum Knochen durchdringe. Wir probieren es aus, das ist doch ganz einfach? Wir sollen uns auf den Boden legen und an nichts denken. Vor allem keinen Lachanfall bekommen. «Ich mach gleich mit!» Oder: «Du, du und du, ihr meldet euch nach der Stunde bei mir, und wir unterhalten uns mal.»

Die Läufer aus der BRD, ganz lässig schüttelten die sich die Beine aus, in ihren teuren Adidas-Hosen. Und dann ließen sie beim Staffellauf immer den Stab fallen, weil sie sich zu fein seien, die Übergabe zu üben. Kein Kollektivgeist, da kämpfe jeder nur für sich. Im Grunde freuten die sich, wenn einem aus der eigenen Mannschaft ein Mißgeschick passiere. Wir natürlich nicht, Staffelstabübergabe ist unsere Stärke. Auch hier gibt es einen Trick, den der Sportlehrer entwickelt hat, die Hand wie einen Trichter halten, dann muß der Stab nur noch von unten reingeschoben werden, und es kann nichts schiefgehen. Wenn die Hand falsch gehalten wird, stürzt er herbei und schraubt sie in die richtige Position. Es gibt zahlreiche Fortbewegungsarten, die geübt werden müssen: Krebsgang, Entengang, Schlenderlauf, Kniehebelauf, Hüpfer-Lauf, Schlußsprünge, Japan-Lauf. Zwischendurch immer wieder Beine ausschütteln. «Harry-Sprünge», da machte man sich «zum Harry».

Muskeln, man braucht Muskeln. Am Abend im Waschraum versuchen wir, mit den Brustmuskeln zu wackeln, wie es Arnold Schwarzenegger in «Auf Los geht's los» demonstriert hat, der Moderator hatte den nur scheinbar Widerstrebenden überredet, dazu sein Hemd auszuziehen. Aber, wie wir uns auch bemühen, das Kunststück nachzuahmen und vom Gehirn aus eine Verbindung zu diesem Stück Fleisch herzustellen, kein Nerv fühlt sich dafür zuständig.

Meine Füße wasche ich nicht, ich ziehe die Turnschuhe sowieso nur zum Schlafen aus. Die Haut an der Fußinnenseite zieren zwei kleine Staubkreise, von den Metallringen der Luftlöcher.

7 Jeder hat sich mit seiner Doppelstockbetthälfte angefreundet, wer oben liegt, sieht darin einen Vorteil, wer unten liegt aber auch. Man kann im richtigen Rhythmus mit den Füßen gegen die Sprungfedern treten, daß der oben in die Höhe fliegt wie auf einem Trampolin. Henriette und Heike, die Krankenschwester, die der Sani-Tante hilft, sagen uns gute Nacht. Wir lassen unsere Splitter begutachten und die Pflaster erneuern. Ich muß seit ein paar Tagen immer Luft schlucken, im Bauch scheint ein Vakuum zu sein. «Ich muß immer Luft schlucken.» Ich kann es nicht besser erklären. Heike kommt an mein Bett, nimmt meine Hand und mißt meinen Puls. Ich soll den Mund aufmachen, und sie sieht in mich hinein. Ich würde mir wünschen, daß sie etwas Ungewöhnliches entdeckt, vielleicht würde sie sich dann Sorgen um mich machen und mich mit eigens in einem Labor voller dampfender Glaskolben und Bunsenbrenner zusammengemischten Medikamenten behandeln. Vielleicht würde ich sogar phantasieren. Aber ihre Untersuchung bewirkt ganz im Gegenteil, daß ich mich so seltsam ruhig fühle, wenn sie mich ansieht. «Ich bin auch krank!» ruft Marko. Alle wollen den Puls gemessen bekommen oder gleich «Mund-zu-Mund-Beatmung». Henriette geht herum und sagt uns gute Nacht. Sie übergibt Holger einen Zettel. Zu mir beugt sie sich herab und sagt: «Du bekommst bestimmt auch bald einen Liebesbrief.»

Draußen ist es still, auf der Straße fährt selten ein Auto. Zum Glück haben die Bungalows keine Fenster zum Wald, sondern nur zur Wiese. Marko weiß eine lange Ballade auswendig, die mit den Worten endet: «Und die Moral von der Geschicht'? Halbe Eier rollen nicht!» Die muß ich mir später unbedingt aufschreiben, das wird gut, wenn ich die zu Hause bei meinen Freunden zum besten gebe. Langsam sammelt sich ein Schatz von Sprüchen und Witzen an, die ich hier gelernt habe, ich kann mir nicht mehr alles merken. Die «Skorpions» sind deutsch? Thomas Gottschalk war früher Lehrer? Nina Hagen ist eigentlich «von hier»? Ob die drüben das nicht wissen? Sogar Erich Honecker ist «aus 'm Westen»? Das geht doch gar nicht? Der ist gar kein Sachse? Und den Zauberwürfel hat einer aus Ungarn erfunden? Das zeigt doch, daß wir eigentlich gar nicht so dumm sind?

Dennis wiederholt immer wieder, daß man nach Ungarn nur Frottee-Handtücher mitzunehmen brauche, damit könne man dort alles bezahlen. Den ganzen Koffer voller Frottee-Handtücher, die seien praktisch Gold wert, weil die Ungarn aus irgendwelchen Gründen nicht in der Lage sind, so etwas herzustellen. Seine Familie mache das so, Frottee-Handtücher über Frottee-Handtücher. Ich merke mir das, ein Tip, der mir hier zugefallen ist und mir vielleicht eines Tages noch nützen wird. Ich weiß ja auch, wie man einen Tiger tötet, wenn er auf einen zuspringt, man muß dann mit dem Gesicht nach oben rückwärts unter ihm durchspringen und ihm den Bauch mit einem Messer aufschlitzen, das habe ich bei Sandokan gesehen.

«'n Kumpel von mir kann in Astronomie mit 'm Fernrohr nach Westberlin kieken, inne Koofhalle, da geht manchmal Udo Lindenberg hin», behauptet Dennis. Kann man das glauben? Aber wenn nicht, wäre es ja gelogen? Das müßte ihm doch selber komisch vorkommen, wenn er einfach etwas Erfundenes behauptet? Hat er dann nicht das Bedürfnis, sein Gewissen zu erleichtern und sich irgendwem zu offenbaren? Und wenn er selbst an seine Lüge glaubt? Ist es dann noch eine Lüge? Seine Mutter habe sich nach seiner Geburt zunähen lassen, behauptet Eike.

«An der Transit-Autobahn nach Westberlin, da liegt alles voll mit leeren Büchsen. Die werfen die einfach aus 'm Auto. Da is manchmal sogar noch was drinne!»

Da muß ich unbedingt mal hin, das nehme ich mir vor, ich sammle doch Büchsen, das ist eine Leidenschaft geworden, nachdem es mit einer Sinalco-Büchse vom Flohmarkt angefangen hatte. Manchmal fülle ich Club Cola in eine Coca-Cola-Büchse und trinke sie genüßlich mit dem Strohhalm aus. Frottee-Handtücher, dem Tiger rückwärts entgegenspringen und Büchsen von der Transit-Autobahn. Es wird immer mehr, was ich mir merken muß, ich muß endlich anfangen, mir alles in meinen Notizblock zu schreiben, sonst geht es mir wie mit den Bud-Spencer-Sprüchen, die man jedesmal gleich wieder vergißt.

Dennis läuft mit irrem Blick durch den Bungalow, die Hände vorgestreckt. Zwei Pfeffis als Hasenzähne gucken unter seiner Oberlippe hervor. «Zombies!»

«Zombies?»

«Zombies!»

«Watt is denn 'n Zombie?»

«Na, so 'ne Leiche, die noch lebt.»

«Und was machen die?»

«Die wollen immer inne Kaufhalle, weil da die ganzen Menschen sind.»

«Jibt's denn so wat?»

«Ditt war in so 'm Fülm.»

«Und in echt?»

«In echt weeß ick nich.»

Eike hat entdeckt, daß sich hinter einem Spind ein Sicherungskasten befindet. Mit zwei zusammengepreßten Sicherheitsschlüsseln kann man das Vierkantschloß öffnen. Er dreht an einer Sicherung, draußen gehen ein paar von den rechteckigen schwarzen Laternen aus, die Kindersärge genannt werden. Offenbar ist das hier der Sicherungskasten fürs ganze Ferienlager. Eike dreht abwechselnd Sicherungen raus und rein und spielt mit den Laternen Lichtorgel.

«Kiekt euch den Kunden an!»

«Is der kaputt ...»

Marko hat ein besonderes Buch dabei, alle drängen sich an sein Bett. Im Licht der Taschenlampen blättert er zur richtigen Stelle. Es ist ein Roman, «Krieg der Sterne», das klingt schrecklich für mich. Wenn sogar im Weltall Krieg ist, das ist ja noch schlimmer als ein Weltkrieg. In der Mitte des Buchs sind Farbfotos von den Figuren abgedruckt. Die Frau trägt eine weiße Bluse, und wenn man ganz genau hinguckt, behauptet Marko, sieht man eine Brustwarze durchschimmern.

«Los, Kurvendiskussion!»

«Ob man Birgit schon befruchten kann?»

«Nicht in der ‹Roten Woche›.»

«Frigide sei mit dir.»

«Wenn du denkst, du hast ihn drinne, dann hängt er in der Sofarinne.»

«Mein Bruder hat ’n Poster von Zementa Fox.»

Marko krümmt sich, als hätte er Bauchschmerzen: «Noch vier Jahre. Ditt is jemein.»

«Vier Jahre?»

«Ick halt ditt nich aus.»

«Was ist denn in vier Jahren?»

«Mensch, da sind wa 18!»

Wir hatten mal eine Jugendstunde «Sexualität» in der Schule, weil jemand an die Tafel geschrieben hatte: «Scheiße an der Sackbehaarung zeugt von einer Männerpaarung.» Wir durften alle eine Frage notieren. Der Vater einer Schülerin und der Mann der Lehrerin, die beide Ärzte waren, gaben das Jugendlexikon «Junge Ehe» herum. An die Tafel malten sie einen durchsichtigen Frauenbauch, durch den ein Punkt wanderte, wie ein U-Boot, das eine Detonation bewirkte, deren Druckwelle mit verschieden großen Ringen verbildlicht war, was den Bauch fast zum Platzen brachte. Auffällig war, wie ernst die Erwachsenen wurden, sobald das Thema aufkam, es wirkte, als verschwiegen sie uns irgendein schreckliches Geheimnis. Sexualerziehung war im Grunde noch langweiliger als der übrige Unterricht. Wie bei «Denkst du schon an Liebe?» wurden die Fragen nicht beantwortet. Die meisten Jungs hatten die Möglichkeit, Fragen abzugeben, auch boykottiert, nur Roberto nicht. Wir setzten ihm zu, weil wir seine Frage wissen wollten. «Was der Mann fühlt, wenn er seinen Penis in die Scheide steckt ...», sagte er schließlich widerstrebend. Irgendwie kam es mir vor, als hätte er uns alle verraten.

In der nächsten Zeit stattete einer nach dem anderen dem Jugendlexikon in der Kinderbibliothek im Dienstleistungswürfel Besuche ab. Die Bibliothekarinnen sind zwar Respektspersonen, ihre Macht reicht aber nicht über die Bibliotheksräume hinaus. Mit ihren lackierten Fingernägeln lassen sie die Karteikarten durchflattern und rechnen die Mahngebühr aus. Ich finde es immer seltsam, daß sie mich gar nicht wiedererkennen, und es ist mir unangenehm, einer von ihnen auf der Straße zu begegnen, weil ich nicht weiß, ob ich sie grüßen soll. Es gibt einen Schaukasten für die Lesezeichen, die in zurückgegebenen Büchern gefunden worden sind, besonders ungeheuerlich: eine Wurstpelle. Ist man einmal in der Bibliothek, will man fast alles ausleihen, aber zuhause wirft man dann keinen Blick in die Bücher. «Das Zauberbuch» von Jochen Zmeck, mit Kartentricks. Aber es ist mir zu mühsam, das zu üben. Ein richtiger Trick muß doch ohne Üben funktionieren. Telepathie? Wenn man sich ganz stark konzentrierte, den Rücken vom Vordermann anstarrte und ihm befahl, sich einzupinkeln? Oder gleich Gedanken lesen? Das würde das Leben doch ungeheuer bereichern. Hoffentlich hat es nicht jemand anders schon gelernt. Man denkt ja oft Dinge, die man gar nicht denken will. Zur Sicherheit denke ich dann schnell noch einmal das Gegenteil hinterher.

Das Jugendlexikon «Junge Ehe» stand in einer Reihe mit anderen Jugendlexika, alle mit grauem Einband und fast noch grauerem Papier. Da müsse man mal unter «Position» gucken, das raunte man sich zu. «*Umgangssprachlich die Stellung, die man bei sexuellen Handlungen einnimmt. Um einer Monotonie vorzubeugen, sollte man hin und wieder eine andere Haltung ausprobieren.*» Schwarz-Weiß-Fotos von einem nackten Pärchen, das auf einer Wiese voller Pusteblumen demonstrierte, wie man «es trieb». Auf der gegenüberliegenden Seite der Eintrag «Pornographie» mit einer Abbildung von einem Kino aus einer westdeutschen Innenstadt. Die Filmankündigung: «*Goethehaus – Alles, was Erotik bieten kann: ‹Sie liebten wie die Tiere›.*» Und als Bildunterschrift: «*Im Kapitalismus gehört die Anpreisung der Pornographie zum Alltag.*» Ausleihen wäre mir peinlich gewesen, und angucken ging nur scheinbar unbeteiligt, beim Umblättern. Immerhin lag auf der Seite keine Wurstpelle.

8 Eine Gestalt mit Taschenlampe nähert sich unserem Bungalow, es ist Wulf, das erkennen wir am schnarrenden Geräusch, das der Dynamo seiner Lampe macht, deren Griff man ständig zusammendrücken muß, damit Strom erzeugt wird. Ein wundervolles Gerät, um das wir ihn alle beneiden, unendlich viel Strom, das ist besser als Solarzellen, die nützen ja in der Nacht nichts, also gerade, wenn man das Licht braucht. Wir stellen uns schlafend, aber nicht so übertrieben, daß es unecht aussieht. Die Augen nur locker schließen, wenn der Lichtschein einem übers Gesicht streicht, und hoffen, daß er weiterwandert. Ich bemühe mich, ein «ehrliches» Gesicht zu machen, so, wie bei «Tim und Struppi» immer über Tim gesagt wird: «Du hast ein ehrliches Gesicht, Fremder.» Eike steht immer noch am Sicherungskasten und dreht an den Sicherungen. Wulf versucht, ihm seine Taschenlampe abzunehmen, aber Eike wehrt sich überraschend heftig. Weil Wulf sein Gesicht nicht verlieren darf, muß er minutenlang mit ihm ringen, um Eikes Hand aufzukriegen und ihm die Lampe zu entwinden, während Eike tobt und schreit: «Die hab ick von mein' Vater!» Wulf kniet auf ihm, Eike beißt ihm in die Hand. Er wird für die Nacht ins Steinhaus mitgenommen.

«Ditt hätt ick von Wulf nich jedacht, daß der so 'n Schläger is», sagt Matthias.

«Schuld, eigene.»

Aus einem Fenster vom Steinhaus kommen Lichtzeichen. Jetzt müßte man das Morsealphabet kennen. «SOS» ginge ja noch: «Pipipip-piipiipiip-pipipip». Dafür haben unsere Lampen extra eine Morsetaste.

«Wie der dajestanden hat und janz lässig die Sicherungen rausschraubt!»

«Ditt is een Kunde.»

Draußen hört man Getrappel, die Jungen aus einer kleineren Gruppe rennen im Schlafanzug über die Wiese und stürzen in ihren Bungalow, der letzte knallt die Tür. Dann ist es wieder still. «Da ist mal aus einem Ferienlager ein Kind verschwunden, *und in dieser Nacht war eine Hand gesehen worden*, mit langen Fingern und rotlackierten Nägeln.»

«'ne *Hand*? Watt denn für 'ne *Hand*?»

«Na, eine *Hand*, die hat da wer gesehen.»

«Und was ist mit dem Kind passiert?»

«Das ist später wieder aufgetaucht und hat sich an nichts erinnert.»

Es wird kurz ganz still, alle denken an diese unheimliche Hand. Denen, die am Fenster schlafen, wird mulmig,

Schnecken kriechen die Wände des Holzbungalows hoch, die kann man aber eigentlich nicht hören, das ist nur Einbildung. Und der Hund, der nachts durchs Lager streunen soll?

«Wat wär 'n jewesen, wenn Marx und Engels sich nie jetroffen hätten?»

«Ditt jeht doch jar nicht.»

«Wenn die Russen keen Schnaps mehr haben, trinkense Benzin vonne Panzer.»

Man darf eigentlich nicht «Russen» sagen, das klingt so nach Nazi-Zeit.

«Die Russen haben bei Berlin ein Kloster in Kloster Lenin umbenannt.»

«Ej, wie Jens jestern jereihert hat!»

«Watt hab ick?»

«Jereihert.»

«Jereihert?»

«Jewürfelt.»

«Jewürfelt?»

«Mensch, jekotzt.»

«Ick hab nich jekotzt, ick konnte doch gar nich.»

«Ick kenn noch 'n Witz», sagt Dennis. «Honecker, Gorbatschow und Reagan ...»

«Der heißt doch jetzt Bush.»

«Mit der Scheiße der?»

«Nee, der jeht anders.»

«Ach, wo die denn keen Fallschirm haben.»

«Laß ihn doch mal erzählen.»

«Lieber noch mal den mit ‹Tod durch Bongo Bongo›!»

«Oder mit dem Maiskolben: ‹Mmh, mit Butter!›»

«Ih, nee, der is so eklig.»

«Hing alles an einem Faden ...»

Es riecht nach Zigarettenqualm, Holger hat sich in seinem Bett am Fenster hingesetzt und raucht. «Seid mal stille jetze!» Er raucht bedächtig weiter. Dann drückt er die Zigarette unterm Fensterbrett aus, genau am Ende einer Girlande von schwarzen Brandflecken.

Holger hat als erster einen Spitznamen bekommen, Marko hat ihn «Hiroshima» getauft, nachdem er einmal nicht zum Essen erschienen ist und niemand wußte, wo er steckte. Wulf hatte gesagt: «Holger kann doch nicht vom Erdboden verschluckt sein.» Holger wirkt immer so, als gehe er viel langsamer als wir, als bewege er seinen mächtigen Körper nur gnädigerweise in dieselbe Richtung. Die Beine stecken in engen Jeans, und die Fußspitzen schwingt er bei jedem Schritt nach innen. Ich fange auch schon an, so zu laufen, dagegen kann ich mich gar nicht wehren. Seine hellblauen Schuhe mit dünnen Sohlen sind vorne bei den Schnürsenkel-Ösen mit weißem Leder besetzt. Es sind Ringerschuhe, sie reichen über die Waden. «Einlaufschuhe» aus Leder gibt es ja nicht ohne weiteres, auch nicht im Sporthaus «Olympia» am S-Bahnhof Schönhauser Allee oder im «Haus für Sport und Freizeit» am Frankfurter Tor. Deshalb hatte er die Idee, Ringerschuhe zu benutzen. Zuhause werde ich möglichst noch in den Ferien zum «Haus für Sport und Freizeit» fahren und gucken, ob es die da gibt. Obwohl ich solche Vorhaben ja meistens vor mir herschiebe, wie meine Mutter das Beantworten ihrer Post. Im «Haus für Sport und Freizeit» streife ich gerne durch alle Etagen, um keine Neuigkeit im Angebot zu verpassen. Wenn ich in der Angelabteilung bin, freue ich mich auf die Campingabteilung, vorher gehe ich aber noch in die Fahrradabteilung. Von der obersten Etage kann man in der Mitte bis nach ganz unten sehen.

Hinauf gelangt man über eine marmorne Wendeltreppe, fast wie im Jagdschloß Granitz. Es gibt so viele Dinge, für die man leider keine Verwendung hat, obwohl sie so praktisch aussehen und nicht mal viel kosten. Eine Campingkerze in Form einer Blechdose zum Zuschrauben. Oder ein Wurfdiskus, daß man so etwas kaufen kann! Daß es für jede Sache immer irgendeinen Betrieb im Land gibt, der sich darauf spezialisiert hat. Wie oft kaufen sich denn Diskuswerfer einen neuen Diskus? Ein Bumerang wäre ja eigentlich auch besser. Ich habe mir im «Haus für Sport und Freizeit» mal Schraubstollen für Töppen gekauft, die Verkäuferin füllte sie in eine braune Papiertüte wie Äpfel. Ich wollte sie irgendwie an meinen Stoffturnschuhen anbringen, vielleicht in die Gummisohle schrauben, wenn man sie innen mit aus Pappe ausgeschnittenen Einlagen verstärkte. Ich dachte, mit richtigen Töppen würde ich gleich viel besser spielen.

Gegen Holger komme ich mir zwergenhaft vor, aber das geht mir mit allen Größeren so, schon die aus der Zehnten sind wie Riesen, die uns zu ihren Füßen gar nicht bemerken. Ich habe einmal aus Versehen einem auf dem Schulhof einen Schneeball in den Rücken geworfen, auf die Lederjacke, er drehte sich um und knallte mir eine, mehr Zeit nahm er sich nicht für mich. Ich wäre auch gerne größer, man muß sich jeden Morgen strecken, um die Wirbel des Rückgrats noch ein paar Zentimeter auseinanderzuziehen, wie eine Perlenkette. Milch soll auch helfen, weil daraus Knochen werden, manchmal trinke ich deshalb an einem Tag zwei Liter und richte den Milchstrom dabei mit dem Strohhalm auf meine Schneidezähne, weil die an manchen Stellen so blaß und durchscheinend aussehen und Kalzium brauchen.

Immer weniger beteiligen sich am Gespräch. Manche sind vielleicht schon eingeschlafen. Es ist traurig. Wenn mir ein Witz einfiele, mit dem ich alle noch mal wach bekomme? Oder die Stimme von Hans Moser nachmachen?

«Marko?»

«Watt is 'n?»

«Kennst du den Witz von den 1000 Tröpfchen?»

«Ej, du Spast, spuck mir nich an!»

Alle krümmen sich vor Lachen. Ich sinke ins Kissen und höre den anderen zu, während Bilder in meinem Kopf vorbeiziehen. Zombies, Ameisen, Eikes langgezogenes «Ding». Die Füße schlage ich in die Bettdecke ein, so fühle ich mich sicher. Mir fällt der Computer ein, und mich durchpulst ein so heftiges Glücksgefühl, daß ich einen lauten Tarzan-Schrei ausstoßen möchte. Den richtigen haben sie aus 30 Tierstimmen hergestellt, behaupten meine Brüder. In der «Trommel» war mal ein Bild vom gealterten Tarzan-Schauspieler im Rollstuhl, man hatte ihn vergessen, und er war im Elend gestorben, in Amerika hatten sie ihn nur ausgenutzt. Ich habe ein bißchen Heimweh, und darunter liegt eine Schicht Angst, daß meine Eltern sterben könnten. Ich gucke manchmal, wenn ich nach Hause komme, und niemand ist da, über den Balkonrand, ob meine Mutter unten liegt. Sie hat immer Migräne, und manchmal sagt sie, daß sie es kaum noch ausgehalten habe und am liebsten gesprungen wäre: «Nur wegen euch nicht.» Die Lagerdisko liegt mir auf der Seele. Vielleicht bin ich ja nicht der einzige, der nicht tanzt, Marko sieht auch nicht so aus, als könnte er das. Nur noch vier Jahre, hat er gesagt, und dann kommt die große Liebe, so, wie alles im Leben in der richtigen Reihenfolge und ganz von alleine passiert, man muß nur abwarten.

«Da war so 'n Paar, die hatten nachts im Wald 'ne Panne,

und der Mann holt Hilfe, und denn klopft jemand an die Scheibe vom Auto, in dem die Frau wartet, und die dreht sich um und sieht ihrn Mann, aber ditt is nur der abjeschnittene Kopf von dem jewesen, mit dem da wer jegenwummert. Ej? Marko? Dennis? Wolfgang? Schlaft ihr schon? Wollten wir nicht durchmachen?»

9 Beim Malwettbewerb gibt es als ersten Preis eine Rolle Drops. Alle Jungen haben das Raumschiff «Enterpreis» gemalt, deshalb schmücken die Wände des Essensaals dutzende Raumschiffe. Dieser flache, runde Ameisenkopf und die langen Kufen, in denen welche arbeiten, die man in der Serie nie zu Gesicht bekommt. Vorne ist das Cockpit, von dort hat man den besten Blick auf das Weltall. Gesteuert wird von einem Sessel aus, mit allen nötigen Knöpfen in der Lehne, bequemer geht es gar nicht. Leider sieht man das Raumschiff in der Serie immer nur im Vorspann kurz vorbeigleiten, so schnell kann man sich die Konstruktion nicht merken. Es ist für uns das vollkommene Raumschiff, seine Form ergibt sich ganz logisch aus den Anforderungen, die sich an ein Raumschiff im Weltall stellen.

Mit der Suppen-Kelle wird für das Frühstück Vierfruchtmarmelade aus einer braunen Papptonne in quadratische Plasteschälchen gefüllt, jeder Tisch bekommt eins. Manchmal findet man ein größeres Stück Erdbeere. Den Tee holt man sich aus einem großen Kanister, der vorne einen Hahn hat. Wenn nichts mehr rauskommt, wird der Tee mit der Tasse direkt von oben geschöpft. Vor dem Tee warnen wir uns aber, der mache «impotent». Und wenn man schwarzen Tee viermal aufbrüht, werde man davon «high». Ich schmiere mir gerne die Butter aufs Brot, wenn sie genau richtig weich ist. Seltsamerweise kaue ich immer mit den linken Zähnen, obwohl ich Rechtshänder bin. Oma Rakete hat manchmal den Rand von ihren Stullen abgeschnitten und mich essen lassen, weil sie ein Gebiß hatte und damit ich kräftige Zähne bekomme. Es war schön, etwas für sie tun zu können, und es fiel mir leicht.

«Drüben gibt's Müllschnitten zum Frühstück», sagt Dennis.

«Kannste vajessen.»

«Kannste fragen!»

«Drüben scheißen die Studenten in die Uni, aus Protest.»

«Wegen der Bourgeoisie?»

«Der Sohn von der Schwester von einer Bekannten von meiner Mutter zieht immer Röcke an, aus Protest dagegen, daß das nur Frauen dürfen.»

«Ditt haste dir doch ausjedacht.»

«Ditt stümmt! Die wohnen in Hamburg oder Homburg. Der gibt auch allen immer nur die linke Hand, weil er sagt, das ist autoritär, wenn man vorgeschrieben bekommt, welche Hand gut und welche schlecht ist.»

«Was ist denn autoritär?»

«Ich glaube, wenn einer einem andern sagt, was er machen soll.»

«Versteh ich nicht.»

«Wollt ihr den Lieblingswitz von meinem Vater hören?» fragt Eike. «Dick und Doof brechen aus dem Gefängnis aus, man muß über 100 Mauern klettern. Nach 99 Mauern sagt Dick zu Doof: ‹ich kann nicht mehr, ich geh lieber wieder zurück.›»

Wulf weiht uns in den Tagesplan ein, er möchte mit uns den «Silberweg» suchen, einen Weg, den es hier irgendwo seit dem Mittelalter gibt. Wir wollen lieber im Lager bleiben und Tischtennis spielen, jedenfalls nicht wandern gehen. Aber es bleibt uns nichts anderes übrig. Wir verstehen nicht, daß die Erwachsenen so wenig Phantasie haben, sich vorzustellen, was uns wirklich Spaß macht, das ist «belastend». Sie versuchen zwar manchmal, herauszubekommen, was wir denken und warum wir irgendetwas angestellt haben, aber man merkt richtig, wie sie mit ihren Spekulationen im Dunkeln tappen. In allem, was uns betrifft, sind wir ihnen von Natur aus überlegen.

Beim Wandern muß jede Gruppe eine Sani-Tasche mitnehmen, genau so eine haben wir auch in der Schule für die Pioniermanöver und Wandertage. Die Tasche ist braun und hat einen weißen Kreis mit einem roten Kreuz. Solche Kreuze haben sie im Krieg auf die Dächer der Krankenhäuser gemalt, sagt meine Mutter, und die englischen Bomber haben das als Zielscheibe benutzt. Die Schnalle sieht genauso aus wie bei unseren Mappen, aber ohne Katzenauge. Früher war es eine Auszeichnung, die Sani-Tasche tragen zu dürfen, jetzt will man sich um jeden Preis drücken. Wulf muß wieder sagen: «Jeder kommt mal dran.» Wenn jemand sich das Knie aufgeschlagen hat, kommt die Tasche zum Einsatz. Eine Spezial-Schere mit einem Knick, Mullverband und eine blaue Plaste-Rolle mit Pflaster, die eigentlich aussieht wie eine Kabeltrommel, nur in klein. Weißes Pulver gegen «Wundstarrkrampf». Was das wohl ist? Wenn man bei einer schlimmen Wunde nicht mehr weggucken kann? Eine Blutvergiftung erkennt man an einem roten Strich, der von der Wunde aufs Herz zuwächst. Er darf das Herz nicht erreichen, sonst ist man tot.

Wir wandern nach Liebstadt, «die kleinste Stadt Sachsens». Erst mal auf der Chaussee, «im Gänsemarsch», immer auf der linken Seite, damit uns die Autofahrer sehen können. Oder wir sie? Vorsicht, meistens kommen zwei Autos hintereinander. Zu Fuß gehen ist uns viel zu anstrengend, jeder Schritt kostet Überwindung. Schade, daß es keine Sprungfederschuhe gibt, und daß Beamen noch nicht erfunden worden ist. Dennis rülpst alle paar Meter, er macht das schon seit dem ersten Tag. «Singt doch mal ein Lied», sagt Wulf. Alle brüllen: «99 Handgranaten, fliegen auf den Kindergarten ...»

Eike hält die Hand raus, und zu unserem Entsetzen bremst wirklich ein Lada. Aber Wulf geht energisch dazwischen, bevor Eike einsteigen kann. Warum muß man immer durch die Gegend laufen? Aus Langeweile übe ich, so in die Fäuste zu pusten, daß es wie ein Käuzchen klingt, einmal hat es schon geklappt, aber ich weiß nicht, wie ich das hinbekommen habe. Wir schreien, so laut wir können: «Scheiß Finkenfang! Scheiß Finkenfang!» Das ist das andere Akademie-Ferienlager, keiner von uns ist je dort gewesen oder weiß auch nur, wo es sich befindet, aber es muß irgendwo in Sachsen sein, und wir hassen «die» aus Finkenfang.

Wir haben Wulf im Verdacht, an Henriette interessiert zu sein, weil wir mit den zehnjährigen Mädchen aus ihrer Gruppe wandern müssen. Mir sind die kleinen Mädchen eigentlich lieber als die großen, man kann sie mit Sprüchen beeindrucken oder ihnen Spitznamen geben, und man merkt richtig, wie stolz sie sind, daß man ihnen seine Zeit widmet. Für sie ist alles, was man ihnen erzählt, etwas besonderes, an das sie sich noch lange erinnern werden.

Ich muß gar nichts dafür tun, bewundert zu werden, ich muß nur älter sein und freundlich. Ich bin bei ihnen richtig populär, weil ich mich immer über sie lustig mache. Es macht mich stolz, und ich bin über meine Fürsorglichkeit gerührt, wenn ich mich auf die Straße stellen darf und sie mit ausgebreiteten Armen vor den Autos beschütze, weil sie ins Steinhaus müssen. Vielleicht bin ich für sie so etwas wie Dolly früher für mich.

Nach ein paar hundert Metern biegen wir von der Chaussee in einen Forstweg ein, der bergauf durch den Wald führt. Manche rennen gleich rechts und links des Wegs ins steil nach oben führende Unterholz, sie kommen aber nicht weit und hängen im Gestrüpp fest. Moosflatschen werden geworfen, Steine krachen gegen die Baumstämme, schade, daß sie davon nicht umfallen. Die ersten bauen schon in aller Schnelle an einer Höhle. Der modrige Geruch erinnert mich an unsere Ausflüge mit der Familie. Ich fühle mich heimisch in der Wildnis, weil wir ja regelmäßig im Wald spazieren, das habe ich den anderen voraus.

«Wer weiß, was das hier für Bäume sind?» fragt Wulf.

«Buchen?» antwortet Dennis.

«Und was sind Buchen für Bäume?»

«Laubbäume?»

«Und wie nennt man dann diese Sorte Wald?»

«Buchenwald?»

Wir schrecken bei der Antwort richtig zusammen. Das Wort darf man doch nicht einfach so benutzen?

Ich verstecke mich und warte, bis der letzte hinter der Biegung verschwindet und die Stimmen verklingen. Jetzt bin ich allein auf der Welt, keiner hat gemerkt, daß ich fehle.

Es riecht ein bißchen nach Benzin hier. Wenn ich mir jetzt den Arm breche, muß ich ihn richten, indem ich ihn in eine Astgabel lege und mit einem Stein draufschlage. Der Baum, hinter dem ich stehe, die rauhe Rinde, ich sehe das von ganz nah. Es kommt mir bemerkenswert vor, daß ich diese Stelle jetzt betrachte und daß ich sie wohl nie wiedersehen werde, und auch niemand sonst. Vielleicht sollte ich wiederkommen, wenn ich älter bin? Wie werde ich dann über diesen Augenblick denken? Je länger ich warte, umso schneller muß ich rennen, um die anderen noch einzuholen, es ist aber so ein innerer Zwang, es auszureizen, bis die Verbindung vielleicht abreißt. Dann stürze ich den anderen in Todesangst hinterher.

10

Der Wald lichtet sich, wir kommen in ein Dorf, aus Brettern zusammengenagelte Holzbänke stehen am Wegrand. Ein kleiner Konsum, eigentlich nur eine Baracke mit einem Ladentisch. Für Geld muß man von den Erwachsenen bedient werden, auch wenn man ein Kind ist, dagegen können sie nichts machen. Das billigste, was es zu kaufen gibt, sind Streichhölzer, zehn Pfennig die Schachtel. Manche kaufen gleich eine 10er Packung, die in braunes Papier eingewickelt ist. Die Schachteln sind viel zu schade zum Wegwerfen. Mein Vater hat mir mal aus einer leeren Streichholzschachtel einen Computer gebaut, indem er auf die Rückseite der Schublade «richtig» und «falsch» schrieb. Man rechnete eine Rechenaufgabe aus, und dann schob man die Schublade vom Computer heraus und bestätigte das Ergebnis. «Compjuter» hieß es, obwohl es sich «Computer» schrieb. Ich liebe es, diese kleinen Schubladen aufzuschieben und in die frischen Streichhölzer zu greifen, die darin aufgereiht liegen wie in einem Bett, nie liegt eins falsch rum. Es ist so wahnsinnig praktisch, daß an jeder Schachtel Reibeflächen angebracht sind. Neuerdings sparen sie aber eine Fläche ein, weil wir keine Rohstoffe mehr haben. Deshalb sind jetzt auch die Deckel von den Summavit-Gläsern aus wieder eingeschmolzenen Plasteabfällen und sehen so gesprenkelt aus wie eine Kugel bunter Knetereste.

Beim Weitergehen werden Streichhölzer geschnipst, die Finger riechen davon angenehm nach Silvester. Eike kennt einen Trick: «Opi kriegt 'n Steifen», dabei richtet sich ein brennendes Streichholz langsam auf, nachdem es Feuer gefangen hat. Manchmal opfert auch einer eine ganze Packung, um sie in Brand zu setzen, alle beugen sich herab, um das Schauspiel zu genießen. Leider ist das Beste, das heftige Zischen und Aufflammen, immer so schnell vorbei. Mir läuft die Spucke im Mund zusammen, wenn ich Feuer sehe. Ich freue mich auf unser Lagerfeuer am letzten Abend, das so hoch sein wird wie ein Haus. Man drückt sich auf den Boden, wegen der Hitze, und robbt heran, um an einem langen Stock, den man sich in den Tagen davor im Wald gesucht hat, eine Kartoffel zu rösten. Obwohl die Sani-Tante das verboten hat, weil es unhygienisch sei.

Auf einer Wiese stehen Kirschbäume, im Gras entdecken wir eine besonders lange Leiter, die beim Aufrichten in der Mitte durchbricht. Wir klettern in die Bäume und stopfen uns mit Kirschen voll, bis ein alter Mann erscheint, der wie Bertolt Brecht aussieht und uns beschimpft. Er trägt ausgeleierte, blaue Arbeitshosen, eine blaue Arbeitsjacke und eine Baskenmütze. Es ist Opa Schulze, der Antifaschist. Wir finden es lächerlich, wie er sich aufregt, der hat wohl «schlecht geschissen»? «Wie so 'n Zombie» kommt der uns vor. Wir verstehen ihn gar nicht richtig, weil er so undeutlich und verdreht spricht wie die Leute von hier. Der spielt sicher auch mit einem deutschen Blatt Skat. Es geht wohl um die Leiter, die wir ihm bezahlen sollen. Wulf versucht, ihn zu beruhigen.

«Wenn der im Spanienkrieg war, kann der bestimmt Karate», sage ich.

«Wieso war der denn im Spanienkrieg?» fragt Holger.

«Der hat doch 'ne Baskenmütze, der ist Antifaschist.»

«Der ist besoffen, da liegt 'ne Flasche ‹Goldbrand› am Zaun, das ist der zweitbeste Braune», sagt Holger.

«Vom ‹Blauen Würger› kannste 100 Etiketten einsenden, denn kriegste 'n Blindenhund», sagt Dennis.

Ich kenne mich mit Schnaps noch nicht aus, auch wenn es in der Kaufhalle im Grunde das Regal mit der größten Vielfalt ist. «Brauner» ist wohl eine Alkoholgattung. Bei der Altstoffsammlung in der Schule bringen ja manche auch Schnapsflaschen von zuhause mit. Ich habe nie Schnapsflaschen, aber dafür gibt es kaum Geld, am meisten lohnen sich kleine Saftfläschchen und Gurkengläser. Es ist mir immer peinlich, die beiden schweren Netze, die sich schier unendlich ausdehnen lassen, unterwegs abzusetzen, weshalb ich dabei jedes Klirren zu vermeiden suche. Aus den oberen Etagen der Hochhäuser kann man bei uns ja das ganze Viertel sehen, ich möchte nicht, daß Irina denkt, daß ich keine Kraft habe. In der Hofpause helfen wir dem Altstoffmann immer, mit einem Schraubenzieher die Metallringe vom Flaschenhals zu entfernen. Wenn er nicht da ist, suchen wir in den Zeitschriftenbergen nach der «Gärtnerpost» und der «Armeerundschau», weil die immer eine «nackte Olle» abdrucken. Wir jagen uns mit den Resten aus den Spraydosen durch den Raum. Wofür man wohl «Intimspray» nimmt?

Ich merke mir, was bei uns der zweitbeste «Braune» ist, vielleicht werde ich noch rauskriegen, was der Beste ist. Daß Holger so etwas weiß, ist mir unheimlich. Wer Schnaps trinkt, landet irgendwann im Gefängnis und anschließend als Hilfsarbeiter in der Flaschenannahme. Wir haben zuhause einen Kognac-Schrank, in dem die Flaschen einsam vor sich hin stauben. Meine Mutter sagt immer: «In unserer Familie kann man auch ohne Alkohol fröhlich sein.» Eine meiner Erfindungen ist, daß man eine Flasche Apfellikör offenstehen lassen könnte, bis der Alkohol verdunstet ist, dann hätte man Apfelsaft.

Es riecht streng nach LPG, also nach Mist, der in großen Haufen an den Dorfausgängen liegt, unter Planen, die mit alten Reifen beschwert sind. In Betonbecken schwimmt braune Gülle, wenn man da reinfällt, ob man sich dann noch irgendwie an der kahlen Wand festkrallen und hochziehen kann? Marko hat einmal einen Schweinefötus in so einem Becken schwimmen gesehen, behauptet er. Die jungen Männer, denen wir begegnen, tragen Armeejacken und Filzstiefel, manchen fehlen schon Zähne.

Am Wegrand steht ein Erntegerät, verrostete Metallfinger, die irgendwas mit der Erde anstellen, und ein Ledersitz mit einem Lenkrad. An so etwas kann man nicht vorbeigehen, ohne sich draufzusetzen. Ein kaputter Wartburg, sogar noch mit Tacho, der geht aber nicht abzumontieren. «Aufschließen da hinten!» ruft Wulf. Niemand kann uns etwas, wir sind ja nicht von hier, und außerdem sind Ferien. Man sucht ständig nach einer Idee, wie man möglichst effektvoll «Scheiße bauen» kann. Am besten, einer von uns würde sein ganzes Geld verbrennen oder seine Sachen ins Klo werfen und nichts mehr anzuziehen haben. «Is der kaputt», würde man anerkennend sagen. Dann hätte man zuhause was zu erzählen. Wir singen, so laut wir können: «Daß wir Berliner sind, das weiß heut jedes Kind, wir reißen Bäume aus, wo keine sind!»

Die Basteltante ist mitgegangen. Sie hat keine Gruppe zu leiten und muß nicht für Disziplin sorgen, das macht sie so beliebt. Sie studiert Medizin. Sie erzählt von einem Pärchen, das beim Sex aneinander hängengeblieben sei, der Mann mußte die Frau mit der Schubkarre ins Krankenhaus bringen. «Votzenkrampf», sagt Holger kennerhaft. Daß sie mit uns so ein erwachsenes Thema bespricht, macht uns irgendwie stolz. Ich unterhalte mich mit ihr übers Westfernsehen, die besten Sketche aus «Versteckte Kamera». Osten gucke ich ja fast nie, weil da immer nur Männer in altmodischen, gestreiften Turnanzügen und mit angeklebten Schnurrbärten alle durcheinander auf einem Sprungbrett in die Höhe schnellen und in der Luft in albernen Verrenkungen erstarren. Es ist berauschend, mit einer Frau zu reden, die gar nicht zu bemerken scheint, daß man noch ein Kind ist. Hinterher kommt es mir vor, als gebe es zwischen uns eine Verbindung, weil wir so lange geredet haben. Als sei unser Verhältnis nicht mehr wie bei den anderen. Es ist mir ein bißchen peinlich, ihr jetzt im Lager wiederzubegegnen.

Dort, wo in Wulfs Karte der «Silberweg» eingezeichnet ist, führt tatsächlich ein Pfad über eine Koppel in den Wald. Das Tor ist verschlossen, es besteht aus zwei mit Stacheldraht präparierten Bettgestellen, die so an den Metallpfosten festgeschweißt wurden, daß sie schwenkbar sind. Man sieht die Sprungfedern, genau solche bräuchte man für seine Schuhe. Der Zaun steht unter Strom. Wir legen eine Jacke auf den Draht und versuchen, ohne einen Schlag zu bekommen, drüberzusteigen. Als die ersten es schon geschafft haben, nähert sich auf dem Sandweg knatternd ein Moped. Ein Mann mit einem runden, weißen Helm, der wie eine Eierschale aussieht, ruft uns etwas Unverständliches zu. Wulf versucht, ihn zu beruhigen.

«Meinen Sie, der Zaun steht da zum Spaß? Das ist LPG-Gelände.»

«Aber der Weg ist doch in der Karte eingezeichnet.»

«Und deshalb denken Sie, Sie können einfach über den Zaun steigen?»

«Was sollen wir denn machen, wenn wir den Weg weiterwandern wollen? Die Kinder brauchen doch ein bißchen Auslauf.»

«Dann schreiben sie doch eine Eingabe. Das ist LPG-Gelände. Haben sie noch nie etwas davon gehört, daß in der DDR *in*tensive Landwirtschaft betrieben wird?»

Er tritt in die Pedalen und fährt wie mit einem Fahrrad ein paar Meter, dann kuppelt er, es gibt einen Ruck, und der Motor springt an. Aus dem Auspuff kommt eine blaue Abgaswolke.

«'ne SR2», sagt Holger.

«Quatsch, die ist doch ohne Kraftschluß, ditt is 'ne SR1», widerspricht ihm Marko.

11

Wir ändern den Plan und wandern zu einem Nachbardorf, in dessen Mitte es, zwischen zwei Straßen, ein Löschwasserbecken gibt, das man zum Baden benutzen darf. Bloß nicht beim Kopfsprung auf den Boden knallen, dann müßte man für immer im Rollstuhl sitzen. Mein größter Wunsch ist, kraulen zu können. Ich bin aber immer froh, wenn ich am anderen Ende anschlage und nicht an der Seite, weil ich wegen meiner verzweifelten Atemzüge gar nichts sehen kann. Warum gibt es nur vier Schwimmstile? Könnte man nicht einen noch schnelleren erfinden? So, wie ja auch erst einer den Tiefstart erfinden mußte? Beim Laufen hatte ich schon die Idee gehabt, immer beide Arme gleichzeitig nach vorne zu schwingen, sonst hob sich die Wirkung ja auf.

Der Weg wird wieder schmaler und führt genau neben einem kleinen Bach den Berg hinab. Bevor wir Liebstadt erreichen, kommen die ersten Schrebergärten. So ein Ort hat keine klare Grenze. Manchmal gibt es in einem Garten ein Wasserrad, das von einem Rinnsal angetrieben wird. Die Gebäude werden größer, erst nur Baracken und Garagen, dann auch Bungalows und Häuser. Alte Badewannen dienen als Wasserspeicher, und in aufgeschnittenen Traktorreifen wächst Vergißmeinnicht. Die heißt wirklich so: «Vergiß – mein – nicht.» Ein Ehepaar richtet sich mühsam vom Unkrautjäten auf, um uns hinterherzugucken. Die Vorderseite eines Bungalows besteht aus dem Balkonelement eines Plattenbaus, mit Fenstern und Balkontür. Eine Frau reinigt mit einem Schrubber von außen die gekachelte Fassade ihres Hauses. In einem Garten sitzen in einer Hollywood-Schaukel und in Campingstühlen Erwachsene mit sonnengebräunter, ledriger Haut um einen Campingtisch mit Wachsdecke. Sie haben einen Sonnenschirm mit Blumenmuster. Die Badehosen der Männer schneiden sich so tief ins Fleisch, daß man sie unter der Bauchfalte kaum noch sieht. Die Frauen tragen Badeanzüge oder Bikini. Ihre Brüste sehen aus wie Schläuche und sind unter dem Stoff ganz weiß. Alle halten Bierflaschen in der Hand und beißen in Bouletten.

Über Liebstadt thront Schloß Kuckuckstein. Wir besichtigen es jedes Jahr, aber wir kommen immer gerne wieder, aus den Schießscharten gucken, sich draußen auf die Kanonen setzen, die Ritterrüstungen, die aussehen wie für Kinder, weil die Menschen damals noch kleiner waren. «Wer muß mal austreten?» Napoleon hat hier 1813 etwas mit einem Diamant in eine Scheibe geritzt, aber warum war er überhaupt hier? Eine meiner kleinen Freundinnen hat Geburtstag und darf deshalb im Sekretär das Geheimfach suchen.

«Hat die 'ne Suppe!»

Im Freimaurerzimmer sagt der Führer, daß hier noch nicht alle Geheimnisse bekannt seien, das wisse er von Freimaurern, die manchmal zu Besuch kämen, ihm aber auch nicht mehr verraten wollten. Wir sollen mal gucken, wie der Mann auf dem Bild uns mit den Augen folgt. Das Leben auf einem Schloß, das war nicht wie im Märchen. Die Himmelbetten waren in Wirklichkeit gegen Wanzen, die von der Decke fielen, und der lange Eßtisch hatte eine Vertiefung, weil er nebenbei zum Sezieren von Leichen diente. Es gab keine Toiletten, beim Essen schoben die Diener den Damen mit einer langen Stange einen Nachttopf unter den Rock. Am Ende vom Sommer war das ganze Schloß vollgeschissen. Im Winter war es unbewohnt, weil man es nicht heizen konnte. Wie furchtbar das gewesen sein mußte, früher zu leben. Im Mittelalter, oder im Faschismus. Auf einen Haufen röchelnder Pestkranker geworfen werden. Mit einem Haken an der Achillessehne von einem Schlachtfeld gezerrt. Oder als Urmensch in einer Höhle das rohe Fleisch von einem Knochen nagen. In Afrika, da versteckten sich Skorpione im Sand, die einem unbemerkt unter der Hose das Bein hochkrabbelten. Bei uns gab es zum Glück keine Erdbeben und keine Vulkane, keine Wüsten und Lawinen, nur den Grünen Knollenblätterpilz und Kreuzottern. Ich habe allerdings Angst, daß die Ernte nicht gut ausfällt, davon ist immer in den Nachrichten die Rede, wir brauchen dringend Kartoffeln. Und die Kohle wird jedes Jahr knapper. Ich hoffe insgeheim, daß rechtzeitig neue Kohle entsteht, damit es wenigstens noch bis an mein Lebensende reicht. Ich hatte schon die Idee, ein Stück Holz zu vergraben, um daraus Kohle herzustellen.

Die Eismaschine in der Gaststätte «Grüner Baum» in der «Straße des Friedens» ist das eigentliche Ziel unserer Wanderung. Softeis ist im Ferienlager verboten, sagt die Sani-Tante, niemand weiß, warum, wir dürfen nur Kugeleis essen. Es gibt leider nur zwei Sorten, Schoko und «Vanülje», selten auch mal «Frucht». «Waldmeister» gibt es ja leider nicht mehr, weil es krebserregend ist. Dennis sitzt auf einem Stein und schmollt. Er hat in der Drogerie Steckindianer entdeckt, aber Wulf weigert sich, ihm sein Geld auszuhändigen. Diese Steckindianer gebe es in ganz Berlin nicht, schimpft er, die suche er schon seit Jahren, dagegen könne man alle möglichen Sachen eintauschen, und er dürfe sie sich nicht kaufen. Das werde Wulf ihm büßen! Das war *sein* Geld, das *durfte* der gar nicht.

Weil wir sowieso jeden Laden nach etwas Interessantem absuchen, und weil wir uns die Steckindianer ansehen wollen, gehen wir in die Drogerie, «Drohscherie» sprechen es manche aus. Im Schaufenster steht eine Pyramide aus runden, silbernen Ata-Packungen, wie die Büchsen beim Ballwerfen auf dem Rummel. Bei den meisten Sachen hier kann ich mir nicht vorstellen, daß sie jemals einer kauft. Ich finde es interessant, wieviele verschiedene Spül-, Putz- und Waschmittel-Sorten es gibt. Man weiß meistens gleich, daß es etwas in der Richtung ist, weil der Name schon so danach klingt: Ata, Imi, Sil, Laxyl, Pulax, Reuwa, Wok, Gemol, Milwa, Fewa, Fay und Swyt. Seltsamerweise gibt es auch Odol, obwohl dafür auch im Westfernsehen geworben wird. Im Westen gibt es sogar Ata, das nicht scheuert. Sie stellen ja auch weiße Schokolade her.

Meine Schwester hat mir aufgetragen, immer überall nach schwarzer Textilfarbe zu fragen, die zuhause nirgends aufzutreiben ist. Sie will sich für den Winter eine Judo-Jacke umnähen und einfärben. Neben der Kasse stehen Papptönnchen mit Schmierseife. Der Preis ist aufgedruckt, die viele Seife kostet nur ein paar Pfennige, das ist fast noch günstiger als Streichhölzer. «Die gibt's nicht mal in Berlin! Deine Mutter wird sich freuen!» versuchen wir, Peggy zum Kauf zu überreden.

«Vergackeiern kann ich mich alleine.»

«Nee, in echt, Peggy, wenn ich das Geld hätte, würde ich die nehmen. Die ist besser als aus 'm Shop», sagt Marko.

«Und ich darf mir ja nicht mal meine Steckindianer kaufen», sagt Dennis.

Sie tut es wirklich und schleppt ein Tönnchen Schmierseife aus dem Geschäft. Wir schütten uns aus vor Lachen, hat die das wirklich gemacht! Ist die kaputt!

Vor dem Konsum steht eine Oma, mit der linken Hand, in der sie eine alte Handtasche aus Kunstleder hält, stützt sie sich gegen das Fensterbrett, mit der rechten schlägt sie einer Minischnapsflasche an der Betonkante den Hals ab und trinkt die Flasche aus.

Weil die Türen weit offenstehen, sehen wir uns die Dorfkirche an. Man darf da einfach rein, das können die meisten gar nicht glauben. Die kühle Luft und das abgegriffene Holz der Bänke kommen mir vertraut vor. Es fühlt sich so an, als würde ich die anderen in unsere Wohnung lassen. Der Rückspiegel an der Orgel kann mich nicht mehr überraschen. Soll ich zugeben, daß ich christlich bin? Wäre das unvorsichtig? Die anderen bewegen sich voller Scheu, im Grunde ist ihnen der Ort heiliger als mir, sie kennen sich eben nicht aus. Sie scheinen Angst zu haben, die Götter mit einer Unachtsamkeit zu reizen. Ja, ich bin getauft, lasse ich bei der Basteltante durchblicken, das ist wie ein Schicksal, eine Bürde, an der ich trage, aber auch eine Aufgabe, für die man auserwählt sein muß. Ich komme aus dem Mittelalter. Aber bei der Basteltante kommt es gut an. Eine alte Orgelpfeife dient als Spendenbüchse. Ganz bescheiden und beiläufig, aber auch nicht so, daß es keiner merkt, lasse ich eine Mark reinfallen. Ich habe das Gefühl, eigentlich mein ganzes Geld spenden zu müssen, sonst ist meine Großzügigkeit nichts wert, weil ich ja nur so viel gebe, wie ich gerade noch verschmerzen kann. Wahre Christen überschreiten diese Grenze aber und empfinden dabei noch Freude. Ich bin eben doch kein wirklich guter Mensch.

«Du glaubst an Gott?» fragt Wolfgang.

«Ja.»

«Das würde ich mir abgewöhnen. Sonst entwickelt sich dein Gehirn zurück.»

Am Ortsausgang bildet sich ein Pulk. Wir betrachten ein halbtotes Vogelküken, noch ohne Federn, das an einer Hauswand liegt. Es muß aus einem Nest gefallen sein, die Augen sind noch von Haut bedeckt. Das können wir doch nicht hier liegenlassen, dann wird es eine Katze holen oder ein Auto drüberfahren. Eben hat es noch im Nest gesessen, und jetzt wird es sterben, wenn wir es nicht retten. Anfassen darf man es bestimmt nicht, obwohl es kein Rehkitz ist.

«Nich anfassen, wenn ditt Tollwut hat.»

«Da müssen wir 'n Nest für bauen.»

«Oder in' Tierpark bringen.»

Holger nimmt das Vögelchen, geht ein paar Schritte und schleudert es in die Büsche.

«Hast du 'ne Schacke? Ditt hat noch jelebt!»

Peggy laufen Tränen über die Wangen. Wir gehen weiter, bis zur Bushaltestelle, wo drei Jugendliche aus dem Ort mit den Füßen auf der Bank sitzen und uns feindselig anstarren. Ohne den Blick von uns abzuwenden, spucken sie abwechselnd aus, aber nicht mit Schwung, sondern so, daß sie die Spucke geräuschlos mit der Zunge aus dem Mund drücken. Die Haare rutschen ihnen immer in die Stirn, und sie pusten sie wieder zur Seite. Peggy ist uns mit etwas Abstand hinterhergekommen, weil sie sich an dem Tönnchen mit der Schmierseife abschleppt. Ihre Augen sind noch ganz feucht. Einer der Jungen sagt zu ihr: «Nimmst du die Pille?»

«An der reißt du dir noch 'n Splitter.»

«Die muß mal eingenordet werden.»

«Da mach ich's lieber mit 'ner Kuh.»

Zum Glück kommt der Bus. Wir sind die einzigen Fahrgäste und verteilen uns von vorne bis ganz hinten. Manchmal setzt sich einer um, weil sein Sitznachbar gefurzt hat: «Marke Völkermord». Plötzlich bremst der Bus, und der Fahrer stürmt schimpfend an mir vorbei. Eine Schweinerei! Euch Berlinern wird doch nur Zucker in den Arsch geblasen! Er verlangt fünf Mark, aber wofür? Holger hatte seine Füße auf den Sitz gelegt, deshalb soll er aussteigen, er oder wir alle. Was bildet der sich ein? Das kann der doch nicht machen. Holger geht auf den Fahrer los: «Sie ham doch 'n Ding an der Glocke!» Der Fahrer schubst ihn aus dem Bus, Wulf steigt auch schnell aus, er darf keinen von uns allein lassen. Die Druckluft schießt in die Türgelenke, und die Türen schließen sich mit einem schnaufenden Knall. Wir können es kaum erwarten, allen im Lager von diesem Erlebnis zu berichten. Ich will eine Karte an meinen Cousin in Rendsburg schreiben, aber der Bericht zieht sich in die Länge, es ist so umständlich, das alles in Worte zu fassen. «Dann kam der Fahrer angestürmt, wie ...» Ja, wie? Hätte ich den Satz besser anders angefangen. Wir spüren eine gerechte Wut gegen diesen Busfahrer, der «ein Ding an der Glocke» hat, den Ausdruck habe ich zum ersten Mal gehört, ich hätte eher «Sie Fatzke!» gesagt. Und daß Holger fast so stark war wie der Fahrer. Daß der ihn wegen so was rausgeschmissen hat. Das war alles so plötzlich passiert, als der Fahrer nach hinten stürmte, manchem war das Herz stehengeblieben, weil er gerade gefurzt hatte und dachte, der kam deswegen. Wir fühlen uns so herrlich im Recht, ein wohliges Gefühl von Rebellion und Überlegenheit. Die spinnen doch hier, die Sachsen! Wie die reden! Und wie die rumlaufen! Mit Schlaghosen! Die haben ja nicht mal H-Milch-Tüten und trinken Milch aus Glasflaschen! Auf einer Versammlung wird uns klargemacht, daß Holger sich beim Fahrer entschuldigen muß, wenn der Bus das nächste Mal vor dem Lager hält. Wir dürfen es uns mit den Busfahrern nicht verscherzen. Die Bevölkerung hier sei nicht gut auf unser Ferienlager zu sprechen. Manchmal seien die Busfahrer schon einfach ohne zu halten weitergefahren.

12 Nach einer Woche holt uns Wulf aus dem Bungalow und bringt uns in den Waschraum. Steinerne Tröge dienen als Waschbecken. Früher sei das ein Kuhstall gewesen, erzählen wir uns. Wir seifen uns ein, jeder mit der Seife aus seiner Seifendose, ich opfere das kleine, kissenförmige Ei-Shampoo, das man nicht essen kann, obwohl es so aussieht und so riecht, ich habe aber mal daran geleckt, und es schmeckt wirklich nach Seife. Jeder hat eine Waschtasche, die hier «Kulturbeutel» genannt wird, eines der Objekte, die für Kinder fröhlicher gestaltet werden, wie Brillen-Etuis und Hosenträger. Ein weißer Waschlappen mit Marienkäfern für «oben rum» und ein buntkarierter für «unten rum», das war schon immer so. Wulf spritzt uns mit einem Wasserschlauch ab. Eigentlich ist es angenehm, wieder sauber zu sein, es ist uns nur nicht aufgefallen, wie dreckig wir gewesen sind. Eike ißt seine «Putzi», weil sie wie Erdbeerkaugummi schmeckt. Manche nehmen schon «Schlorodont». Meine Ajona-Zahnpasta wird bestaunt, von der muß man nur «einen linsengroßen Tropfen» nehmen, und es schäumt trotzdem. «Die hält schon zwei Jahre!» sage ich und zeige die zerknautschte Tube rum. Ich hätte gerne diese Tabletten aus der Werbung, mit denen man den Colgate-Test machen kann und seinen Zahnbelag sieht. Mein Reisezahnputzbecher läßt sich wie ein Piraten-Fernrohr ausziehen, im Boden ist sogar ein runder Spiegel angebracht, das spart doppelt Platz. So eine praktische Erfindung. Vielleicht wäre Erfinder ein guter Beruf für mich? Aber eigentlich gibt es ja schon alles. Man kann sich z. B. mühen, wie man will, vor dem Spiegel eine neue Fratze zu entwickeln, es kommt nichts Neues dabei heraus. Das Teleskop-Prinzip funktioniert auch bei Angelruten, bei Antennen, beim Staubsaugerrohr, bei Regenschirmen und bei den Füßen vom Kamerastativ. Unsere

Russischlehrerin hat sogar einen Kugelschreiber, den man zu einem Zeigestock verlängern kann, die gibt es in der Sowjetunion. Im Grunde ist es das einzige Produkt, das ich mir von dort wünsche, aber mein russischer Brieffreund schickt mir leider keinen.

Bei der Disko riecht der Essensaal noch nach der gelben Milchsuppe vom Mittag, die ich mir immer wieder nachhole. Anders als die Erzgebirger Bratwurst mit Kümmel, die die Küchenfrauen extra für uns organisiert hatten und die uns nicht bekommt. Ich habe mein Diskonicki an, mit dem aufgeplätteten Waschbären, und sitze mit ein paar anderen, die nicht tanzen wollen, am Rand. Wir spielen Skat, als Tisch dient uns ein Hocker. Wieder werden «Augen» gezählt. «59? Ganz schön knappe, Herr Zappe ...» Wie oft man Kontra kontern kann? «Kontra, Re, Bock, Zippe»? Geht das noch weiter? Marko sagt: «Hoffentlich spielen die hier auch Depeche Mode.» Seltsam, vor ein paar Jahren habe ich auch schon hier gesessen, und ein Junge hat gesagt: «Hoffentlich spielen die hier auch Neue Deutsche Welle.» Ich hielt das damals für einen Radiosender. Am Grundig-Kassettenrekorder meines Vaters ist der rote Aufnahme-Knopf für mich lange tabu gewesen, nicht umsonst war er rot, eine Gefahr ging davon aus. Man durfte bei den Kassetten auch auf keinen Fall das braune Band berühren. Ich habe das einmal trotzdem gemacht und erwartet, daß der Himmel einstürzt. Die Städte auf der Skala: «Hilversum», wo ist denn das? Und steht in Hilversum da «Berlin»? Ganz oben auf der Skala, weit hinter dem letzten Sender, ist manchmal ein Piepsen zu hören, wie Morse-Zeichen. Ich habe schon versucht, mit einer Morse-Tabelle aus dem Pionier-Kalender die Botschaft zu entschlüsseln, wie aufregend, wenn ein Schiff in Seenot wäre! Ich habe an dem Abend sogar Nachrichten geguckt, aber es kam nichts über ein gesunkenes Schiff.

Als ich noch zu den Kleinen gehörte, haben wir zwischen den Liedern als «kulturvolle Einlage» alle um die Wette Luftballons zertreten dürfen. Damals trugen wir bei der Disko noch Hausschuhe. Bevor wir ins Bett mußten, haben wir eine letzte Polonaise um die langhaarigen Großen getanzt, die bei der langsamen Runde engumschlungen in der Mitte auf der Stelle traten, bunte Stielkämme aus Plaste in der Gesäßtasche. Die Mädchen guckten immer so traurig über die Schulter des Jungen hinweg, vielleicht, weil ihnen einer der anderen besser gefiel. Manche küßten sich auch, aber so, als spielten sie, wer es schaffte, die Zunge vom anderen zurück in seinen Mund zu drücken.

«Laß mein Knie, Joe, bitte tu das nie, Joe ...»

Ich zog einem den Kamm aus der Gesäßtasche seiner Jeans, die brauchte man, wenn man sich als Mopedfahrer die langen Haare kämmen wollte. Der Griff war mit dem Aufkleber von einer Tictac-Packung verziert. Bei der nächsten Runde steckte ich ihm den Kamm wieder rein. Er nahm das gar nicht zur Kenntnis, die Welt hätte untergehen können.

Diesmal kommt andere Musik vom Tonband. Marko rät immer als erster den Titel. Wenn ein Lied gespielt wird, das keiner von uns kennt, dann ist es «von hier», und wir verziehen angewidert das Gesicht. Ein Chor aufgehetzter Kinder singt mit hexenhaft schrillen Stimmen: «*Das ist neu, das ist neu ... Hurra, hurra, die Schule brennt!*» Wissen sich die Schüler im Westen nicht anders zur Wehr zu setzen? Und ein Lied mit zackig skandierter Melodie, Marko murmelt den Text mit: «*Hun-dert-zwo-und-drei-ßig-sech-zehn-acht ...*»

«Was ist denn ein Sperrbezirk?»

«Na, wo die Nutten sind.»

«Wer?»

«Die Nutten!»

«Wer sind denn die Nutten?»

«Mensch, die bumsen für Jeld!»

Ich hatte einmal an der seitlichen Außenwand der Klobaracke gestanden, wo es muffig roch und man in eine schräg angebrachte Regenrinne pinkelte, möglichst so, daß man nicht in den vorbeisickernden Urin eines anderen zielen mußte. Ein Großer hatte neben mir gestanden und gesagt: «Ej, du hast heut nacht jebumst.» Jebumst?

Wie machen die das, wenn sie tanzen? Ich würde es mir gerne abgucken. Hiroshima-Holger mit dem Lederarmband und der Kette mit Rasierklinge um den Hals. Eigentlich heißt er Holger van Jendratschek. Wo es bei uns doch keine «Junker» mehr gibt? Außer Manfred von Ardenne, der das Fernsehen erfunden hat, wofür ich ihm ewig dankbar sein werde, leben die doch jetzt im Westen: Ulrike von Möllendorff, Graf Lambsdorff und Fritz von Thurn und Taxis.

In Holgers Kalender habe ich über Wochen die gleiche Eintragung gelesen: «Bei Sabine». Was hat er bei Sabine gemacht? Ich stelle mir die beiden in ihrem Kinderzimmer vor, auf dem Doppelstockbett, die Beine baumeln runter, es wird dunkel.

«Liebst du mich?»

«Mehr als alles in der Welt.»

«Wenn ich nur glauben könnte, daß du die Wahrheit sagst.»

«Ich werde es dir beweisen.»

«Und wie willst du das tun, Liebster?»

«Indem ich alle deine Feinde vernichte.»

Die Mutter klopft an die Tür: «Habt ihr Hunger?» «Nein.» «Na, ihr lebt wohl nur von Luft und Liebe?»

Holger braucht immer viel Platz beim Tanzen, es sieht ein bißchen aus wie eine Übung am Seitpferd. Er behauptet, er habe das von einer Sendung auf NDR, in der einmal im Monat neue amerikanische Tanzstile erklärt würden. Ich kann mir eigentlich nicht vorstellen, daß ich von der Existenz irgendeiner Fernsehsendung nichts mitbekommen haben soll. Sie könnte höchstens in der Woche laufen, spätnachts, wenn ich schlafen muß.

«Deutschland, Deutschland, spürst du mich?» Die Textstelle singen immer alle mit. Man kann sich kaum gegen die Begeisterung wehren, die einen erfaßt, wenn man dieses fremdartige Wort ausspricht, und auch noch so, als rufe man diesem Deutschland zu, daß es mal gucken soll, weil man sich gerade so lässig fühlt.

Was ist der Trick beim Tanzen? Viele sehen nur aneinander vorbei, treten von einem Fuß auf den anderen und schlenkern nachlässig mit den Armen. Aber nicht einmal das traue ich mich. Im Kindergarten haben wir uns an den Händen gefaßt und zu: «Laurenzia, liebe Laurenzia mein» abwechselnd Kniebeuge gemacht. Danach habe ich irgendwie den Anschluß verloren. Ich ringe mit mir, ein Mädchen aufzufordern, aber Lied für Lied wird gespielt, und dann ist es wieder zu spät, weil schon das letzte läuft. Ein Ziehen im Bauch, ein heftiger, nicht unangenehmer Kummer. Die Menschen aus der Zukunft, die mich sehen, leiden richtig, weil sie mir nicht helfen können.

Zum Glück tanzt Marko auch nicht. Die «Boxen» seien scheiße, womit er die Lautsprecher meint. Wer sich auskennt, sagt aber «Boxen» dazu. Die hier seien nicht mal «Dreiweg-Boxen». Am lächerlichsten ist, daß man hier noch mit Tonbandgerät arbeitet, statt mit Kassettenrekorder. Die Bänder mit der Musik lagern in einem Schrank und stammen aus früheren Jahren. Die Hübschen tanzen mit den Hübschen, die Häßlichen mit den Häßlichen, die Leiterinnen mit den Leitern und der Rettungsschwimmer mit der Krankenschwester, obwohl die das gar nicht will. Wir hocken am Rand der Tanzfläche und spielen Skat. Abheben oder draufklopfen, soviel Freiheit hat man.

«*Mit Rädern un-tendran, ah, ah, ah ...*»

Manchmal verläßt uns einer und geht ein Mädchen auffordern. Wir begleiten das mit höhnischen Kommentaren. Die Mädchen tanzen alle, bis auf Peggy, die alleine auf einem Hocker sitzt, sie hat eine weiße Bluse mit Puffärmeln an. Daß sie sie wahrscheinlich extra für die Disko mitgenommen hat, macht mich fertig. Am Ende der Disko sind wir schon nur noch vier, die nicht getanzt haben. Die Boxen sind scheiße, der Sound katastrophal. Und die Mädchen ... Mit denen würden wir nicht mal «für Jeld» bumsen.

13

Ich werde zur Lagerleiterin Rita gerufen, die im oberen Stockwerk ihr Büro hat. Was wohl der Grund für diese Erhöhung ist? Wird sie mir den versprochenen Liebesbrief übergeben? Ich rechne immer damit, für etwas, was mir gar nicht als besondere Leistung aufgefallen ist, ausgezeichnet zu werden.

«Gefällt dir unser Ferienlager?»

«Klar.»

«Was macht dir denn besonderen Spaß hier?»

«Na, Tischtennis.»

«Und sonst nichts?»

«Na, wo wir das Wettrennen gemacht haben, mit unseren gebastelten Booten, im Bach.»

Rita legt mir eine Ansichtskarte hin. Felsen über der Elbe, ein Dampfer, die Barbarine mit bedrohlich ausbalanciertem Kopf. «Gruß aus der Sächsischen Schweiz».

«Kannst du dann nicht etwas Positives über deine Ferien an deine Verwandten in Rendsburg schreiben?»

Neben der Episode mit dem Busfahrer hatte ich meinem Cousin berichtet, wie Wulf den «Mondo» entdeckt hatte, den Dennis in die Sani-Tasche geschmuggelt hatte («Darüber lach ich erst morgen ...»).

Meine Post ist gelesen worden! Empörung wallt in mir auf, es fühlt sich gut an, sich im Recht zu wissen. Ich bin nicht so verblendet wie Rita, die an den Staat glaubt. «*Deutschland, Deutschland, spürst du mich?*» Ich schicke die Postkarte ab, wie sie ist, ich muß sie ja nur in einen Briefumschlag stecken. Die Klebefalz wird mit weißen Reststreifen von den Marken versiegelt, und zur Sicherheit macht man Striche, damit der Empfänger sieht, ob der Brief geöffnet worden ist. Das kann man auch daran erkennen, daß die Leimschicht auffällig glatt wirkt, sie ist dann über Wasserdampf gehalten und anschließend wieder zugebügelt worden.

Im Bungalow rege ich mich über Rita auf, die meine Karte gelesen hat. Die ist bestimmt in der Partei.

Holger sagt: «Na und? Ich trete auch ein, wenn ich 18 bin.»

«Wieso denn?»

«Man darf sich doch nicht drücken.»
«Aber du bist doch kein Roter?»
«Das hat doch damit nichts zu tun.»

Nach dem Schlafengehen überrascht uns Wulf mit der Aufforderung, uns unsere Sachen über die Schlafanzüge zu ziehen und ihm zu folgen. Wir gehen über die Wiese am Ende vom Lager, balancieren auf Steinen über den Bach und wandern ein Stück in den Wald. Wir setzen uns an den Stamm einer Kiefer, Wulf hat in einem Einkaufsnetz Bierflaschen dabei. Das finden wir sensationell, Holger nimmt sofort einen großen Schluck, wie ein Bauarbeiter. Ich trinke auch, aber ich habe Angst, man könnte mir ansehen, daß ich darin ungeübt bin, außerdem weiß ich nicht, wie schnell man abhängig wird. In der «Abendschau» sind immer Bilder von Drogentoten zu sehen, die zusammengekrümmt auf Westberliner Bahnhofstoiletten liegen. Wulf öffnet die nächste Flasche, er macht das, indem er die Kronkorken ineinander verhakt. Ich gebe ihm meinen Hausschlüssel, in den ich im Werkunterricht heimlich eine Kerbe gefeilt habe, damit man ihn als Flaschenöffner benutzen kann. Wie lustig das war, bei «Robinson Junior», als er die Kokosnuß mit Karate-Schlägen öffnen wollte, und dann hat die Frau, mit der er immer «Zinzin» machen sollte, sie einfach aufgeschraubt. Wir lachen uns noch einmal rückwirkend tot. Wulf lacht allerdings nicht mit, er ist so ernst und schweigsam wie immer. Er studiert Mathematik. Das ist ein Fach für die Allerklügsten, die eigentlich auch jede andere Wissenschaft betreiben könnten, wenn es ihnen nicht zu langweilig wäre. Deshalb denke ich, daß Wulf die Welt versteht. Ich habe auch das Gefühl, daß ich die Welt verstehe, es reicht schon, daß ich ein Glas Zucker betrachte – diese vielen kleinen Edelsteine –, um zu spüren, daß das noch niemand vor mir so getan hat. Alle dürfen mal Wulfs runde Brille aufsetzen, aber wir sollen vorsichtig sein, weil er sie selbst gelötet hat, aus Fahrradspeichen.

Sobald wir 18 sind, wollen wir als Leiter wiederkommen, die Zwischenzeit muß irgendwie überbrückt werden. Wulf sagt: «Das ist aber nicht dasselbe, wenn man auf der anderen Seite steht und die Verantwortung hat.» Er zündet sich eine Zigarette an. Ich behaupte, daß ich nie rauchen und trinken werde.

«Bei der Asche fängt jeder damit an», sagt Wulf.

«Wo?»

«Bei der Fahne.»

«Was?»

«Mensch, bei der Armee.»

Wir fragen ihn nach seiner Armeezeit aus, was man dort zu befürchten hat. Über die Quälereien wissen manche etwas zu berichten, sie haben es von ihren älteren Brüdern gehört. Du kriegst Helme an Knie und Ellbogen geschnallt, und dann kegeln sie dich über den Flur, das nennt sich «Schildkröte». Oder du mußt immer wieder einen Baum oder ein Verkehrsschild am Fenster vorbeitragen, damit die drinnen sich vorstellen können, im Zug zu sitzen und nach Hause zu fahren. Mein Vater will immer, daß wir lernen, vor dem Trinken nicht die Flasche abzuwischen, wenn wir sie vom Bruder gereicht bekommen, damit sie sich bei der Armee nicht über uns lustig machen, weil wir uns vor fremder Spucke ekeln.

Wulf sagt dazu nichts, außer, daß alles im Leben irgendwann vorbeigeht. Aber anderthalb Jahre, das ist doch eine unfaßbar lange Zeit? Wenn man von jetzt zurückrechnet und dann in die Zukunft, das kann man sich gar nicht vorstellen. Die Fallschirmspringer, sagt Wulf, hätten die härteste Ausbildung. Die würden auf der Insel Poel ausgesetzt und müßten sich ohne Geld und Verpflegung im Schutz der Nacht zu einem Sammelpunkt im Erzgebirge durchschlagen. Als Fallschirmspringer lerne man, lautlos zu töten, dazu müsse man dem anderen ein Messer in die Nieren stechen und es umdrehen. Der würde nicht mal schreien, nur so geräuschlos stöhnen. Aber warum laufen Fallschirmspringer überhaupt zu Fuß?

Solche Geschichten gehen in meinen Erfahrungsschatz ein, ich werde sie weitererzählen, bei jeder Gelegenheit. Wir sitzen ja so oft auf dem Geländer vor der Kaufhalle, direkt über der Behindertenrampe, und reden, da braucht man immer Nachschub an Witzen und Horrorgeschichten. Ist Wulf in Henriette verliebt? «Die hat 'ne schöne Figur», sagt er nachdenklich. Auf so etwas habe ich bei Frauen bis jetzt noch nicht geachtet. In seiner Schweigsamkeit scheint mir die Erfahrung eines langen Lebens und die Weisheit der ganzen Welt zu liegen. Ich würde mich auch gern so wortkarg geben, aber das würde gar keiner bemerken.

Wulf hat uns mitgenommen, um die Zeitkapsel zu vergraben. Wir benutzen eine ausgewaschene Papptonne von der Vierfruchtmarmelade. Was gehört denn in eine Zeitkapsel? Vielleicht gibt es später gar nichts mehr auf der Welt, nach dem Atomkrieg. Ich habe eine Kopfschmerztablette von meiner Mutter. Wundstarrkrampfpulver aus der Sani-Tasche. Es ist auch wichtig, Kunstwerke zu retten, für alle reicht der Platz natürlich nicht. Die «Mona Lisa», die war als Monatsbild der «Frösi» beigelegt. Wir schreiben die besten Witze auf, die wir kennen. (Wulf schreibt: «Keiner ist unnütz im Sozialismus. Er kann immer noch als schlechtes Beispiel dienen.» Das soll ein Witz sein?) Ein «Enterpreis»-Bild wird gespendet. Und ich habe meine geschnittenen Fußnägel gesammelt, die wollte ich eigentlich meinem Vater schicken, der sie als Blumendünger benutzt. Einen Pfennig können wir auch noch entbehren. Wer weiß, was der später wert ist? Eines Tages wird ein Archäologe unsere Schachtel finden, das fühlt sich so feierlich an, wenn man sich das jetzt schon vorstellt. Auf die Tonne schreiben wir: «Erst im Kommunismus öffnen.»

2

14

Ich werde davon wach, daß Wolfgang umblättert. Ich öffne die Augen und sehe in Eikes Gesicht, der im Bett gegenüber liegt. Es fühlt sich seltsam an, daß ich von allein aufwache, kommt uns heute niemand wecken? Holger und Marko stehen am Fenster und gucken zum Steinhaus. Auf dem Parkplatz diskutiert Rita mit Jörg. Wenn man jetzt Lippenlesen könnte oder ein Richtmikrophon hätte. Sie setzen sich in Bewegung und überqueren die Straße. Sofort springen alle aus den Betten, wir müssen den Biergeruch loswerden, sonst werden wir nach Hause geschickt. Wir stürzen zu unseren Schränken, spülen den Mund mit Zahnpasta aus und spucken aus dem Fenster. Als sich die Tür öffnet, erstarren wir vor Angst. Diesmal hätte es ja keinen Sinn, sich schlafend zu stellen. Drei haben nach dem Besen gegriffen und teilen sich den Besenstiel.

Rita sagt, daß Wulf abgereist sei. Es bestehe Anlaß zu der Vermutung, daß er im Begriff sei, sich und seine Heimat zu verraten. «Vielleicht sind wir an manche Erscheinungen zu naiv herangegangen.» Ab sofort werde Jörg unsere Gruppe übernehmen. Er ist einer der «Springer», so nennen sie die überzähligen Erwachsenen, die als Ersatz mitgekommen sind. Wir sind mißtrauisch, Jörg ist Matrose, und ihm eilt der Ruf voraus, als einziger auch die Jungs der ältesten Gruppe morgens zum Aufstehen bewegen zu können. Was ist denn mit Wulf? Ist er wirklich abgereist? Oder ist er jetzt ein Zombie? Ist Rita ein Zombie und hat Wulf auf dem Gewissen?

«Vielleicht ist er ja zu den Partisanen gegangen? Warum hat er das mit den Fallschirmspringern erzählt?»

«Partisanen gibt's doch gar nicht mehr. Es gibt doch keinen Faschismus.»

«Der ist bestimmt rüber», sagt Holger.

«Rüber? Wie denn?»

«Na, über Ungarn.»

«Und die Mauer?»

«Was denn für 'ne Mauer?»

«Na, in Budapest, das ist doch die Hauptstadt von Ungarn.»

«In jeder Hauptstadt ist doch nicht 'ne Mauer.»

«In Ungarn gibt's Danone-Joghurt», sagt Dennis.

«Und Schweppes.»

«Quatsch, Ungarn ist doch sozialistisch.»

«Trotzdem gibt's da Danone. Da sind unten Früchte drinne, zum Umrühren.»

«Wieso muß man den denn umrühren?»

«Ist doch toll.»

«Aber warum muß man das selber machen?»

«Mein Vater hat solchen Zweikomponenten-Kleber, den rührt man auch selber zusammen, das hält dann ewig.»

«Aber Joghurt ist doch nicht zum Kleben.»

«Die werden sich schon was dabei gedacht haben.»

Unser Joghurt hat ja immer unterschiedliche Konsistenz. Wenn er im Sommer flüssig ist, kann man ein Loch in den Aluminiumdeckel pieksen und ihn austrinken. An manchen Tagen zittert er aber auch wie rosa Götterspeise unter einer Lache Flüssigkeit. Die weiße Plastepackung, die mit den Jahren immer dünner und durchscheinender geworden ist. Mit dem Löffel kommt man beim Auskratzen nicht in die knisternden Ecken. Es schmeckt immer etwas chemisch, eben wie Joghurt. Wenn es bei der Schulspeisung Joghurt gibt, werfen wir ihn ins Klappfenster der Rewatex-Reinigung im Dienstleistungswürfel und rennen schnell weg.

Der Tagesplan fällt dem dauernden Regen zum Opfer, uns könnte nichts lieber sein, wir sind froh, wenn wir im Bungalow bleiben können und nicht ins Tapetenmuseum müssen. Mißtrauisch beobachte ich, ob der Bach anschwillt, zum Glück stehen die Bungalows auf Stelzen. Wir spielen Skat, oder wir schnipsen an der Tischkante eine Streichholzschachtel und zählen die Punkte, je nachdem, auf welcher Fläche sie aufkommt. Am meisten Punkte würde es geben, wenn die Schachtel auf einer Ecke stehenbleibt, aber das ist eigentlich unmöglich, dann müßte es schon sehr lange regnen. Fingerhakeln geht auch, das haben wir mal im Fernsehen gesehen, in Bayern machen die Männer das, bis der Finger blutet. Oder Armdrücken, mit brennenden Kerzen drunter. Marko kann sich am Tisch hochstemmen, so daß er waagerecht in der Luft steht, alle versuchen, ihm das nachzumachen. Aber man hat trotzdem noch zuviel Energie. An den Querlatten, die das Dach tragen, kann man Klimmzüge üben. Man läßt sich krachend aufs Bett fallen und rüttelt an den Eisenstäben. Besonders Marko, der wirklich gerne jetzt schon 18 wäre.

Meine Mutter schickt mir aus dem «Troll» ausgeschnittene Rätsel und einen Satz Märchenpostkarten zum Sammeln. Daß es mir im Lager gefalle, sehe sie ja daran, daß ich bisher so wenig Zeit zum Schreiben gefunden hätte. Mein Bruder habe allerdings auch noch nicht geschrieben aus Rumänien, und meine Schwester müsse im Moment hart arbeiten. Sie schreibt, daß sie sich für die Küche einen

Mülleimer mit Pedal gekauft haben, und ich bekomme kurz eine kribbelnde Vorfreude auf zu Hause, weil ich mir so einen praktischen Mülleimer, der einem das Bücken erspart, immer für uns gewünscht habe.

Mein zweitältester Bruder Jürgen kommt im Herbst zur Armee. Er ist mit der Jungen Gemeinde in Rumänien wandern, in zwei, drei Jahren darf ich vielleicht mitkommen. Mein ältester Bruder war sogar schon im Kaukasus, er ist einfach von einer organisierten Reise auf die Krim verschwunden und hat seinen SV-Ausweis als Paß benutzt. Im Moment arbeitet er in einer Gärtnerei, weil er kein Abitur machen durfte. Die meisten aus der Jungen Gemeinde sind Schäfer, Förster, Krankenpfleger oder Schneider. Die Berufsberaterin konnte meinem Bruder nur zwei Berufe vorschlagen: Kammerjäger oder Gärtner. Seine Gärtnerei liefert immer Blumen für den Palast der Republik, wenn dort Parteitage stattfinden. Dann werden die Blumen von Sprengstoffspürhunden untersucht. Er hat einmal seine Jacke im Gebäude vergessen und ist noch einmal reingegangen, um sie zu holen, gleich haben sich mehrere Sicherheitsleute auf ihn gestürzt und ihn zu Boden gerissen. Schnittblumen sind so begehrt, daß seinem Betrieb zum Tausch Fleisch angeboten wird. Am Jahresende gibt es eine Tombola, bei der die Preise aus den Bestechungsgaben stammen, flaschenweise Rosenthaler «Kadaver».

Meine Schwester arbeitet ein Jahr in einer Glasbläserei, weil sie Architektur oder Bühnenbild studieren wird, so genau weiß ich das gar nicht. Die meisten Glasbläser sind Alkoholiker und sterben mit Mitte 40 an Lungenkrankheiten. Da die Scheiben in der Werkstatt kaputt sind und es kein Glas für neue gibt, haben sie vor den Fenstern eine

Mauer hochgezogen. Meine Schwester ist «Einträgerin», sie muß die Kelche an einer Stange durch den Raum zum Ofen tragen. Ihre wichtigste Aufgabe ist es aber, den Arbeitern das Bier heranzuschaffen, das sie wegen der Hitze dringend benötigen.

Hinter der Gerätescheune gibt es eine Remise, in der die grüne Tischtennisplatte steht. Man kann hier auch bei Regen Chinesisch spielen, spektakuläre Ballwechsel, bei denen man jeden Winkel des Raums ausnutzt und dann schnell weiterrennt, immer im Kreis um die Platte. Seltsam, daß man sogar beim Tischtennis anstehen muß, bis man endlich dran ist. Man darf sich nicht zu offensichtlich anstrengen, muß aber durchblicken lassen, daß man könnte, wenn man wollte. Auf meiner Kelle steht «BFC D», mit Kugelschreiber zwischen die Noppen geschrieben. Eine Seite Noppen und die andere glatt, zum «Schnibbeln». Der Griff ist mit Lenkerband umwickelt und der Rand mit schwarzem, sorgfältig zurechtgeschnittenem Isolierband beklebt. Die Kelle zwischen Daumen und Zeigefinger halten, «Penholder-Technik», so spielen die Chinesen.

«Mein Opa hat 'n Tunnel nach Westberlin im Keller!»

«'nem Kumpel seinen Onkel hamse mal durch die Mauer gezogen, da sind nämlich Türen drinne!»

«Wenn die Russen keinen Schnaps mehr haben, trinken se Benzin.»

«Wissen wa schon, erzähl mal watt Neuet ...»

«Meine Schwester muß in PA Deoroller-Kugeln entgraten.»

«Watt is denn 'n Deoroller?»

«Na so was wie ‹Bac›.»

«Ick weeß bei der Werbung nie, watt ditt sein soll.»

«Bei der Atze von einer aus meiner Klasse arbeitet die Klasse in Pankow inner Negerkußfabrik, die können so vülle Negerküsse essen, daß se se als Fußball nehmen.»

«Da war meine Keule och.»

«Watt is denn 'ne ‹Keule›?»

«Na, ick bin die Atze von meine Keule.»

Birgit, das Mädchen, dem ein halber Schneidezahn fehlt, hat den Tick entwickelt, einen nach dem anderen mit der Frage: «Willst du mit mir gehen?» in Verlegenheit zu bringen. Ich habe Angst, daß ich irgendwann an die Reihe komme, und überlege fieberhaft, was ich antworten könnte. Wenn sie mich küssen will, könnte ich sagen: «Schmeckt nach Dauerlutscher», aber das würde vielleicht nicht passen.

Das wichtigste Gesprächsthema ist Musik, deshalb läuft auch ein Rekorder, wir halten es kaum aus, wenn einmal keine Musik zu hören ist. Wenn beim Umschalten aus Versehen Klassik kommt, stürzen wir schnell hin und wechseln den Sender, diese altmodischen Geräusche bereiten uns Unbehagen, man muß es dann zum Rekorder schaffen, bevor man vor Langweile stirbt. Warum ist immer nur von Beethovens «Fünfter» oder Beethovens «Neunter» die Rede? Was ist mit der «Zweiten», der «Vierten» und der «Achten»? Ein Walkman, das wäre vielleicht der letzte Wunsch, den ich aus dem Westen hätte, damit würde ich mich für immer zufriedengeben. Unter Plexiglashauben stehen in der Technik-Abteilung der Kaufhalle zwei solche Geräte, die nie jemand kauft, weil sie so teuer sind. Der mit Radio für 1000 Mark und der ohne für 700. Die hat Erich Honecker aus Japan mitgebracht, zusammen mit Bildröhren für Farbfernseher und ein paar tausend Mazdas.

Wir tragen zusammen, was es für neue Lieder gibt, meistens bringen die Gruppen abwechselnd ein trauriges und ein schnelles raus. Wen man gut findet, steht auf der Tischtenniskelle. Kein Titel schafft es, sich von uns unbemerkt in die Charts zu schummeln, die wir «Charles» nennen. Es ist mir peinlich, daß ich die Beatles gut finde, das sind «Oldies», ein Lied von ihnen würde nach wenigen Sekunden abgeschaltet. Es ist quälend, daß niemand bereit ist, die Wahrheit zu erkennen. Ich kann mir keinen besseren Beruf vorstellen, als mich den ganzen Tag mit Musik zu beschäftigen, man müßte Radiomoderator sein. Die Beine auf dem Tisch, der Plattenspieler in Reichweite, und alle paar Minuten die Nadel auf ein neues Lied senken. Jenseits der Radiomusik gibt es ein verbotenes Land mit Bands, deren Musik einem schaden kann. Die Namen klingen gespenstisch, weil sie eigentlich aus der Bibel stammen: Judas, Sabath, Nazareth, aber mit Kugelschreiber und altmodischen, bedrohlich verschnörkelten Buchstaben auf die Jeansjacken der Bucher Rocker geschrieben. Bei manchen steht auch in Form eines Kreuzes:

S
C
BON
T
T

Birgit entdeckt einen Schmutzstreifen auf ihrem weißen Turnschuh: «Mach ditt sauber!» sagt sie zu mir. Ich weiß nicht, wie ich reagieren soll, vielleicht so tun, als sei es witzig gemeint? Oder ein besonders beeindruckendes Schimpfwort, damit sie weiß, daß mit mir nicht zu spaßen ist? Damit gibt man aber zu, daß man sich «angesprochen» fühlt? Mir fällt immer erst hinterher die richtige Antwort ein. In meinem Notizblock habe ich eine Rubrik «Sprüche» eingerichtet, um irgendwann bei jeder Gelegenheit einen passenden zu haben. Wie Ulzana sagen: «Mein Messer ist schneller als deine Zunge»? Ich wäre gerne unsichtbar. In irgendeinem Alter haben sich die Mädchen verändert. Sie verehren jetzt ältere Jungs mit Schnurrbart, allerdings weiß ich nicht, worum es ihnen dabei geht, nur, daß sich meistens mehrere denselben ausgesucht haben. Ich räche mich damit, daß ich den Ball in die äußerste Ecke hinter dem Netz spiele, an die sie nicht heranreichen, vor allem, weil die Mädchen ja alle nur mit der Rückhand spielen. Warum ich immer einen Brustbeutel trage? «Hast du da deine Mondos drinne?» Hoffentlich kommen sie nicht auf die Idee, nachzusehen, sie dürfen auf keinen Fall merken, daß mir das unangenehm wäre, sonst wären sie nicht mehr zu stoppen und würden meine Pflaster entdecken.

«Ej, Miss Piggy, sag mal: Kaiser Karl konnte keine Kümmelkörner kauen.»

Ich bin froh, daß sie sich erst einmal wieder von mir abwenden.

Einen Schmetterball einfach zurückschmettern, und er bleibt nicht im Netz hängen, sondern berührt gerade noch die andere Seite der Platte. Das ist ein wundervolles Gefühl, die Welt ist für einen Moment perfekt. Wenn das doch immer so hin- und herginge, ohne daß man die Platte verfehlt. Man kann auch versuchen, dabei ein bißchen so auszusehen wie Boris Becker, weit ausholen und kleine Hüpfer machen, um immer optimal zum Ball zu stehen. Beim Tennis sitzen die Spieler neben einer großen Kühltruhe und können in den Pausen einfach reingreifen und sich mit Brause und Cola versorgen, darum beneide ich sie.

Seltsam, daß Boris Becker und Steffi Graf kein Paar sind. Und warum der mit Vornamen «Boris» heißt, obwohl er aus dem Westen ist? Bekommt er da keinen Ärger? Ich würde ja gerne einmal Tennis spielen. Ich bilde mir ein, daß ich das sofort könnte, es sieht leicht aus. In Buch wird neuerdings auch Tennis gegen die Wände der Plattenbauten gespielt, die unterste Reihe quadratischer Segmente kann man als Netz nehmen. Man spielt natürlich mit Federballschlägern. Mit wievielen Assen hintereinander man ein ganzes Match gewinnen würde, das rechne ich umständlich aus. Es gibt auch einen guten Tennisspieler in der DDR, aber der scheint fast der einzige zu sein und wird jedes Jahr Meister. Warum hinter den Balljungen immer «Seiko» und «Citizen» steht? Wieviele Linienrichter haben sie eigentlich insgesamt? Becker «schmeißt sich», wie man es sich als Torwart leider nicht traut. In der «Trommel» war mal ein seitengroßes Foto von Björn Borg, und die vielen Firmennamen auf seiner Kleidung waren vorwurfsvoll mit Pfeilen markiert. Er hatte seinen ganzen Körper verkauft, wie ein römischer Sklave.

Wolfgang hat eine Softkelle aus dem Westen, so stumpf, daß man einem damit die Haare ausreißen kann. Der Griff ist aus verschiedenfarbigen Schichten Holz gefertigt und ergonomisch gestaltet, wahrscheinlich im Windkanal getestet. Wieviel Mühe sie sich gegeben haben, jedes Detail ist durchdacht, damit die Kelle möglichst vollkommen mit der Hand verschmilzt. Wolfgang borgt mir seine Kelle, das ist eigenartig, er scheint überhaupt keine schlechte Seite zu haben, man wird von ihm nicht hereingelegt oder bloßgestellt, er verlangt für seine Großzügigkeit keine Gegenleistung. Ich vermute, daß er kirchlich ist. Kinder mit Westsachen sind meistens kirchlich. Eine Aura von Unabhängigkeit umgibt sie, als könnte ihnen in diesem Land niemand etwas anhaben. Mit Westsachen fühlt man sich unverwundbar. Zur Not würden sich die Verwandten von drüben dazwischenstellen.

Ich will mit Peggy in die Endrunde kommen, deshalb schmettere ich bei ihr nicht, gebe mir aber besondere Mühe, nicht rauszufliegen. Einmal gelingt es mir auch, wir stehen uns alleine an der Platte gegenüber. Niemand merkt, wie sehr mich das beschäftigt. Als unser Ballwechsel zu Ende ist, klopft sie mit dem Griff auf die Platte, das Zeichen für die anderen, sich anzustellen. Wir gehen wieder unter in der Gruppe, und es ist mir peinlich, sie anzusehen, als wären wir einander jetzt versprochen.

«Peggy, mach mal 'ne Fratze. Danke, reicht schon ...»

«Ziehste zur Disko wieder deine Stoffidas an?»

Peggy reagiert nicht. Astrid wirft ein Bonbonpapier runter: «Heb das auf!» Weil Peggy das Papier nicht aufhebt, knallt sie ihr eine. Peggys Bewegungen werden langsamer, wie bei einem Käfer, der sich totstellt. Ausgerechnet Astrid? Die ist doch eigentlich «vernünftig» und singt sogar im Kinderchor vom Radio? Und überhaupt, wie kann ein Mädchen so etwas machen? Mädchen werden doch dazu gebraucht, ein Vorbild für die Jungen abzugeben? «Spinnst du? Jetzt stinkt meine Hand», sagt Astrid. Ich schäme mich, weil ich nichts sage. Ich möchte nicht wahrhaben, daß das gerade passiert. Wenn das ein Kinderfilm wäre, würde ich umschalten.

15

Endlich dürfen wir im blauen Schwimmbassin auf der Wiese hinter den Bungalows baden, nachdem wir dem Rettungsschwimmer helfen mußten, es mit Schrubbern von einem grünen Schleimfilm zu befreien. Man muß sich erst unter eine Dusche stellen, in ein kleines Fußbekken, das so flach ist, daß die Sonne das schmutzige Wasser aufgewärmt hat. Ich versuche es immer wieder mit dem Kraulen. Im Westen mischen sie eine unsichtbare Chemikalie ins Wasser, so daß man, wenn man reinpinkelt, eine dunkelblaue Spur hinterläßt. Der ungewohnte Anblick der Mädchen in ihren Badeanzügen, wenn sie dem Wasser entsteigen und am nassen Stoff zupfen, damit er nicht so an der Haut klebt. Die Träger sind schon ausgeleiert. Holger schafft es, drei Mädchen gleichzeitig im Becken festzuhalten, sie scheinen ihm aber gar nicht wirklich entkommen zu wollen. Aus Handtüchern werden sorgfältig Rattenschwänze gerollt. Holger jagt damit Birgit hinterher. «Kaum lobt man euch, und dann so was!» sagt Jörg. Holger muß die Wunden auf Birgits Rücken mit Penaten-Creme behandeln. Sie preßt sich dabei den Badeanzug an die Brust.

Birgits Verletzung bringt uns darauf, was wir schon für Unfälle hatten im Leben. Birgits Narbe auf der Stirn, das hat sie mal erzählt, war eine offene Wunde, da sei sie gegen eine Glasscheibe gerannt und habe an der Stelle den Knochen «aufklappen» können. Fast jeder ist schon einmal «dem Tod von der Schippe gesprungen». Marko ist mal mit einem Bein in die Lücke zwischen S-Bahn und Bahnsteig gekommen, die Bahn fuhr los, und da die Lücke groß genug war, ist ihm nichts passiert. Holger ist beim Versuch, auf dem Spielplatz über einen Zaun zu springen, wie über eine Eskaladierwand, mit der Jacke hängengeblieben und hat sich durch sein eigenes Körpergewicht den Arm gebrochen. Ich kann dazu beitragen, daß ich mir mal das Knie an der kaputten Glühbirne von einem Fahrrad-Rücklicht aufgeschnitten habe. Und den Finger gequetscht, als es in Rumänien ein Erdbeben gab und in Berlin der Deckel vom Bettkasten zugefallen ist. Jede Narbe ist eine Erinnerung. Der Moment, wenn man weiß, daß man sich geschnitten hat, und auf das Blut wartet, das dann auch wirklich kommt.

Die Fensterscheiben der Waschräume sind innen mit weißer Farbe bestrichen. Ich kratze bei den Mädchen ein bißchen von der Farbe ab und bedecke die Stelle von außen mit Zahnpasta. Am Abend probiere ich meine Erfindung aus. Ich wische die Zahnpasta wieder weg und kann durch ein kleines Loch in den Mädchenwaschraum gucken. Seit Jahren herrscht ein zähes Ringen zwischen Jungen und Mädchen, wir sehnen uns danach, sie nackt zu sehen, wenigstens etwas mehr als erlaubt, wir tauschen uns aus und tragen unser Wissen zusammen, «Lach- und Sachgeschichten». Es ist ein noch viel stärkerer Wunsch, als einmal die Beine von Ernie und Bert zu sehen. Unter den enganliegenden Gymnastikanzügen, in denen die Mädchen vor der Sportstunde im Gänsemarsch am Lehrer vorbeiziehen, zeichnen sich ihre Formen ab. Unsere Augen verdrehen sich wie bei schwachsinnigen Schafen, wenn wir versuchen, in der Stunde unauffällig unter den Hemdärmel der Banknachbarin zu schielen, ohne das Gesicht von der Tafel abzuwenden. Aber die Mädchen verteidigen ihr Geheimnis eifersüchtig und verachten uns für unsere Wünsche. Und jetzt habe ich sie so einfach überlistet. Jeden Moment kann jemand um die Ecke kommen, oder ein Mädchen könnte den Waschraum verlassen. Ich riskiere eine Beschämung, aber die Versuchung ist zu groß, vielleicht werde ich so etwas nie wiedersehen. Die Mädchen waschen sich tatsächlich am ganzen Körper, sie putzen sich nicht nur die Zähne, wie wir. Alle sind nackt, die Haut glänzt. Sie seifen sich zwischen den Beinen ein, dunkel schimmert es durch den Schaum. Da soll man «ihn» reinstecken? Warum sollte eine Frau daran interessiert sein? Aber da ich, wie jeder Mensch, Kinder haben werde, muß es ja irgendwie dazu kommen. Seltsam, daß die Kinder alle schon in mir sind, es aber die meisten von ihnen nie geben wird. Peggy kommt aufs Fenster zu, ohne Kleidung sieht sie überhaupt nicht mehr so ärmlich aus, sondern wie die Eva von Jean Effel. Plötzlich komme *ich* mir beobachtet vor.

Ich bin stolz auf meine Erfindung mit der Zahnpasta, wie einfach das war, man mußte nur darauf kommen. Ich kann mich kaum beherrschen, davon zu berichten, aber dann müßte ich den Aussichtspunkt teilen, und sicher würde solche Unruhe enstehen, daß wir uns verraten würden.

«Suchst du was?»

Hinter mir steht Opa Schulze, mit seiner Sense über der Schulter. Ich bin ertappt worden, jetzt ist alles vorbei. Ich muß denken: «Ich habe mein Leben verwirkt.»

Er hält mir eine Handvoll Kirschen hin: «Die schmecken euch doch so.» Ich nehme eine Kirsche, auch wenn ich mich vor seinen Fingern ekle, die Nägel sind ganz blau und rissig.

Ich soll ihm hinter das Steinhaus folgen. Wartet dort die Strafe? Muß ich mich beim nächsten Appell nackt ausziehen? Sein Gesicht nähert sich meinem. Hoffentlich ist er nicht betrunken. Er klopft sich mit einem Teelöffel gegen das linke Auge. «Holzauge, sei wachsam.»

War das eine Silvester-Rakete? Oder ist im Krieg sein

Gewehr nach hinten losgegangen? Hat ihm eine Krähe ein Auge ausgehackt? Im Chemie-Unterricht dürfen wir bei der Geruchsprobe nicht übers Reagenzglas kommen, man muß sich die Luft zuwedeln, weil der Siedeverzug dazu führen kann, daß die Flüssigkeit aus dem Glas an die Decke schießt, die schon viele bunte Flecken zieren. Vielleicht hat Opa Schulze das nicht gewußt?

«Hat dir im Krieg wer ins Auge geschossen?»

«Nein, ich hab mich immer schön geduckt.»

«Oder mit der Sense? Hast du den Arbeitsschutz nicht beachtet?»

«Nein, das war meine Frau. Ich war gerade einen Tag Rentner. Sie wollte mich überraschen. Sie hat einen Fernseher gekauft, damit ich mich nicht langweile.»

«Hast du zu nah am Bildschirm gesessen? Man soll einen sechsmal so großen Abstand halten wie die Diagonale von der Bildröhre.»

«Nein, ich hab gar nicht geguckt, ich bin nur ins Zimmer gekommen und, weil ich nicht wußte, daß da neuerdings ein Fernseher steht, bin ich in die Antenne gerannt.»

Mir wird ganz anders, mein Vater hat vom ersten Tag an ein Knäuel Stopfgarn auf die Antenne vom neuen Fernseher gesteckt, inzwischen ist es schon ganz staubig. Im Dunkeln halte ich mir immer die Hände vor die Augen, bis ich den Lichtschalter finde.

«Wenn ich nicht in die LPG eingetreten wäre, wäre ich nicht Rentner geworden und meine Frau hätte keinen Fernseher gekauft. Zum Glück hat mir mein Großvater sein Glasauge vererbt.»

Er drückt mir die Sense in die Hand. Ich soll versuchen, Gras zu mähen. Bei ihm sieht es immer so einfach aus, daß man Lust bekommt, das auch zu machen. Es wirkt so anstrengungslos, wie Bilder auszumalen. Nachdem ich mein Glück versucht habe, nimmt er mir die Sense wieder weg und prüft das Ergebnis. Er richtet mit der Spitze die Grashalme auf.

«Oben wackelt's schon, nur unten ist's noch fest.»

16

«Laßt euch doch nicht für dumm verkaufen», sagt Rita, die uns heute gute Nacht sagt. Bonn sei nur deshalb die Hauptstadt der BRD, weil dort keine Fabriken seien und sich die Politiker dort sicherer fühlten vor den Arbeitern. In Brasilien hätten sie die Hauptstadt gleich ganz in den Urwald gebaut.

«Im Westen gibt es aber viel bessere Sachen», sagt Dennis.

«Der Teufel hat goldene Krallen.»

«Verstehe ich nicht.»

«Nicht die Waren sind schlecht, sondern der Kapitalismus.»

«Und wieso?»

«Weil die Kapitalisten am meisten am Krieg verdienen.»

«Die Sowjetunion ist aber auch in Afghanistan einmarschiert, und außerdem haben sie dieses koreanische Passagierflugzeug abgeschossen.»

Rita kommt an mein Bett. Wo ich das denn her hätte? Na aus dem Fernsehen. Sie haben das Flugzeug abgeschossen, weil sie es angeblich für ein Spionageflugzeug gehalten haben. Man kann doch nicht so viele Menschen umbringen, wenn man sich nicht sicher ist? Die anderen stimmen mir nicht zu. Das sei eine Provokation gewesen, sagt Holger. Natürlich mußte das Passagierflugzeug abgeschossen werden, es hätte ja eine Atombombe an Bord sein können. Sie hätten eben nicht dort langfliegen dürfen. Aber das war doch ein Gerätefehler? Das ist doch klar, daß sie das jetzt erzählen, sagt Marko. So dumm kann man doch nicht sein, das zu glauben. Rita sieht mich besorgt an, als hätte ich Fieber. Ich bleibe aber bei meiner Ansicht. Man darf doch niemanden umbringen. Die Sowjetunion hat noch nie einen Fehler zugegeben. «Darauf warten sie ja auch nur.» Es habe noch nie so einen friedliebenden Staat gegeben, nicht umsonst habe Lenin als erstes Dekret überhaupt das «*Dekret o mire*» erlassen. Ich weiß schon, daß ich nicht so offen reden sollte, aber daß ich mit meiner Ansicht so allein dastehe, überrascht mich. «Du bist ja total verhetzt», sagt Marko. Ich bin ganz aufgeregt von der Diskussion. Es ist wie mit den Beatles oder mit Gott, ich weiß ja, daß ich recht habe. Ich wäre wirklich gerne dabeigewesen, als Lenin im Himmel das erste Mal Gott begegnet ist.

Im Bett lese ich noch einmal den Brief von meinem Bruder.

Lieber Jens,

wie geht es Dir? Welchen Bungalow habt ihr diesmal? Hoffentlich seid ihr nicht in „Goliath", da ist es immer so dunkel. Hast Du schon den streunenden Hund gesehen nachts? Der ist das Kind von einer Frau, die es mit einem Dobermann getrieben hat. Bei uns regnet es jeden Tag, wir haben nichts mehr zu essen, außer Milchpulversuppe mit Zückli. In den Läden gibt es nur vietnamesische Krabbenchips und eingelegte Birnen, die aussehen wie Fischpräparate. Ich habe mir immerhin eine Aluminiumflasche gekauft für unser Benzin. Außerdem gab es Kakerlaken aus Gummi zum Angeln, ich habe Dir eine in den Brief gelegt. Du hast es wirklich gut, daß Du noch nach Schneckenmühle kannst, genieß die Zeit ("in vollen Zügen" haha ...) Lebt Opa Schulze noch? Kennst Du sein Geheimnis schon? Wenn Du vor mir zu Hause bist, dann Finger weg von meinen Briefmarken. Wenn Du an meine Leiterplatten gehst, müßte ich Dir die Hände abhacken. Hast Du schon eine Freundin? Oder mußt du bei der langsamen Runde noch alleine tanzen? Du mußt die Mädchen fragen, ob sie Französin sind, dann verlieben sie sich in Dich. Aber Vorsicht, man kann den Zauber nicht so leicht rückgängig machen. Ich muß jetzt aufhören, wir wandern gleich wieder weiter. Die anderen machen fünfmal in der Stunde Zigarettenpause und rauchen die Zigaretten, die eigentlich zum Tauschen waren, weil ihre naß geworden sind. Ein Pferd von einem Hirten hat unser Klopapier gefressen. Der Hirte hat den Film aus meiner Kamera gezogen, weil er das Foto sehen wollte, das ich von ihm gemacht habe. Wir haben im Zug zwei Sachsen getroffen, von der Bergakademie in Freiberg, die konnten auf der Mundharmonika Blues spielen. Die haben leere Rucksäcke gehabt, weil sie auf dem Rückweg Bergkristalle schmuggeln wollen. Auf ihre Fahrkarten schreiben sie einfach mit Kugelschreiber immer neue Städte rauf, und keiner merkt was. Die Berge sind wie in "Tim in Tibet", nur im Moment ohne Schnee. Man trifft hier überall Sachsen. In Budapest hat mich einer angesprochen, weil er wissen wollte, wo ein bestimmter Campingplatz ist, wo im Moment alle zelten. Glaubst du, daß es den Yeti gibt? Ich hoffe, er wird nie gefunden, sonst geht es ihm wie King Kong. Ich weiß noch, wie du geweint hast, als King Kong gestorben ist. Die Kakerlake kannst du Deiner Freundin ins Essen tun, wenn sie zu aufdringlich wird.

Viele Grüße, Dein Jürgen

Als das Lager schläft, klettern wir durchs Fenster und steigen über einen Maschendrahtzaun, hinter dem man am Hang entlangschleichen kann, im Schutz des Waldsaums. So kommt man unbemerkt zum Mädchenbungalow. Drinnen sind wir unschlüssig, es war so einfach herzukommen, aber was wollen wir jetzt hier? Aus dem Dunkeln meldet sich eine Stimme: «Könnt ihr mal die Klappe halten?» Das kam aus Birgits Bett, offenbar liegt Holger dort schon länger. Ich komme mir lächerlich vor in meinem gestreiften Schlafanzug, der mir schon seit Jahren paßt. Wie der dritte von den Bee Gees, von dem niemand den Namen kennt.

Bei den Mädchen sieht es ganz anders aus, sie haben ihre Handtücher ordentlich zum Trocknen auf die Leitern gehängt. Auf den Hockern stehen Schminksachen und Spraydosen. Neben der Eingangstür hängt ein Spiegel, sie benutzen ihn, wenn sie sich die Haare toupieren, oder wenn sie sich mit Spray bestäuben. Am liebsten machen sie eine Wolke und laufen durch. Welches Spray am besten riecht, darüber sind sie nicht immer einig. Sie leiern ihre Pullover absichtlich aus, damit sie schön weit sind und eine Schulter nackt bleibt. Manche schreiben fieberhaft in abschließbare Tagebücher, weil sie einer Freundin versprochen haben, in den Ferien alles aufzuschreiben und es sich anschließend gegenseitig zum Lesen zu geben. Früher haben sie mit nie nachlassender Sorgfalt die Haare ihrer Puppen und Puppenpferde gekämmt. Manchmal machen sie Kopfstand, wenn sie nicht aufhören können zu gackern.

«Da kommt wer!» Vom Steinhaus nähert sich jemand mit Taschenlampe. Panik erfaßt uns, alle flüchten durchs Fenster, es fühlt sich an, als wäre man auf einem untergehenden Schiff, jeder will noch ins Rettungsboot und tritt alles nieder, keiner will der letzte sein. Ich verliere unterwegs einen Hausschuh und finde ihn im Gras nicht gleich wieder, deshalb komme ich nicht mehr über den Zaun. Die Gestalt leuchtet in Richtung des Waldsaums. Ich höre das Ratschen einer handbetriebenen Taschenlampe. Ob ich in dem schwachen Licht zu sehen bin? Ich bleibe bewegungslos stehen, schließe die Augen und warte darauf, herangerufen und abgeführt zu werden. Ich muß direkt im Lichtkegel stehen. Soll ich so tun, als sei ich mondsüchtig, und zusammenbrechen, wenn ich angesprochen werde? Das Geräusch entfernt sich wieder. Wer war das? Hat er mich gesehen? Ich klettere durchs Fenster in den Bungalow, jetzt bin ich die Attraktion, ich kann es kaum erwarten, von meinem Abenteuer zu berichten. Wenn man etwas ganz alleine erlebt hat, steht das höher im Kurs.

Wir sind jetzt zu aufgeregt zum Schlafen, immer wieder erzählen wir uns von dem Moment, als Holgers Stimme sich in der Dunkelheit gemeldet hat, und wir versuchen, sie nachzumachen. Ich berichte von meiner Erfindung mit der Zahnpasta, ich muß natürlich beschreiben, was ich gesehen habe. «Kurvendiskussion!» Marko krümmt sich wieder, was für Qualen er leidet! Dennis stellt sich im Bett aufrecht hin und tut so, als mache er einen Striptease für uns. Wir richten unsere Taschenlampen auf ihn, durch Drehen am vorderen Teil kann man ja den Lichtstrahl fokussieren. Dennis steht im Spot sich kreuzender Lichtkegel. Wir singen eine Art Tango, das paßt traditionell zum Ausziehen. Dennis läßt seine Hose runter, und wir sehen seinen halb aufgerichteten Penis, lang und krumm wie die Nase von Gonzo. Hoffentlich sind wir jetzt nicht alle schwul.

17 Auf der Chaussee gehen wir zum Weinbergfest nach Nenntmannsdorf. Immer so gehen, daß man die Autos kommen sieht. Die Mädchen tragen lange, schwarze Strumpfhosen, bei manchen sehen sie etwas ausgeleiert aus. «Pantalons» sind modern. Die eine, die schon bei der Abreise aus Berlin nur eine Strumpfhose trug, behauptet, sie habe eine Schilddrüsenüberfunktion und schwitze deshalb leicht. Ab und zu lösen sich zwei kichernd und rennen ein paar Meter vor. Ich kann die meisten Mädchen immer noch nicht auseinanderhalten, vor allem, weil sie ständig untereinander ihre Sachen tauschen. Feucht steigt es vom rauschenden Bach auf. Wilder Rhabarber und Farn am Straßenrand. Dutzende Schnecken liegen in Knäueln unter den Blättern. «Die ficken», hatte einmal mein ältester Bruder gesagt, und ich mußte dreimal nachfragen, weil mir das Wort neu war. Eike kann im Gehen pinkeln, er zieht einfach die Trainingshose ein Stück runter. Dennis rülpst immer noch ununterbrochen. Bei Regen weigert er sich, eine Jacke anzuziehen, er laufe ja so schnell, daß er «unter den Tropfen durch»laufe.

Es gibt eine «Indianerschau» mit Indianern und Lassos schwingenden Cowboys. Zu gerne würde ich so ein Lasso haben und wissen, wie man es benutzt. Das muß so praktisch sein, einfach alles zu sich heranziehen zu können, ohne selbst hingehen zu müssen. Eine Gruppe «Kaskadeure», die für den Film arbeiten, führt vor, wie man einen Pfeil schießt, nämlich an einer unsichtbaren Schnur, direkt ins Herz. Sie prügeln sich, ohne daß sich einer wehtut, obwohl es so aussieht. Das wäre ein abwechslungsreicher Beruf. Eike kommt nicht mehr vom Kinderkarussell runter, er gibt sein ganzes Taschengeld dafür aus, Runde um Runde zu drehen. Die Leiter erzählen sich noch lange davon, daß sie das nicht gedacht hätten, daß ausgerechnet Eike mit etwas so Einfachem so glücklich zu machen gewesen wäre. Das heiße ja wohl, daß er aus besonders schwierigen Verhältnissen stamme.

Eigenartigerweise scheinen an allen Attraktionen ehemalige Häftlinge zu arbeiten, tätowierte Männer in Röhrenjeans und mit langen, fettigen Haaren. Die große Schiffschaukel. «Keine Traute?» Die Füße hat der furchterregende Mann mir gar nicht festgeschnallt, ist das nicht gefährlich? Wenn ich beim Looping runterfalle? Aber ich bekomme gar keinen Schwung, ich bin viel zu leicht. Bevor ich verstanden habe, worum es geht, wird schon wieder gebremst, auch das verstehe ich nicht, und ich wippe gegen das Schleifen an, bis ich am Arm gepackt und rausgezerrt werde.

Eine plötzliche Gier auf Kartoffelpuffer mit Apfelmus erfaßt mich, ich hole mir mehrere Portionen. In der Schlange steht ein dicker, blonder Mann mit schwarzer Brille, die gleiche habe ich als Kind gehabt. Ich kann gar nicht weggucken, weil ich mir sicher bin, daß er genau so aussieht, wie ich später einmal aussehen werde, und daß er vielleicht sogar ich ist.

Ich finde es schade, daß ich keine Brille mehr brauche. Bei «Die 12 Geschworenen» erkannte Henry Fonda daran, daß sich jemand immer wieder den Nasenrücken rieb, daß er eigentlich eine Brille trug. Genauso mache ich es auch. Als sei ich müde vom Nachdenken und gönnte meinen Augen eine kurze Ruhepause, bevor es weitergeht mit den komplizierten Berechnungen, an denen ich arbeite.

Ich liebäugle mit einem stabilen Ledertäschchen, das man auf den Gürtel fädeln kann. Aber dann wäre mein ganzes Ferienlagergeld mit einem Mal weg. Wenigstens ein Schweinsleder-Etui mit Reißverschluß für die Spielkarten? Ich möchte unbedingt etwas kaufen, es ist kaum auszuhalten. Im Dorfkonsum entdecke ich einen Thermoskanneneinsatz aus versilbertem Glas. Unsere Thermoskanne gehört zu den Gegenständen, die unter dem besonderen Schutz meines Vaters stehen, weil es keine Ersatzeinsätze zu kaufen gibt. So etwas ist so wertvoll wie Nähmaschinennadeln, Bohrmaschinenbohrer oder die konkaven Glasscheiben, auf denen sich die Achse der Weihnachtspyramide dreht. Im Werkzeugschrank hat er ein Tütchen davon auf Vorrat. Ich kaufe den Thermoskanneneinsatz, den gibt es vielleicht nur hier.

Im Kinosaal des Kulturhauses kommt «Der geheimnisvolle Buddha». Wenn man Karate könnte oder Kung-Fu! Das soll aber verboten sein bei uns, weil es gefährlich wäre, wenn die Bevölkerung sich ohne Waffen wehren könnte. «Nakayamas Karate perfekt» kann man deshalb in der Stadtbibliothek nur mit einer Sondergenehmigung ausleihen. Es würde ja auch schon reichen, so fest mit der Hand zudrücken zu können, daß der andere in die Knie geht. Man bräuchte Hornhaut an den Knöcheln, und man müßte so schnell sein, daß man mit dem Luftzug, den die Fäuste beim Schlagen machen, eine Kerze auslöschen kann. Im Foyer wundern wir uns, weil Holger gestützt werden muß, er ist ganz grün im Gesicht. Er war aus dem Saal gebracht worden, weil er kein Blut sehen konnte.

Im Lager springen wir mit Karate-Tritten gegen die Stämme der Bäume, es geht darum, für einen Moment waagerecht in der Luft zu stehen. Nach jeder Unternehmung muß einer etwas ins Gruppenbuch schreiben und dazu ein Bild malen. «Es war sehr schön.» «Es hat allen Kindern sehr gefallen.» Ein Satz West-Filzstifte wird dazu rumgereicht, sie haben eine dünne und eine dicke Spitze, und satte, leuchtende Farben bedecken das Papier. Wolfgang, der die meiste Zeit im Bett liegt und auf seine komische Art Digedags liest, kann am besten malen, bei ihm sieht es aus «wie in echt». Sogar die Gesichter erkennt man, vor allem ihn selbst. «Kannst du schau malen», sagt jemand. Daraufhin reißt er die Seite raus und zerknüllt sie.

«Maijämmi Weiß!» rufe ich und stürme mit vorgehaltener, unsichtbarer Pistole in den Bungalow. Holger und Birgit sehen mich an, sie sitzen in seinem Bett, unter der Decke, wie ein Ehepaar, nur mitten am Tag. Ich tue so, als sei das für mich kein ungewohntes Bild.

Weil die Holzplatte heute besetzt ist, spiele ich mit Wolfgang an einer der Steinplatten, den gleichen, wie bei uns im Wohngebiet. Sie sind etwas kleiner als die aus Holz. Man muß die Unebenheiten in der Fläche einkalkulieren. Ich verbringe eigentlich meine halben Ferien an den Tischtennisplatten vor dem Haus, ich renne nur schnell hoch, wenn etwas im Fernsehen kommt. Mit Wolfgang wähle ich eine größere Herausforderung, wir spielen aus Langeweile an der kaputten Platte, von der nur noch die beiden Füße stehen, die Fläche fehlt. Auf einer der fünf Zentimeter schmalen Stützstreben spielen wir uns den Ball hin und her, nach einer Weile schaffen wir sogar mehrere Ballwechsel.

«Meinst du, Wulf ist jetzt wirklich im Westen?»

«Dumm genug wäre er ja.»

«Wieso? Der macht doch seinen Doktor.»

«Aber hier bricht alles zusammen.»

Mir ist das unangenehm, wenn so geredet wird, als stände ein Ereignis bevor, das viel verändern wird.

«Und der 1-Megabit-Chip?»

«Und das Mooresche Gesetz?»

«Immerhin gibt es bei uns keine Obdachlosen.»

«Dafür regnet es rein.»

«Aber wir sind für den Frieden.»

«Du denkst bestimmt auch, man kann ein BMX-Rad bauen, indem man von seinem Klapprad die Schutzbleche abschraubt.»

Tatsächlich hatte ich das bei meinem Fahrrad gemacht.

«Es müßte sich eben irgendwie alles ändern.»

«Es ändert sich doch dauernd was. Als Breschnew gestorben ist, ist die FUWO nicht mit rotem, sondern mit schwarzem Schriftzug erschienen, und das blieb dann für immer so. Wahrscheinlich wollten sie rote Farbe sparen. Dann war immer die Stempelfarbe von den Fahrkartenlochern alle. Also Locher waren es ja früher, und dann wurden die Stempel eingeführt, bei denen mußte man auf einen Knopf hauen und konnte noch was rausholen, wenn man stärker zuschlug, aber jetzt gehen sie automatisch und haben meistens keine Farbe mehr. Vor zwei Jahren ist dann beim S-Bahnhof Schönhauser ein Stück vom Dach eingekracht. Dann haben sie diese Bande gefangen, die immer Nuth geschnüffelt hat. Und der Akademie-Vizepräsident ist erwischt worden, als er in Westberlin im Kaufhaus einen Duschkopf klauen wollte. Dann kam der Teufelssaucen-Fall, mit dem Imbiß-Besitzer, der allen zuwenig Sauce gegeben hat und sich damit eine goldene Nase verdient hat, komischerweise hat das in der Zeitung gestanden, warum? Und Silvester ist im Prenzlauer Berg ein

Balkon runtergekracht. Die haben Wunderkerzen abbrennen wollen und sind alle tot gewesen, oder sie hatten einen Riß in der Leber oder so. Und neuerdings gibt es immer mehr Sachen mit Maracuja-Geschmack, da überlege ich noch, was es bedeutet. Außerdem hat Günter Mittag Zucker und zwei Beinprothesen, das hat mir mein Vater erzählt. Und dieses Jahr hat Dschamolidin Abduschaparow die Siegerehrung der Zieletappe bei der Friedensfahrt boykottiert, weil er der Meinung war, beim Zieleinlauf zu Unrecht disqualifiziert worden zu sein. Das hätte sich früher nie einer getraut. In Bernau soll es Punker geben, die Harry Jeske als Teufel anbeten. Und als in Schönefeld dieses Flugzeug abgestürzt ist, weil Benzin in die Düse gekommen ist, haben die Leute die Leichen gefleddert. Das hat uns unser Werken-Lehrer erzählt, der in Bohnsdorf wohnt. Und jetzt ist Erich Honecker zum ersten Mal im Leben krank.»

18 Zum Kaffee gibt es Stullen mit Marmelade und Mukkefuck. Wir bleiben danach auf der Brücke, wo wir uns jetzt gerne aufhalten, wenn die Basteltante Brückendienst hat, jeder möchte den beleuchteten Verkehrsstab haben. Mit Büchern unterm Ellbogen gewinnt sie sogar gegen Männer beim Armdrücken. Ich wolle auf keinen Fall «normal» sein, sage ich zu ihr. Man müsse doch «in Extremen leben». Ich kann gar nicht mehr aufhören zu reden, dabei spüre ich, wie ich Sachen sage, die etwas gewagt sind, aber ich habe auch ein Gefühl dafür, bei wem man wie weit gehen kann mit seinen Äußerungen. Daß man zugibt, Westen zu gucken oder sogar an das zu glauben, was dort gesagt wird. Man muß genau aufpassen, wieviel man bei jedem durchblicken läßt, aber das sieht man dem anderen schon an der Kleidung und an der Frisur an. Der Basteltante verrate ich, daß ich Comics habe und daß mein Onkel aus Rendsburg in der DDR Atemprobleme bekommt. Daß ich beim letzten Besuch meines West-Cousins nicht glauben konnte, daß er keinen einzigen Fußballspieler aus der Oberliga kannte. Wie man die Welt retten könnte, daß der saure Regen mir Sorgen macht. Einmal dachte ich schon, der Weltuntergang sei da, weil die Pfützen in Buch nach dem Regen einen gelben Rand hatten, aber das kam gar nicht vom Schwefel, sondern von den Pollen. Man müßte mehr Strom sparen, weil die Kohle nicht reicht, und ein Atomkrieg würde keinen Sieger kennen. «Die Gefahr eines nuklearen Infernos» nannten sie es in der Zeitung. Manchmal sage ich Dinge, obwohl ich sie gar nicht sagen will, aber sie klingen so, wie ich denke, daß Erwachsene es hören wollen, man möchte sie ja nicht enttäuschen. Es ist schwer, ihnen gegenüber den Ton zu treffen, man kann gar kein Wort normal benutzen, unwillkürlich stammelt man. Wenn ein Erwachsener sich zu uns stellt, fühlt sich das immer so an, wie wenn bei Biene Maja ein Mensch vorkommt.

Jede Gruppe darf mal in die Bastelbaracke. Man gießt Gummiformen mit Gips aus und erhält ein Porträt-Relief von Goethe, ein Geschenk für die Mutter. Kronkorken-Mäuse werden gelötet, Figuren aus Nudeln geklebt und mit halbierten, hölzernen Wäscheklammern Spiegel gerahmt. Manchmal wird der Muffel-Ofen angeworfen, und wir brennen bunte Emailleplaketten. Wir basteln Buttons aus einer Sicherheitsnadel und einem glatten Knopf, der mit Nitrolack bemalt wird. Meine Schwester hat für so etwas Aufträge der ganzen Schule angenommen, weil sie so gut zeichnet. Bei ihr habe ich gelernt, daß man «Neil

Young» raufschreiben kann, mit Western-Buchstaben. «Young» heißt «jung», das kann man sich denken. Ein gelbes Mondgesicht geht auch. Das kenne ich aus einem Witzbuch, wo jemand im Dschungel eine Wäscheleine mit Schrumpfköpfen findet, unter anderem dieses Mondgesicht. «Was macht Smiley hier?» Den Witz hatte ich nie verstanden.

Einen Dietrich müßte man feilen, leider habe ich keine Anleitung dafür. Ich habe nur alle Schlüssel-Rohlinge aus dem «Heimwerker» am Bahnhof in Buch. Ich bin begeisterter Bastler, allerdings nur in der Theorie, weil mir immer bestimmte Teile fehlen. Manchmal darf ich mir die «Practic» kaufen, in der Leser ihre Erfindungen präsentieren. Wie man einen Fallbleistift als Ersatzgriff für eine abgebrochene Stricknadel einsetzen kann. Oder aus einer umgedrehten Fitflasche einen Schnurspender baut. Ein altes Telefon als Lötkolbenständer. Wenn ich Glasfaserkabel hätte, das kann Licht um die Ecke leiten. Das könnte man am Fahrrad anbringen, um während der Fahrt zu sehen, ob das Rücklicht brennt.

Ich stelle mir aus den Informationen der anderen einen Wochenplan aller Radiosendungen auf RIAS und SFB zusammen, die ich zu Hause hören will. Wenn ich nur mehr leere Kassetten hätte! Matthias sagt, aus einem Reparatur-Set für Kassetten kann man sich eine Kassette zusammenbauen, die dann billiger ist als eine neue. Er kennt sich mit Elektronik aus. Er weiß sogar, was ein Schmidt-Trigger ist. Vielleicht wäre Elektriker ein Beruf für mich, mit Strom zu tun zu haben, das klingt modern. Erst einmal könnte man daran denken, eine Lichtschranke zu bauen, oder ein Zahlencodeschloß für die Wohnungstür. Leider weigert sich mein Vater, dafür ein Loch in die Wand zu bohren, und vorher hat es gar keinen Sinn anzufangen. Robertos Vater hat sogar mit Leuchtdioden Notlichter in ihre Lichtschalter gebaut. Wenn Roberto schlechte Laune hat, sagt er zu ihm: «Du bist gar nicht mein richtiger Vater.» Mit seinem «richtigen Vater» fährt er alle paar Wochen Ruderboot.

Daß wir einen Computer haben, interessiert alle, ich habe schon Angst, daß sie mich nach den Ferien besuchen kommen. Bei manchen hat der Vater einen im Betrieb, und die Kollegen spielen dort heimlich ein Spiel, bei dem man ein UFO landen muß. «Das ist aber nur Pseudographik», sagt Matthias. Er hat mit seinem Vater aus einer Seifenschachtel, zwei Holzkugeln und zwei Lichtschrankenbausätzen eine Steuerung gebaut, mit der man den Cursor auf dem Bildschirm bewegen kann, ohne die Tastatur zu berühren.

Dennis behauptet, man könne einen Oszillographen, wie wir ihn in Physik benutzen, so umbauen, daß man darauf Tele-Tennis spielen kann. Alle haben auf dem Rummel lange Stunden zugesehen, wie die Größeren «Donkey Kong» spielen, selber kommt man ja nicht ran. Wir tragen unser Wissen über Computerspiele zusammen, Verfolgungsjagden, Schießereien, Schätze suchen und vor allem Überleben, denn wenn man dreimal stirbt, war die ganze Mühe umsonst, und man muß wieder von vorne anfangen. Man will aber weiterkommen, in unbekannte Gebiete. Wo es Dinge gibt, die noch kein Auge gesehen hat. Matthias hat bei «International Karate» mal vor Ärger wild auf die Tasten eingehackt, und plötzlich rutschten den beiden Kämpfern die Hosen runter. Ein berauschender Gedanke, daß da Überraschungen eingebaut waren, von denen nur die Programmierer wußten.

Wir machen uns über Wolfgang lustig, weil er seine Schulbücher ins Ferienlager mitgebracht hat und darin liest, wenn er die Digedags mal beiseitelegt. «*In einem Ferienlager erhält eine Pioniergruppe den Auftrag, 25% ihrer Mitglieder für den Ordnungsdienst einzuteilen. Da ruft Klaus: ‹Das geht doch gar nicht! Wir sind ja nur 24 Pioniere!› Was sagst du dazu?*» Wir haben bemerkt, daß er schnell blaue Flecke bekommt. Wir wecken ihn nachts und blenden ihn mit der Taschenlampe: «Was habt ihr mit Wulf gemacht? Spuck's aus! Dreckiger Faschist!» Er wird an den Oberarmen geknufft, dort, wo man die Flecken später unter den Ärmeln nicht sieht. Es ist eigentlich alles nur Spaß, trotzdem habe ich das Gefühl, ihn zu verraten, wir schlafen doch im selben Doppelstockbett, das schafft eigentlich eine Verbundenheit. Beim Baden fallen seine blauen Flecken auf, die Sache wird untersucht. Niemand kommt darauf, daß ich an so etwas beteiligt gewesen sein könnte, Holger wird als Hauptschuldiger festgelegt. Jörg spaziert nachdenklich mit ihm die Landstraße hinab, wir sehen ihnen aus der Ferne zu. Eine Stunde lang sind sie weg.

«Was hat er denn gesagt?»

«Ob ich weiß, was Faschismus ist», sagt Holger und grinst verlegen.

19 Der Tagesausflug zur Festung Königstein, diesmal rettet uns kein Regen. Am Morgen gibt es Eßpakete. Die Stullen mit Bierschinken landen im Bach, mit den Schmelzkäsestangen spielen wir Fußball, nur die Schokoriegel werden sofort gegessen. Beim Warten an der «Busenhaltestelle» stehen sich die Mädchen gegenüber, klatschen in die Hände und singen: «Ein Mann, der sich Kolumbus nannt', widdewiddewitt bumbum...» Das rot-weiß gestrichene Geländer kenne ich noch aus dem Altbau, man kann an einem Ende in die Öffnung sprechen und am anderen das Ohr dranhalten, dann hat man ein Telefon. Wir würden uns freuen, wenn der Bus gar nicht halten, sondern einfach weiterfahren würde. Aber als er kommt, wollen alle gleichzeitig einsteigen, und die Hinteren rufen «Schiebung!» und drängeln so, daß die Tür verstopft. Die Sitzplätze werden gestürmt, als handle es sich um Stuhltanz. «Es ist Platz für alle, es braucht keiner zu drängeln!» Rita zählt durch, jemand fehlt. Draußen steht Peggy, die einfach nicht eingestiegen ist, der Bus muß noch einmal halten.

Die Dampfer heißen «Rosa Luxemburg» oder «Walter Ulbricht». Es stört mich immer, daß es «Luxemburg» heißt und nicht «Luxenburg». Walter Ulbricht kenne ich von den alten Briefmarken, die sind aber, obwohl er schon tot ist, nichts wert, weil es zu viele davon gibt. Bei noch älteren Marken dieser Sorte war Hitler drauf. Roberto hat eine Münze aus der Nazizeit, hinten ist ein Hakenkreuz zu sehen, bei dem die Widerhaken so langgezogen sind, daß es fast wie ein Quadrat aussieht. Roberto behauptet, das sei von den Nazis zur Tarnung so gemacht worden, damit niemand sieht, daß sie ein Hakenkreuz benutzen. Er ist immer so überzeugt von den Dingen, die er sich ausdenkt, und ich kann nur mitmachen, indem ich mich verstelle. Wenn er auf dem Feld mit Pfeil und Bogen Hasen jagen will und seiner Mutter gesagt hat, sie soll mit dem Kochen heute warten. Wir sind zur gleichen Zeit nach Buch gezogen, als die Häuser noch in herrlichen Schlammwüsten standen und man abends auf den Baustellen das herumliegende Material untersuchen konnte. Nach der Schule hatten wir den gleichen Heimweg. Er schenkte mir seinen Pfannkuchen von der Schulspeisung. Dann beschloß er, daß wir jetzt rennen müßten, so etwas wurde von ihm nie begründet. Er legte sich in den Wind, der von vorn durch die Lücken zwischen den Hochhäusern blies. Ich konnte nicht so schnell rennen, es war sicher ein Trick, den ich noch nicht kannte. Zu Hause konnte ich sagen, daß ich schon einen Freund hatte.

Beim Schritt über die Reling sollen wir nicht ins Wasser sehen, sagt der Kapitän und reicht jedem die Hand. Diese Hilfestellung ist einem Jungen lästig, so was hat man doch nicht nötig. Oben sitzen und den Wellen hinterhergucken, die wir machen, das wird schnell langweilig. Eigenartig, daß wir überhaupt vorwärtskommen, man merkt gar nicht, daß sich das Schiff bewegt. Wir gehen unter Deck und spielen Mau-Mau. Ich habe jetzt mischen gelernt, man muß einfach ganz schnell mit den Händen wedeln und nicht weiter nachdenken. Jetzt kann ich schon den Käuzchenruf nachmachen, mit Daumen und kleinem Finger an der Tischkante eine komplizierte Choreographie aufführen und durch Schnipsen gegen den Gaumen ein Glucksen erzeugen, als würde ein Wassertropfen in einen unterirdischen See fallen. Aber ich würde das alles sofort eintauschen, wenn ich dafür tanzen könnte. «Hat sich schon mal einer totjemischt», sagt Marko. Irgendwo in dieser Gegend hat Karl May gewohnt. Der *war* ja in Wirklichkeit nie in Amerika. «Old Shatterhand» heiße auf deutsch «alte Schmetterhand», das klingt ja auch schon so. Aber «Old Surehand»? Und wer von beiden ist wohl der Stärkere? Lex «Parka» sei eines Tages tot umgefallen, einfach so, auf der Straße.

Die braune Sani-Tasche ist jetzt endgültig ein Stigma. Der dünne Riemen scheuert, und man fürchtet nichts so, wie etwas tun zu müssen, was nicht alle tun müssen. Aus Protest wird sie hinterhergeschleift, oder man schleicht sich von hinten an jemanden an, wirft ihm den Riemen über den Kopf und rennt schnell weg. Der andere wirft die Tasche sofort ab. Dann ist es eine Frage der Nerven, wer von beiden nachgibt und zurückgeht, um die Tasche zu holen. Das schwarze Dreiecktuch zum Stützen gebrochener Arme ist allerdings inzwischen ein Geheimtip, weil man es als Halstuch benutzen kann.

Auf der Festung Königstein gucken wir in einen Brunnen, wie tief der ist, da käme man nicht so schnell wieder hoch. Und Böttiger, der das Porzellan erfunden hat, obwohl er Gold herstellen sollte. Deshalb gibt es ja Meißner Porzellan, das ist das mit den zwei Schwertern, sogar im Westen sind sie scharf darauf. Man ahnt ja gar nicht, was bei uns wertvoll ist. Mein Onkel bekommt von meiner Mutter jedes Jahr eine neue Ludwig-Güttler-Platte mit Trompetenmusik geschickt. Dieser Mann spielt genau, wie Bach es sich gedacht hat, und das, obwohl er aus der DDR ist und wie ein Oberkellner aussieht. Die amerikanischen Soldaten kaufen in Berlin Meißner Porzellan und Pentacon-Kameras von Carl-Zeiss-Jena. Seltsam, daß der Betrieb fast wie das «Pentagon» heißt. Ein Japaner berichtet von einem Besuch in der DDR, ein herrliches Land, die vielen Museen! «Pergamon, Pentacon, Robotron ...»

Schlimme Zeiten, als man einfach so in ein Verlies eingesperrt werden konnte, «bei Wasser und Brot». August der Starke, wie viele Kinder der hatte, über dreihundert. Ein Hufeisen konnte er verbiegen mit der Hand, ist das denn so schwer? Dieses Lied mit den unendlich vielen Strophen: «*Auf der Festung Königstein, jumheidi, jumheida ...*» Das sollen wir mal alle lernen für die Abschlußfeier, sagt Rita, dann hätten wir wenigstens etwas zu tun. «*Das Baby hat 'n Glaspopo mit Schiebetür und Radio.*»

Wir drängen uns um den Kiosk und bestaunen die Andenken. Eine kleine Ampel als Schlüsselanhänger. Miniwürfel in einem aufschraubbaren Plaste-Pilz. Ein Clownskopf aus Plaste, wenn man hinten ein Stäbchen drückt, streckt er die Zunge raus. Den kaufe ich mir jedes Jahr, ich muß einfach irgendetwas kaufen, der Wunsch ist nicht zu beherrschen. Man müßte alles Geld der Welt haben, obwohl das natürlich noch kein Menschenleben aufwiegen würde. Oder Gold schürfen, vielleicht ist ja sogar im Trinkwasser welches, wenn man nur genug davon durch ein Sieb laufen läßt? Eine Packung mit drei Plasteflugzeugen, die kann man in der Badewanne unter Wasser landen lassen, das sieht fast aus wie in echt. Ich finde es herrlich, wenn Dinge klein sind, das ist ja das Schöne an Souvenirs. «Souvenir» heißt «Erinnerung». Ein Mini-Ansichtskarten-Leporello mit Motiven aus dem Elbsandsteingebirge, es hat einen silbernen Verschluß. Schildchen mit Bildern von beliebten Ausflugszielen, die man sich an den Wanderstock nagelt, nachdem man dort war, bei manchen älteren Herren ist schon der ganze Stock mit diesen Trophäen verziert. Wenn sie die Karte studieren, hängen sie ihn in den Ellbogen. Kaum vom Dampfer gesprungen, streben sie mit schnellen, entschlossenen Schritten den Berg hinauf, wir sehen sie nicht wieder.

Auf dem Weg zur Felsenbühne Rathen reißt die Gruppe auseinander, vorne sind welche so ins Gespräch vertieft, daß sie vergessen, das Laufen anstrengend zu finden, und hinten haben manche schon die Hoffnung verloren, es überhaupt noch zu schaffen. Sie gehen nur weiter, weil es oben für jeden eine Flasche Brause mit Strohhalm geben soll. «Aufschließen, da hinten!» Plötzlich rollt ein Findling den bewaldeten Hang auf uns zu, er wird immer schneller und scheint zu wachsen, wie eine Schneekugel. Kurz bevor er den Weg kreuzt, bleibt er krachend an einem Baumstamm liegen. Oben erscheint Eikes Gesicht, wir hatten ihn kurz aus den Augen verloren.

Der Wildpark mit Vogelkäfigen. Falke, Bussard, Habicht, aber am besten klingt Milan. Ein Gehege mit Mufflons. Daß die so riechen und dann so heißen? Leider gibt es keine Hängebauchschweine. Ein Amphitheater mit felsiger Naturkulisse, man nimmt auf Holzbänken Platz. «Der Schatz im Silbersee». Die Schauspieler schreien, um vom Publikum verstanden zu werden, teilweise sind sie einfach zu weit weg. Einer der Bösen stürzt nach einem Feuergefecht spektakulär von einem Fels in die Schlucht, sicher liegt dort ein Berg Matratzen. Wie man einen Pfeil ins Herz schießt, wissen wir ja jetzt, das ist alles nur ein Trick. Die angemalten Rothäute sprengen auf ihren Gäulen vorbei. Es riecht nach Pferdemist. «Starket Tomahawk, is ditt echt?» sage ich etwas laut. Ich bin manchmal so übermütig, daß ich etwas sage, was mich selbst überrascht und mir sofort peinlich ist. Ich spüre dann, daß ich diese Begebenheit nie wieder vergessen werde.

In der Pause gehen wir noch einmal zum Milan. Ein Bein ist angekettet. Wenn er nicht so scheu wäre und sich den Menschen öfter aus der Nähe zeigen würde, müßte er sein Leben nicht in Gefangenschaft verbringen. Es gibt ja auch keine Spatzen oder Tauben im Tierpark, die stellen es schlauer an. Bei der Rückkehr zu den Sitzen sind die anderen ganz aufgeregt. Ein Indianer und ein Cowboy seien in der Pause gekommen und hätten Eike in den Schwitzkasten genommen, weil sie dachten, er hätte das mit dem Tomahawk gesagt. Ich fühle mich schuldig, aber ich bin auch froh, daß es mich nicht erwischt hat, Eike ist es schließlich schon gewöhnt, Ärger zu bekommen.

Mittagessen in einer Gaststätte an der Elbe. Auf der Karte steht unter «Aus Neptuns Reich» «Forelle nach Müllerin Art». Ich würde gerne mal «Ochsenschwanzsuppe» bestellen. Wir warten lange auf das Essen und ich nasche vom Salz aus dem Streuer, bei den Salzstangen ißt man das ja auch am liebsten. Aber es macht nicht satt. Den Pfeffer streuen wir uns auf den Daumen und nehmen «eine Prise», wie «Bundeskanzler Helmut Schmidt». Ein paar Tropfen «Wuschter»-Sauce, die immer neben einer grünen, geriffelten Preßglasvase mit einer Kunstblume steht. Wir probieren, wer die meisten Bierdeckel an der Tischkante hochschlagen und in der Luft auffangen kann. Am Stammtisch sitzen alte Männer und spielen Skat. Man darf auf keinen Fall kiebitzen, das ist hier eine ernste Sache. Sie knallen die Karten so schnell auf den Tisch, als hätten sie das vorher gemeinsam einstudiert. Sich das Recht zu erwerben, am Stammtisch zu sitzen, das fasziniert mich. Aber man darf nicht aus Versehen die Glocke läuten, dann muß man für alle eine Runde bezahlen.

Ein an beiden Armen tätowierter Mann mit langen, dünnen Haaren bringt uns schließlich Nudeln mit Tomatensauce. Er trägt immer mehrere Teller gleichzeitig und stapelt sie so ungeschickt, daß am Tellerboden Nudeln kleben. Rita regt sich auf, weil wir so laut sind, und er äfft sie nach. Wir haben lange nicht so etwas Komisches erlebt, der machte sich ja überhaupt keine Platte! Der war bestimmt «Knastrologe», wegen der Tätowierungen. Seltsam, daß man auch in der DDR ins Gefängnis kommen konnte.

Die Kleine Bastei, ich kann nicht über die Mauer gucken, mit gestreckten Armen muß ich mich davon fernhalten, weil ich Angst habe, mein Körper könnte sich gegen meinen Willen drüberschwingen. Aus einer Ferienlagergruppe sei mal ein Kind hinuntergestürzt, der Kopf ist ja schwerer als der Körper und zieht ihn einfach mit. Die Leiterin habe sich gleich hinterhergeworfen, weil sie ihr weiteres Leben ohnehin im Gefängnis verbracht hätte. Die Barbarine, ganz klein sieht man, wie sich Bergsteiger am Fels festkrallen, mir ist es unbegreiflich, wie man sich solch einer Gefahr aussetzen kann. Wenn sich gerade jetzt der obere Stein löst?

20 In Dresden dürfen wir alleine durch die Stadt spazieren, einmal die Prager Straße hoch, bis zur «Straße der Bereifung», und wieder zurück. Vielleicht gibt es irgendwo Margonwasser zu kaufen? Ich komme mir vor, wie eine Figur aus einem Film, ich rechne immer damit, daß mich mal ein Regisseur anspricht, ob er einen Film über mich drehen darf und ob ich vielleicht sogar bereit wäre, mich selbst zu spielen. Es ist seltsam, in einer anderen Stadt zu sein. Daß hier auch Menschen leben und das für sie die Heimat ist. Keinem, den man sieht, wird man je wiederbegegnen. Die Häuser sehen aus wie in unserem Wohngebiet, es kommt mir vertraut vor, aber gleichzeitig falsch. Gerade weil die Bauelemente wie bei uns aussehen, aber sie haben sie anders zusammengesetzt. Wenn meine Mutter findet, daß es uns zu gut geht, erzählt sie uns, wie sie mit dem letzten Zug aus Ostpreußen geflüchtet sind, die ganze Zugfahrt auf einem Fäßchen Senf. In Dresden hätten die amerikanischen Tiefflieger Jagd auf Menschen gemacht. Die stürzten sich in die Elbe, aber der Phosphor brannte im Wasser weiter. In den Zeigern meiner Uhr habe ich auch Phosphor, damit sie im Dunkeln leuchten. Dazu muß man sie vorher mit der Taschenlampe aufladen. Ich weiß nicht, was ich mir schlimmer vorstellen soll, verbrennen oder ertrinken.

An einer Litfaßsäule, «Litfaß war ein Mensch!», hängt ein Plakat: «Tage des sozialistischen Laientheaters des Bezirkes Dresden». Im Schaufenster von einem Lampenladen steht eine Flasche «Privat»-Sekt mit einer Kerze drin, das kenne ich schon aus Berlin. Im Plattenladen gibt es genau die gleichen Platten wie in Buch, Harry Belafonte, ein Dutzend Alben von «Marek & Vacek», «Das zündet – Tanzmusik für junge Leute», und diese Jazz-Reihe mit dem schwarzen Cover, die nie jemand kauft. Mit den Fingern flippt man sie alle durch. Ich überlege lange, ob ein Album der Band «Saga» ein Glücksfund oder ein Ladenhüter ist. Vielleicht gibt es ja auch im Westen schlechte Bands? Dickliche Männer mit Fußballer-Frisuren lehnen an einer Wand. Nur einer sieht weniger altmodisch aus, er trägt einen Hosenanzug mit bis zum Bauchnabel geöffnetem Reißverschluß. Sie sind schon einmal in der DDR aufgetreten, das spricht eigentlich gegen sie. Auf der Rückseite vom Cover steht: «*Das Publikum in der DDR hatte Gelegenheit, zu sehen, daß Perfektion nicht immer das Gegenteil von Feeling sein muß.*»

Es gefällt mir in Dresden, wieviel Platz hier überall ist. Auf der großen Rasenfläche vor dem Bahnhof entdecke ich die anderen, wir freuen uns, als hätten wir uns Jahre nicht gesehen. Endlich sind wir wieder vereint. Kaninchen hoppeln von Busch zu Busch. Birgit guckt verschwörerisch und zieht den Reißverschluß ihrer Sporttasche ein Stück auf, mehrere grüne Flaschen Wein kommen zum Vorschein. Aber Mund halten!

Ein Polizist nähert sich. Ich denke daran, was unsere Westverwandten immer sagen, daß man an der Grenzkontrolle auf keinen Fall die Stirn runzeln darf, sonst schöpfen sie Verdacht, und es dauert viel länger. Vor Frauen muß man sich besonders in acht nehmen, die kontrollieren gründlicher. Unsere Verwandten haben es immer so schwer, in unser Land zu kommen, dagegen sind unsere Schwierigkeiten, das Land zu verlassen, geradezu lächerlich. Am meisten beschäftigt sie immer, wie sie in der kurzen Zeit unser wertloses Geld loswerden sollen. «Ihr seid ja nur so großzügig, weil euer Geld nichts wert ist», hat meine Tante zu meiner Mutter gesagt, als sie einmal Schnitzel auftischte.

Ich bemühe mich, nicht die Stirn zu runzeln, aber ausgerechnet jetzt zucken meine Augenbrauen immer hoch.

«Warum unterhalten wir uns?» fragt der Polizist.

«Das sind nicht unsere», sagt Holger.

«Was?»

Er zeigt auf ein Kaninchen: «Die sind nicht von uns.»

«Du führst hier wohl das große Wort?»

«Was haben wir denn gemacht?»

«Das kann doch kein Dauerzustand sein.»

Der Polizist verlangt 3 Mark Strafe, weil wir auf dem Rasen sitzen. Holger gibt ihm 4 Mark und sagt: «Stimmt so, Herr Hauptsturmführer.»

Wir schaffen es kaum, das Lachen zu unterdrücken, bevor er weg ist. Dennis behauptet, die Polizisten würden ein Milch-Deputat bekommen, damit ihr Körper das Blei von den Abgasen wieder ausscheidet, denen sie bei der Arbeit ausgesetzt sind.

Am Hauptbahnhof haben wir noch Zeit und drücken die Knöpfe sämtlicher Gepäckfächer, bei manchen purzelt tatsächlich nicht entnommenes Geld heraus. Wir sehen uns im Intershop um. Viele Süßigkeiten sind von «Hitschler», waren das die Erben von Hitler, die sich umbenannt hatten? Die Platten, «Kool & the Gang», die hätte Matthias gerne. Während bei unseren Platten auf der Rückseite kleine musikwissenschaftliche Essays abgedruckt sind, wird hier kein Platz verschwendet. Die Cover sind so abwechslungsreich, mit Computergraphiken und mit ganz unbekannten Schriftarten. Wer von den schwarzen Jungs, die mit so lässigen Verrenkungen auf den Betrachter zutanzen, ist wohl «Kool»? Was bedeutet es, daß er eine «Gang» hat?

Es duftet nach Kaffee, Schokolade, Waschmittel und Parfüm. Es gibt hier nichts, was man nicht gerne hätte. Durchsichtige Seife, die nach Apfel riecht. Eine Bierdose in Gestalt eines Fasses. Eine Riesenflasche «Metaxa» mit einem Zapfhahn. Ob die je irgendwer kauft? Ein Monchhichi in Menschengröße. Die unbegreifliche Luftschokolade. Das Waffeleis ist in Papier eingewickelt, sogar die Waffel *selbst* schmeckt, sie ist mit Schokolade überzogen und weicht im Mund nicht auf. Bei unseren Waffeln zermantscht man immer den Rand mit seiner Spucke. Durchsichtige Flummis mit bunten Bändern im Inneren, man kann kaum den Drang beherrschen, reinzubeißen. Diese

Flummis hören gar nicht auf zu springen. Wenn man sie im fünften Stock losläßt, hüpfen sie im Hausflur bis ganz nach unten. Bei uns gibt es nur Hartgummibälle, die auch mit größter Kraftanstrengung nicht vom Boden bis zur Hand zurückprallen.

Matthias kauft sich eine Büchse Fanta. Wir setzen uns auf eine Bank und sehen ihm dabei zu, wie er sie öffnet, vielleicht darf man ja mal kosten? Er zieht an einem Ring, der schon in die Büchse eingearbeitet ist, praktischer geht es gar nicht. Ein feiner, betörend nach Orange duftender Nebel von Bläschen steigt aus der Büchse. Ganz klein steht ins Blech gestanzt «*Don't litter*». «*Don't*» heißt «tu nicht», aber «*litter*»? Wir fragen ein paar Passanten, ob sie wüßten, was «*litter*» heiße, aber sie wissen es auch nicht. Trotzdem ist es unterhaltsam, daß wir einfach so Leute ansprechen und sie uns antworten. Matthias rülpst. «Erzähl mehr von zu Hause ...»

21

Im Zug blasen wir heimlich den Gestank von uns weg, wenn wir gefurzt haben, aber nicht so heimlich, daß es keiner merkt. Das Ratespiel, wer es gewesen ist, ein nie langweilig werdender Programmpunkt. Der Blick aus dem Fenster auf den Schrott der Fabriken. Wir haben nicht das Gefühl, mit diesen Dingen etwas zu tun zu haben oder irgendwann damit konfrontiert zu werden, hier für Besserung zu sorgen. Man weiß ja aus dem Westfernsehen, daß es anders geht, und man identifiziert sich mit dem erfolgreicheren Teil der Welt. Zumal diejenigen, die die Verantwortung tragen, schon äußerlich keine Vorbilder sind, sondern sich wie Rita anziehen. Unter «Kool & the Gang» würde das Land jedenfalls anders aussehen. In

Bitterfeld, dem Ort, der zu seinem Unglück sein Schicksal schon im Namen trägt, hält man sich demonstrativ die Nase zu, auch wenn keiner gefurzt hat. Die qualmenden Schlote, warum bauen sie bei uns keine Filter in die Schornsteine? Es ist doch klar, daß man sich auf diese Weise selbst vergiftet? Die Filter stelle ich mir wie auf die Schornsteine gesteckte Zigarettenfilter vor, das Prinzip ist doch denkbar einfach?

Die anderen Menschen im Zug sind alle gleich angezogen. Ihre Ledertaschen sehen aus wie nach 100 Schuljahren. Ältere Männer, die die Hosenbeine ihrer blauen oder braunen Stoffhosen beim Radfahren mit einer Klammer sichern. So sehen auch die Lehrmeister aus, bei denen wir PA-Unterricht haben. Man kann kaum unterscheiden, ob sie Arbeitskleidung tragen oder sich schon umgezogen haben. Sie machen nicht gerne Urlaub, weil sie Angst haben, daß die anderen in der Zeit die Maschinen kaputtmachen. Wir haben jeden zweiten Freitag «Produktive Arbeit». Nach dem Unterricht geht man in der Clubgaststätte Mittagessen und fährt dann in den Betrieb. Ich bleibe, statt zu essen, lieber zu Hause und sehe in der Zeit fern. Bundestagsdebatten sind immer interessant, komischerweise sitzt kaum jemand im Saal. Ich würde gerne mal für die SPD eine Rede halten, da würden die Fetzen fliegen. Auf dem anderen Sender eine Wintersportübertragung, Ski-Weltcup der Damen oder «Super Dschie», da stehen die Tore etwas weiter auseinander. Was ist eigentlich so schwer daran, möglichst schnell einen Berg runterzurauschen? Es wäre doch viel aufschlußreicher, diese Wettkämpfe bergauf auszutragen? Wir haben nur den Fichtelberg, deshalb können wir keine Abfahrtsläufe trainieren und nehmen gar nicht teil. In Cortina d'Ampezzo scheint die Sonne, und die Zuschauer bimmeln mit Kuhglocken. Das knirschende Geräusch, wenn es durch die Kurve geht. Im Ziel reißen sie ihre Skier hoch, das ist wegen der Werbung, denn auf der Unterseite steht «Elan». Wer ist denn so dumm, sich deshalb diese Skier zu kaufen? Die Reporter sagen immer: «Da simma vorne mit dabei.» Wenn sie von sich als «den Deutschen» sprechen, das ärgert meinen Vater, wir sind doch auch Deutsche.

Eigentlich muß ich los zum Bus, aber ich kann ja rennen. Die Sonne scheint auf die vertrauten Gegenstände, es ist seltsam, daß ich nicht einfach hierbleiben kann. Würde dann die Polizei kommen? Ist es nicht ein Lebensziel, die Wohnung möglichst selten verlassen zu müssen? Das angenehm abgegriffene Holz der breiten Sessellehne, auf die man alles stellen kann, was man im Lauf eines Fernsehabends braucht. Mit einem Strohhalm Kakao trinken, «Trinkröhrchen» steht da drauf, vielleicht, weil sie nicht mehr aus Stroh sind. Strohhalme aus dem Westen werden abgewaschen und wiederverwendet. Eine Blase platzt auf, darin pures Kakaopulver. Den Strohhalm am praktischen Knick langziehen und wieder zusammenschieben und sich das Geräusch anhören.

In der verrußten Umkleidekabine zwänge ich mich in die zu kurze Arbeitshose aus ausgewaschenem, hellblauem Stoff. Die billigen Knöpfe sind so fest angenäht, daß man sie kaum durchs Loch bekommt, der Stoff quietscht dabei. Der PA-Meister gilt als nett, da haben wir Glück, daß wir den erwischt haben. Arbeitsschutzbelehrung, keine Liebeleien und Neckereien am Arbeitsplatz! Keine Werkzeuge in die Hosentaschen, Verletzungsgefahr. Das zu beachten, nennt sich «Bassow-Methode». («Zwei arbeiten, und vier ‹bassen uff›, wann Feierabend ist.») Es heiße im übrigen «Schraubendreher» und nicht «Schraubenzieher», man «drehe» ja und «ziehe» nicht. «Gliedermaßstab» und nicht «Zollstock». «Glühlampe» und nicht «Glühbirne». «Materialermüdung»? Schon mal gehört? Die «Mamai»-Methode, von einem Herrn Mamai erfunden, besteht darin, den Jahresplan überzuerfüllen, indem man täglich den Tagesplan übererfüllt. Aber: «Nicht so genau wie möglich, sondern so genau wie nötig.»

In der Werkhalle der Geruch von Bohrmilch und Aluminiumwolle, die Mädchen mit Haarnetz, Gewinde wird in Eckstücke von Rohrleitungen gefräst. Oder wir montieren rote Starkstromdosen. In der nächsten Woche schrauben wir alles wieder auseinander, weil keine neuen Teile gekommen sind. Im Pausenraum Wandzeitungen mit vergilbten Zeitungsausschnitten und Diagrammen früherer Wettbewerbe: «*Material- und Zeitreserven auf der Spur*». Die Arbeiterinnen haben ihren eigenen Tisch, wo sie mißmutig rauchen und aus Tassen mit abgebrochenem Henkel Kaffee trinken. Sie tragen blaue Perlonkittel über ihren Blusen. Im Licht der flackernden Neonröhren kauen wir unsere Stullen und trinken aus den gleichen angeknabberten Plastetassen, die wir schon im Kindergarten hatten. Es gibt Zitronentee aus einem großen Kanister. Ich öffne meine Stullenbüchse aus Aluminium, die vielleicht andere Schüler in einem anderen Betrieb hergestellt haben. Wurststullen und Apfelstücke, die aber schon braun sind. Es nieselt auf die Schrottberge und Kokshaufen, aus denen sie dieses Land gebaut haben.

Die Witze vom Lehrmeister haben uns schon die anderen Klassen erzählt: «Heißt die Hauptstadt der USA ‹New York› oder ‹Neff York›?» Man muß sich dumm stellen, er ist Berufsschüler gewöhnt. Nicht den Finger in die Fräse stecken! «Ham wir alles schon gehabt!» Drehen sei ein «spanendes» Arbeitsverfahren, kein «spannendes»! «Wer war der erste Held der Sowjetunion? Iwan Lokomofeilow, der hat eine Lok aus einem Stück gefeilt.» Man muß uns nicht antreiben, der Ehrgeiz kommt von allein. Es macht ja eigentlich Spaß, die Handgriffe einzustudieren, man wird so eigenartig ruhig, und man kommt ins Erzählen. Wer wohl «drankommt», wenn «Honnie» mal abkratzt? Daß Diamant und Graphit eigentlich das gleiche ist. Und in einem Hinterhof an der Schönhauser hat die Polizei im Müll Leichenteile von einem Baby gefunden.

Ich melde dem Lehrmeister, daß auf dem Hof ein Faß mit alter Bohrmilch durchgerostet ist und die weißgraue Brühe in den Ascheboden sickert. Das ist doch bestimmt umweltschädlich? Ein Tropfen Fit reicht doch schon, um 1000 Liter Wasser zu verderben. Der Lehrmeister sieht es sich an und drückt mit seinem breiten Daumen eine Schraube ins Rostloch.

Die Dämmerung auf dem Heimweg, das porige Grau der Altbauten verschwimmt mit dem Himmel. Hinter dem Busfahrer stehen und seine Handbewegungen studieren. In den neuen Ikarus-Bussen sind die Knöpfe zum Türöffnen in einer Linie angebracht und etwas konkav geformt, damit sie sich bequemer drücken lassen. Wenn an jeder Tür jemand aussteigen will und sie alle leuchten, läßt der Fahrer den Zeigefinger von oben nach unten über die Knopfleiste gleiten. Wir lauern die ganze Fahrt auf diese Handbewegung. Ebenso reizvoll ist es, wenn niemand den Aussteigeknopf gedrückt hat und der Bus an einer Station einfach nicht hält. Kann der Fahrer nicht die anderen Busse überholen? Nein, so etwas werden wir wohl nie erleben. Wir müssen uns gedulden, bis nach einer Strecke mit Feldern und Kleingärten die Häuser unseres Wohngebiets auftauchen, hinter jedem Fenster eine Familie.

22

Nachts besuchen uns die Mädchen, wir sitzen uns auf zwei der unteren Betten gegenüber und lassen eine grüne Weinflasche kreisen. Die Flüssigkeit riecht nach Altstoffsammlung. Ohne sie vorher abzuwischen, setze ich die Flasche mit dem ungewohnt schmalen Hals an, es schmeckt überhaupt nicht so schlimm wie früher, wenn man beim Geburtstag der Eltern an den Gläsern der Erwachsenen riechen durfte. Ich bin glücklich über diese Entdeckung und nehme einen großen Schluck, als wäre es Apfelsaft.

«Meint ihr, daß Wulf drüben arbeitslos ist?»

«Man kann doch Flaschen wegbringen, für Westgeld.»

«Ich glaub, drüben gibt's kein Geld für Flaschen. Ich hab mal mit meinem Cousin eine Flaschenpost gemacht, und als er gehört hat, daß man bei uns für Flaschen Geld kriegt, hat er den Brief wieder rausgepopelt und gesagt, er bringt nächstes Jahr eine Flasche von ihnen mit, weil die nichts kosten.»

«Bei Selters sind die Flaschen teurer als die Selters.»

«Dann könnte man ja die Selters wegkippen und die Flasche abgeben und würde dabei noch verdienen.»

«Äh?»

«Wulf ist doch Mathematiker, da wird der nicht arbeitslos drüben, Mathematik ist doch überall gleich.»

«Vielleicht ist er auch an der Grenze gekascht worden?»

«Bei uns an der Schule ist mal einer im Niemandsland aus der S-Bahn raus und wollte über die Mauer, aber er ist zur falschen Seite gelaufen.»

«Woher wußten die denn dann, daß er in den Westen wollte?»

«Der hatte ein Stofftier und seinen Kassettenrekorder dabei.»

«Ich würde gerne mal in den Westen, aber nur gucken.»

«Die stillen ihre Kinder, bis sie in die Schule kommen.»

Die gräßliche Erstarrung, wenn man sich bei einer Peinlichkeit ertappt fühlt oder wenn die Mädchen einen wegen irgendetwas feindselig ansehen. Diese Mauer von Garstigkeit der Mädchen und das ewige Gekampel der Jungs. Durch den Wein ist das wie weggeblasen. Wir sind plötzlich Freunde. Wenn die Mädchen jetzt ihre Hemden über den Kopf ziehen würden, damit wir ihre Brüste betrachten könnten, wäre alles gut.

«Stück mal 'n rück.»

«Mein Vater kann trinken, und unten pinkelt er es gleichzeitig wieder raus.»

«Der Korken klemmt.»

«Schmeiß mal rüber, ick kann ditt mit de Zähne.»

«Bist 'n Bär, bist 'n Kugelschrei-Bär.»

«Aua, der klemmt wirklich.»

«Hier, ich hab einen Korkenzieher am Messer.»

«Und 'ne Säge?»

«Das ist ein Schweizer Offiziersmesser. Die sind immer mit Säge, zum Beine amputieren.»

«Hast du Isoband und Draht, dann kommst du bis nach Leningrad.»

«Kann ich jetzt mal das Radio haben?»

«Mein Opa setzt nie Kopfhörer auf, weil er im Krieg Funker war.»

«Soll ich mal die Schnecken holen?»

«Ihr seid so eklig.»

«Wieso, die kann man essen, da gibt's Geld für, wenn man die zum Restaurant bringt.»

«Ditt *war* übrigens 'ne SR2, vielleicht war die noch nicht umgebaut.»

«Ditt war 'ne SR1, die hatte doch die langen Tretarme.»

«Wenn man bei Colt Seavers auf Schwarz-Weiß dreht, sieht Jody an der einen Stelle fast nackt aus.»

«Mein Cousin fährt nicht mehr ins Ferienlager, weil die Kinder hier so falsch singen.»

«Wieso heißt das Lager eigentlich ‹Schneckenmühle›? Hier gibt's doch gar keine Mühle?»

Beim Einschlafen stelle ich mir vor, daß ich aus einem Flugzeug springe und in der Luft durch geschickte Körperhaltung den nächsten See ansteuere. Ich habe ein bißchen Angst, daß man beim Sturz aus solchen Höhen selbst an Wasser zerschellt, man muß sich wahrscheinlich ganz spitz machen und dazu die Arme vorstrecken. Aber wenn sich beim Aufprall das Wasser zwischen die Nägel drängt und sie von den Fingerkuppen spaltet? Einen Gedanken weiter verfolge ich den Weg einer amerikanischen Spezialeinheit, die sich im Schutz der Nacht im Dauerlauf über die Grenze und durch Wälder und Gebirge bis zu mir durchschlägt, um mich zu entführen. Ich sehe mich zwischen meinen neuen Mitschülern sitzen und das Gefühl genießen, in der Schule der Beste zu sein, weil ich durch meine Herkunft schon alles weiß. Ich würde ihnen die Augen dafür öffnen, daß in den Kochanleitungen, die auf der Rückseite von Dr.-Oetker-Produkten stehen, immer

Zutaten von Dr. Oetker empfohlen werden, das war doch ein Trick. Meine Cousins aus Rendsburg haben ja immer so schlechte Zensuren, lauter Dreien. Das sei aber bei ihnen wie bei uns ein «Sehr gut», bei uns sei die Schule ja leichter. Es gebe ja auch nur keine Arbeitslosen, weil in den Fabriken alle rumsäßen. Ich hatte außer in «Schrift» noch nie eine Drei, schließlich muß man als Christ doppelt so gut sein wie die anderen, das schärft uns unsere Mutter immer ein.

3

23 Wir brechen in ein wildes Jubelgeschrei aus, rütteln an den Betten und hämmern mit den Hockern auf die Holzdielen, weil uns eben mitgeteilt wurde, daß Rita abgereist ist.

«Ist sie entführt worden?»

«Ist doch egal, Hauptsache weg.»

«Oder ermordet?»

«Nee, dann müßte sie doch nicht weg.»

Hat sie «rübergemacht»? Jörg weiß es nicht. Sie hat keinen Brief hinterlassen, aber ihre Sachen sind nicht mehr da. Immer, wenn wir Alkohol getrunken haben, verschwindet ein Leiter? Können auch Frauen Zombies sein? Ich weiß nicht, ob ich mich freuen soll, sie tut mir eigentlich leid. Ich dachte selbst beim Grafen von Monte Christo immer, daß ich an seiner Stelle nicht so nachtragend gewesen wäre. Rita kann doch eigentlich nichts dafür, daß sie so ist, wie sie ist. Sie ist doch nicht von selbst so geworden, sondern weil sie so erzogen worden ist. Man kann sich doch nicht aussuchen, wer man ist. Oder doch? Könnte ich mich einfach entschließen, ab jetzt ein guter Mensch zu sein? Aber es wäre ja nur vorgespielt. Oder denkt man irgendwann gar nicht mehr darüber nach, wie beim Zähneputzen?

An den Abhängen des Tals wird Holz für das Lagerfeuer gesammelt, das wir auf der Wiese hinter dem Schwimmbecken für den letzten Abend aufschichten, jede Gruppe ist einmal dran. Wir sollen darauf achten, kein Espenholz zu nehmen, aber wie sehen denn Espen aus? Erika würde ich noch erkennen. Wir entwickeln den Ehrgeiz, einen besonders großen Haufen Holz und Reisig zusammenzutragen. Ich würde mich aber mehr freuen, einen Meteoriten zu finden oder vielleicht sogar ein Stück von einem abgestürzten Satelliten. Wir sammeln nicht nur Holz, sondern auch Weinbergschnecken, die wir ins Lagerfeuer werfen wollen. Unter dem Bungalow halten wir schon welche in einer Schachtel gefangen. Laut durch den Wald rufend tauschen wir uns aus. Die Sprache ist uns entglitten, immer mehr Begriffe stellen sich als «versaut» heraus, wenn man erst einmal darüber nachdenkt. «Astrid, ich würde dich ja gerne *begreifen.*» Oder, wenn Jörg uns mit den Worten weckt: «Hoch die müden Glieder!» Ausgerechnet das Wort «Ding» ist am heikelsten, man tut besser daran, es ganz zu vermeiden. Wenn einer einen Ast heranschleppt: «Dein Ding ist ja riesig.»

«Ej, du Muschi!» sage ich, als Dennis mir einen Kienapfel an den Kopf wirft. «Weißt du überhaupt, was eine Muschi ist?» fragt mich Henriette. Ich schäme mich, das war eigentlich gar nicht ich gewesen, der dieses Wort benutzt hat, das war nur eine Art zu reden. Aber wie soll ich ihr das erklären? Diese Peinlichkeit ist nicht mehr aus der Welt zu schaffen, sie wird sich erst in sehr viel Zeit auflösen, wie Salz in Wasser, und trotzdem wird Henriette noch an ihrem Lebensende etwas davon in ihrem Gedächtnis spüren.

Auf dem Rückweg mit dem Handwagen, in dem wir das Holz transportieren, werden wir von zwei Motorrädern überholt, die vor uns auf der Straße halten, der Motor läuft weiter. Zwei junge Männer mit schwarzen Lederjacken und Nierenschutz. Hinter einen von ihnen setzt sich Birgit, und sie knattern davon. «Integralhelme», sagt Marko. Später erfahren wir, daß es Freunde von ihr aus Berlin sind. Sie verbringen den Tag auf der Lagerfeuerwiese, wo sie nebeneinander im hohen Gras liegen. Hier war Opa Schulze noch nicht mit seiner Sense. Wir würden gerne wissen, was sie dort tun. Was sagt Holger dazu? Müßte er sich nicht duellieren? Wenn man schnell mit dem Motorrad fährt, bleibt dem Mädchen auf dem Rücksitz nichts übrig, als sich fest an einen zu schmiegen. Aber ich habe meiner Mutter versprochen, nie Motorrad zu fahren, man muß nur in einer Kurve ausrutschen und hat schon ein Bein weniger.

Marko liegt im Bett und sagt kein Wort mehr. Wir denken erst, wir müßten ihn nur provozieren, dann würde er wieder lebendig, aber er starrt an die Decke und reagiert auf nichts.

«Dem platzt der Sack.»

«Aber es sind doch noch vier Jahre.»

«Bis dahin hat er Krebs.»

«Laß mal 'n Profi ran.»

Dennis hält Marko das Star-Wars-Buch vors Gesicht und sucht hastig nach der richtigen Seite.

«Schnell!»

Marko stöhnt und dreht sich zur Wand.

«Den müssense kastrieren, sonst wird er impotent.»

Jörg will, daß wir zum Abschlußfest als «Micky-Maus-Bande» gehen. Lustlos haben wir Hosen aus Kreppapier und Micky-Maus-Ohren aus Pappe gebastelt. Wir fühlen uns gedemütigt, daß er von uns so etwas Kindisches verlangt. Wir werden das nicht anziehen. Er hat uns deshalb die heutige Disko verboten. Wir liegen in den Betten und schmieden Rachepläne. Alle rüber, ihn ans Bett fesseln und auf eigene Faust zur Disko gehen? Ich triumphiere heimlich. Die Mädchen werden es schon noch eines Tages bereuen, nicht entschiedener darauf gedrungen zu haben, mit mir zu tanzen. Lieber hier liegen und noch mal alle Witze durchgehen. Das Westauto, das aus der Kurve fliegt, jemand will Erste Hilfe leisten, da tritt ein Mann mit Gewehr aus dem Gebüsch: «Schieß dir selber einen!»

Die Disko läuft schon, wir hören die Musik durch die Nacht herüberschwappen. So hört sich das sonst immer für die Tiere im Wald an. Wir brüllen: «*In der Nacht, in der Nacht, wenn der Büstenhalter kracht, wenn der Bauch explodiert, kommt ditt Baby rausmarschiert!*» Wir haben uns in den Kopf gesetzt, das Lied zu singen, bis wir begnadigt werden. Aber wir brauchen gar nicht lange durchzuhalten, ein Demonstrationszug bewegt sich auf unseren Bungalow zu. Sogar Henriette und die Basteltante sind mitgekommen. Sie stehen vor unserem Fenster und besprechen, wie wir Jörg umstimmen können. Holger wird vorgeschickt, er kommt aus Jörgs Zimmer zurück: «Der ist total fertig.» Ich weiß nicht, wie ich mir das vorzustellen habe. Vielleicht stand er schon mit dem Hals in einer Schlinge da? Holger wirkt beeindruckt. Aber Jörg hat nachgegeben. Alle jubeln und springen aus den Betten, um sich anzuziehen. Ich trotte im Waschbärnicki hinterher und versuche, so langsam zu gehen, daß die Gruppe erst gegen Ende der Disko da ist. Wenn man es wie Achilles macht, der die Schildkröte nie einholt? Aber natürlich müssen wir «geschlossen» über die Straße.

Wieder stellen wir einen Hocker zwischen uns und mischen. «*Deutschland, Deutschland, spürst du mich?*» Diese innere Wallung bei der Stelle, so ein rebellisches Bewußtsein der eigenen Kraft. «Deutschland» ist ja verboten.

«Im Westen ist auch nicht alles Gold ... die Punker leben da von Hundefutter.»

«Aber bei der Bundeswehr kann man abends nach Hause gehen.»

«Unklar ...»

«Ich stell mich jeden Mittwoch um 14:00 Uhr am Plattenladen auf der Schönhauser an, weil sie nach der Mittagspause die neuen Lizenzplatten rauslegen. Und wenn's nur Roger Whittaker gibt, nehme ich die trotzdem, zum Tauschen.»

«Wenn Honni vorbeifährt, zieht die Stasi die Bäume gerade.»

«Wenn du Mosambikaner triffst, darfst du nie sagen, daß du aus Staßfurt kommst, dann schlagen die dich zusammen. In Staßfurt hat die nämlich mal wer Neger genannt.»

Aus Staßfurt kamen doch unsere Fernseher? Warum waren da Mosambikaner? Als dieses afrikanische Land sozialistisch geworden ist und die Menschen lesen lernten, hatte sich herausgestellt, daß viele von ihnen eine Brille brauchten. Wir hatten in der Schule unsere alten Brillen abgeben sollen, als Spende. Deshalb stelle ich mir die Mosambikaner immer mit meiner alten Brille vor. Hoffentlich hat ihnen jemand erklärt, daß man das Pflaster abmachen muß.

Die englischen Texte verstehen wir nicht. Es spielt aber keine Rolle, was gesungen wird. In meinem Bauch kribbelt es von der Musik, ich sitze wie am Grund eines Ozeans, während draußen ein Orkan tobt. Ich kann alle sehen, bin aber selber unsichtbar. Bei den langsamen Liedern kribbelt es besonders, um sich die auszudenken, haben die Sänger etwas durchleiden müssen, wie die Liebe zu einem blinden Mädchen, das einen auf der Straße nicht sieht. Aber in Wirklichkeit geht es in den Liedern darum, wie ungerecht es ist, daß ich nicht tanzen kann.

Gelächter, wir drehen uns zur Tür. Ein Wesen mit großen, runden Ohren steht dort, eine Art lebensgroße Version der mißlungenen Micky-Maus-Kopie aus Gummi, die es bei uns im Schreibwarenladen zu kaufen gibt. Die Ohren stehen nicht richtig ab. Hat niemand Peggy gesagt, daß wir die Kostüme nicht anziehen werden?

«Wenn ick die wär', würd' ick mich umbringen», sagt Marko.

«Das darf man erst ab 18.»

«Wenn de Pech hast, biste danach 'n Spukjespenst.»

«Man kann sein Herz auch durch ‹orthogenes Training› anhalten.»

«Der Sohn von Schnitzler hat sich in der Badewanne mit einer Schlinge erdrosselt.»

«Der durfte wohl keen Westen kiekn.»

«Der olle Schnitzler mit seine Brille, der kann ooch zwee Aschenbecher nehmen.»

«Ick würde mich lieber nicht umbringen. Wenn man dann gar nicht tot ist? Vielleicht muß man dann immer für Gott arbeiten.»

Wir sitzen nur noch zu viert im Halbdunkel am Rand der Tanzfläche. «Bei Grand spielt man Ässe, oder man hält die Fresse ...» Manchmal schiele ich rüber, wie die Tänzer von einem Fuß auf den anderen treten, aneinander vorbeisehen und nachlässig mit den Armen schlenkern, und ich lasse das sehnsüchtige Ziehen im Bauch aufsteigen, um es zu genießen. Am liebsten würde ich schon im Bett liegen, weil ich mich beim Einschlafen am besten darauf konzentrieren kann.

Marko hat einen Weg ausgekundschaftet, wie wir heimlich abhauen können. Nacheinander gehen wir auf die Toilette und schlagen uns von dort zur Tür durch, als stünden wir unter Beschuß, immer aus der Deckung einer Wand eine Ecke weiter. Wir überqueren geduckt die Straße, die Brückenwache ist nicht besetzt. Wenn der Bach jetzt anschwillt, werden wir fortgespült, während die anderen sich aufs Dach vom Steinhaus retten können, wo sie von Hubschraubern aus mit Lebensmitteln versorgt werden. Die Gerätescheune, deren Bretterwände noch warm sind von der Sonne und duften. Marko schlägt vor, hinter dem Bungalow unsere Plastetrinkflaschen anzukokeln, er hat das schon einmal gemacht und weiß, daß es sich lohnt. Die Flaschen schmelzen, und die brennenden Tropfen machen durch den Luftwiderstand ein schmatzendes Geräusch: «Bomben auf Moskau!» Wie schön die Finger nach Feuer riechen. Das verwaiste Lager mit dem Volleyballfeld. Von ferne die dumpfen Bässe der Neuen Deutschen Welle. Wir spielen auf dem Schotter vom Appellplatz mit einem Tennisball in der Abendluft Fußball. Obwohl wir kaum noch etwas sehen, hat es noch nie solchen Spaß gemacht, beide Mannschaften sind genau gleich gut. Ich traue mich nicht, Wolfgang zu sagen, daß mir das mit den blauen Flecken leid tut.

Ein Schatten nähert sich. Wir seien ja wohl noch bei Trost, alleine über die Straße zu gehen? Wollten wir, daß er «eingelocht» werde? Wir müssen Jörg ins Steinhaus folgen. Die anderen hatten unsere Abwesenheit gar nicht bemerkt. Zu allem Unglück stellt sich jetzt auch Matthias zu den Tänzern, und wir sind nur noch drei. Halb so schlimm, dann muß wenigstens keiner mehr aussetzen. Mischen, klopfen, Fächer bilden. Nicht alle Buben nach rechts sortieren, das machen nur Anfänger. Noch mal nachgucken, was man gedrückt hat? Nein, das ist verboten nach dem ersten Stich. Daß man ausgerechnet *die* beiden Karten so schnell vergißt! Marko singt alle Lieder mit, er kennt sich wirklich ungeheuer aus. Gleich nach den Ferien werde ich ausprobieren, welche Sender wir mit unserem Grundig-Rekorder empfangen. Radio Saarbrücken auf Mittelwelle soll viel besser sein als RIAS. Man muß ein bißchen Farbe vom Heizkörper abkratzen, dann kann man an der Stelle das Radio anschließen und die Heizung vom ganzen Haus als Antenne benutzen.

«*Oh, happy children ...*»

Das letzte Lied wird heimlich immer wiederholt, man spult einfach schnell zurück und spielt es noch einmal. Aber jetzt ist Schluß, wir sollen ins Bett. Aus Protest setzen sich alle im Kreis, klatschen und schlagen abwechselnd mit der flachen Hand in einem bestimmten Rhythmus auf den Boden. «*All we are saying, is give peace a chance!*» Bis Gaby, die stellvertretende Lagerleiterin, eine Zugabe gestattet.

Das Lied beginnt mit Hammerschlägen, Metall scheppert wie in einer Werkhalle, Eisenträger werden über den Boden geschleift, aber sehr rhythmisch und schön abgehackt maschinenhaft. «Na, endlich spiel'n'se Depeche Mode!» Als hätte er die ganzen Tage nur auf ein bestimmtes Lied gewartet, springt Marko auf, geht zu der Stuhlreihe, wo die Mädchen sitzen, und fordert, ohne zu zögern, Astrid auf, die einfach ja sagt. Ich bin neidisch, aber auch stolz, weil ein Freund von mir sich so etwas traut. Wir sind jetzt nur noch zwei, deshalb spiele ich mit Wolfgang Offiziersskat. Zu jedem Buben gibt es eine farblich passende Dame. Ich bin kein Freund der Herz-Dame, dieser verwöhnten Prinzessin, und die Pik-Dame sieht einen so spöttisch an. Meine Favoritin ist die Karo-Dame mit ihrem zurückhaltenden Charme. Und um sie zu bekommen, muß ich nur den Karo-König spielen. Daß die Karten *so* rum und *so* rum gelegt werden können, weil sie symmetrisch sind. Das kann man nie ganz begreifen.

Als ich wieder hochsehe, sitze ich alleine vor einer halb zu Ende gespielten Partie Offiziersskat. Beim letzten Lied des Abends ist Wolfgang aufgestanden, um sich unter die Tanzenden zu mischen, allerdings scheint er nach einem Lied zu tanzen, das nur er hört, in seinem Kopf.

Jetzt bin ich der einzige, der noch nicht getanzt hat. Ich kann mir nur eine Patience legen. Das Wort heißt auf Französisch «Geduld», das müßte ich aber noch gar nicht wissen in meinem Alter.

24 Ausflug nach Dečin, in die «Tsche SSR». Kronen müssen getauscht werden, zum ersten Mal halte ich fremdes Geld in der Hand. Warum heißt es bei denen «Kronen»? Andererseits, warum heißt es bei uns «Mark»? Wieviel Kronen wird man wohl brauchen? Ein gutes Zeichen, daß es für eine Mark mehrere Kronen gibt, dann sind wir doch reicher? «DDR» heißt hier «NDR». Ich habe Angst, bestohlen zu werden, denn diese Gefahr steigt im Ausland. Ich darf nicht nach meinem Geld nesteln, wie

Emil in «Emil und die Detektive». An der Grenze bemühe ich mich wieder, nicht die Stirn zu runzeln. Es würde mich nicht überraschen, wenn sich bei der Kontrolle herausstellen würde, daß ich mit gefälschten Papieren reise, weil ich ein Spion bin, so geheim, daß ich es sogar selbst vergessen habe.

Leider sind die Geschäfte nicht gleich am Bahnhof, man muß ein Stück in die Stadt laufen und sie sich in den Seitenstraßen zusammensuchen. Gleich das erste Lebensmittelgeschäft stürmen wir, voller Gier auf die unbekannten Süßigkeiten in aufregend ungewohnten Verpackungen. Von den Brausebonbons hatten wir schon gehört, man lutscht ein Loch hinein, aus dem Brausepulver rieselt, das dann so gründlich ausgesaugt wird, daß der Bonbon durch den Unterdruck an der Zunge haftet. Ich frage die Verkäuferin nach Ketchup, sie dreht sich um, als habe sie verstanden, obwohl ich ja, bis auf «Ahoi!», kein Tschechisch kann. Ich kenne überhaupt niemanden, der das kann. Bei uns in der Kaufhalle gibt es nur ganz selten Ketchup, direkt aus einem Karton, den sie gar nicht auspacken, weil sich sowieso gleich alle darauf stürzen. Ich stelle mich dann mehrmals an, weil man nur drei Flaschen auf einmal bekommt. Ich liebe den Geschmack, ich habe einmal bei einer Geburtstagsfeier gewettet, daß ich eine ganze Flasche austrinken kann, nur, damit ich sie für mich alleine habe. Die Verkäuferin reicht mir ein Glas Tomatenmark aus dem Regal. Nein, ich will eine Tube. «Tuby?» Und außerdem süße Kaffeesahne, auch aus der Tube. Tubennahrung finde ich ungeheuer praktisch, gelöffelt oder geleckt würde es nicht so schmecken. Es ist ein Abenteuer, mit fremdem Geld zu bezahlen. Man sucht lange nach den richtigen Münzen, und die Verkäuferin deutet schließlich selbst auf die, die sie haben will. Einen Vorrat von neuen, makellos glatten, prall gefüllten Tuben lege ich mir an.

Es gibt auch elastische Gummispinnen, Schlangen und Kraken, die in der Hand zittern. Jemandem eine Schlange in den Schoß werfen, daß er sich erschreckt. Leider klappt das bei jedem höchstens einmal. Wenn das Mädchen, statt zu kreischen, den Versuch nur gelangweilt zur Kenntnis nimmt, fühlt man sich um seinen Lohn betrogen.

Radiergummis zum Kneten. Was für eine Idee! Kurvenlineale zum Verbiegen. Ist denn hier alles flexibler, verstellbarer, elastischer? Schaumgummibälle mit Batik-Muster. Im selben Laden ein Gerät fürs Auto, ein länglicher, schwarzer Gummistreifen mit einem Blitz auf der Verpackung. Soll ich das auf Verdacht kaufen? Vielleicht ist mein Vater hocherfreut, wenn ich es ihm zu Hause präsentiere: «Wo hast du *das* denn ergattert?»

In einem Schaufenster mit Spitzengardinen steht eine rote «Jawa», sogar mit Preisschild, das muß man aber durch drei rechnen. Einfach reingehen: Ich hätte gerne das Motorrad da, aus dem Schaufenster.

Holger leistet sich ein Tischfußballspiel von «Chemoplast Brno». Die Stadt hieß früher «Brünn», als da noch die Nazis lebten. Das Geräusch der zurückschnellenden Sprungfedern, auf die die Figuren montiert sind, die alle auf einem Fußball stehen. Jeder Spieler in einer Mulde, in der der Ball liegenbleibt, man muß ihn dann in die Mulde eines der eigenen Spieler katapultieren. Am Tor ein Plasteschieber zum Mitzählen.

Jörg ist glücklich über den Kauf einer schwarzen Doppelkammer-Dose, mit der man zwei Filmrollen gleichzeitig entwickeln kann, die gebe es nur in unserem Nachbarland. Dabei ist das Prinzip ja einleuchtend. Er will morgen in die Dunkelkammer. Wer etwas für sich gefunden hat, strahlt eine große Zufriedenheit aus. Das Fundstück wandert von Hand zu Hand und wieder zurück. Es gehört einem zwar nicht, aber ein bißchen fühlt man sich als Miteigentümer, weil man den Besitzer ja kennt. Bis der sagt: «Nimm mal deine unegalen Finger weg.»

Endlich erfahre ich, auf was für «Hörnchen» alle so scharf waren. Wir sitzen vor einer Kaufhalle und tauchen das ungewöhnliche Gebäck mit der Spitze in die «pomazankove maslo» ein. Unbegreiflich, daß sie sich hier täglich von so etwas ernähren können.

Es ist sehr heiß, mir ist nicht gut. Ich kaufe ein Wassereis, aber davon wird mir nicht besser. Habe ich zuviel Ketchup gegessen? Oder einen Sonnenstich? Mir wird schlecht davon, daß alles hier so fremd aussieht, Feuerlöscher, Ampeln, Mülleimer. Wenn ich die anderen aus den Augen verliere, dann wäre ich völlig orientierungslos und müßte verhungern. Wolfgang begleitet mich zum Bahnhof. Eine ältere Dame vom Roten Kreuz holt mich in einen Raum mit einer Liege und einem Medikamentenschrank. Sie spricht deutsch, wie kann das sein? Wo die Deutschen doch die Nazis waren. Das ist für mich ein Wunder und ein besonderes Glück, hier auf sie getroffen zu sein. Zu Hause werden sie staunen. Ich bekomme ein Glas mit einer Flüssigkeit, ich habe aber noch nicht ausgetrunken, da übergebe ich mich schon in einem warmen Schwall auf den grünen Linoleum-Fußboden. Das mache gar nichts, sagt sie und wischt es auf. Die ganze Rückfahrt starre ich wie benommen aus dem Fenster und versuche, den Geschmack loszuwerden, der mir in der Nase sitzt. Meine Stirn ist heiß, ich komme gleich ins Krankenzimmer im zweiten Stock vom Steinhaus.

25

Ich bin der einzige Kranke, ich liege in einem Ehebett, hinter meinem Kopf das Fenster. Seltsam, so allein zu sein, die Zeit vergeht plötzlich viel langsamer, und es ist eigenartig still. Ich bin zum ersten Mal im Krankenzimmer, darauf bin ich fast ein bißchen stolz. Heike bringt mir einen Teller Stullen ans Bett, mit je einer Scheibe Leberwurst und Teewurst. Ihre weißen Arzthosen, die Sandalen, diese Rundung hinter den weißen Blusenknöpfen, in die man sein Gesicht tauchen möchte. Manchmal habe ich Besuch, die Jungs aus meiner Gruppe kommen mir fremd vor, wie aus einer fernen Vergangenheit, als ich noch gesund war. Sie wirken auch so brav plötzlich, in ihrer Rolle als Krankenbesucher, fast ein bißchen langweilig. Haben sie sich extra gekämmt? Wir wissen gar nicht, was wir reden sollen, es scheint überhaupt nichts Interessantes zu passieren, wenn man nicht dabei ist. Daß sie einfach wieder runtergehen können. Wolfgang kommt als einziger alleine und bringt mir seine «Mosaik»-Hefte mit. Er untersucht gleich meine Medikamente, findet aber nichts, was ihn interessiert.

«Meine Eltern nehmen immer Copyrkal und Ergoffin gegen ihre Kopfschmerzen. In unserer Küche ist ein ganzer Schrank voll davon», sage ich.

«LSD ...»

«Nein, Migräne.»

«Mann, Ergotamin, Mutterkorn, Lysergsäure.»

«Ich hasse Chemie. Nach dem Dekantieren habe ich nichts mehr verstanden.»

Er schweigt. Ich weiß bei ihm nie, was ich sagen soll, alle Sätze, die man sich im Kopf zurechtlegt, kommen einem ungeeignet und überflüssig vor.

«Warum liest du das ‹Mosaik› eigentlich immer so komisch?»

«Wieso komisch?»

«Na, du verdeckst doch immer die Bilder.»

«Das trainiert die Vorstellungskraft.»

«Und was hat man davon?»

«Daß man sich Sachen vorstellen kann.»

«Was denn?»

«Wie die Welt entstanden ist, und wie sie untergehen wird.»

«Mich stört bei den Abrafaxen, daß die Geschichte unendlich weitergeht. Und daß sie nie zurückkommen in ihre Zeit, nachdem sie das eine Mal durch diese Höhle ins Mittelalter gerutscht sind.»

«Ich les' das auch nur, weil es so blöd ist.»

«Wieso?»

«Weil ich gerne auch so blöd wäre.»

«Ich dachte immer, Ritter Sport ist so was wie Ritter Runkel.»

«Unsere Gruppe war heute übrigens dran mit Luftgewehr.»

«Mist, jetzt hab ich das verpaßt.»

Ich habe ein schlechtes Gewissen, weil mir Schießen solchen Spaß macht. Es gibt an der Schule nur einmal im Jahr die Gelegenheit zu schießen, beim Wettbewerb um die «Goldene Fahrkarte», und darauf freue ich mich immer wochenlang. Aber auf den Karten im Kugelfang ist in der Mitte, zwischen den vier Zielscheiben, eine schwarze, kantige Silhouette von einem Menschen mit siebeneckigem Kopf zu sehen, mit einem Zielscheibenkreis, dessen Mittelpunkt genau dort liegt, wo sich die unteren Rippen treffen. Eigentlich könnte es höchstens ein Roboter sein, er hat ja gar kein Gesicht, aber man kann auch nicht ausschließen, daß es ein Mensch ist, der einem den Rücken zukehrt. Und auf Menschen schießt man nicht.

«Ich darf eigentlich nicht Krieg spielen.»

«Wieso? Schach ist doch auch ein Kriegsspiel.»

«Aber da bringt man niemanden um.»

«Du vielleicht nicht, Califax, weil du noch nicht weißt, daß eine Partie auch mehr als drei Züge dauern kann.»

«Ich verlier' immer die Dame.»

«Weil du Kolma Maier-Puschi mit Eröffnungslehre verwechselst.»

«Warum hast du dich eigentlich nicht für die Mathe-Schule beworben?»

«Ist doch Schwachsinn.»

«Wieso? Was willst du denn werden?»

«Ist doch egal, was man wird, am Ende ist man tot.»

«Aber man muß doch das Beste aus seinem Leben machen.»

«Dein Leben ist völlig uninteressant im Vergleich zu dem eines afrikanischen Kindersoldaten.»

Abends höre ich aus dem Essensaal die Stimmen der Kinder, später werden die Stühle hochgestellt, dann wache ich im Dunkeln auf und höre die Grillen zirpen. Morgens kann ich durchs Fenster den Fahnenappell sehen. Ein hervorragendes Versteck. Leider merken sie nicht, daß ich sie heimlich beobachte. Ob sie mich schon vergessen haben? Mein Hals tut weh, ich kneife mir beim Schlucken in den Kehlkopf, um mich vom Schmerz abzulenken. Ich zwinge mich, eine Weile nicht zu schlucken, und sammle meine Spucke, dann öffne ich das Fenster über dem Bett und versuche, bis über das Fensterbrett zu kommen. Ich werfe den tschechischen Schaumstoffball an die Wand und fange ihn auf. Wenn er runterfällt, muß ich ihn zurückholen, ohne das Bett zu verlassen, es also immer noch mindestens mit einer Zehe berühren, während ich mich, auf den Händen laufend, vortaste. Stundenlang beobachte ich einen Wasserfleck an der Decke und überlege, ob er größer wird oder ob es eine optische Täuschung ist. Ich schreibe Postkarten, die grüne Briefmarke mit dem Palast der Republik ist schon draufgedruckt. Ich liebe die automatischen Fußabtreter am Eingang, die einem die Sohlen putzen. Ich benutze jetzt ein System von ineinander verschachtelten Klammern, weil man von einem Satz immer wie durch eine Falltür in einen Unter-Satz fällt. Fast jedes Wort wird unterstrichen oder in Anführungsstriche gesetzt, ein Zwang, dem ich nicht widerstehen kann, der Leser muß doch wissen, wie er die Wörter zu verstehen hat. «Mir tut der Hals weh (wenn ich ‹schlucke›). Merke: Ich bin ‹krank›.»

Nach ein paar Tagen wache ich nachts auf, und mir bleibt das Herz stehen vor Schreck, es kommt mir vor, als ob jemand im Zimmer ist. Ich versuche, einen Zeh zu bewegen, ohne daß er sich bewegt. Es ist keiner dieser Alpträume, in denen man gelähmt ist. Ich wünsche mir, daß es nur ein Schatten ist, aber ich bin mir nicht sicher und rühre mich nicht. Einige Minuten scheinen so zu vergehen, und ich schlafe fast wieder ein, da greift der Schatten nach meinen Stullen.

«Peggy!? Hast du mich erschreckt!»

«Ich hatte Hunger», sagt Peggy.

«Bist du verrückt? Davon kann man sterben, wenn man sich so erschreckt!»

«Ich hatte aber Hunger.»

«Was machst du denn hier?»

«Ich bin abgehauen.»

«Wieso denn?»

«Es hat mir nicht mehr gefallen.»

Wir lauschen, ob draußen jemand ist. Die Leiter sitzen unten im Fernsehzimmer und trinken Pfefferminz-Likör und Bier. Man hört sie durcheinanderreden, das Tonbandgerät läuft: *«How, how I wish you where here.»* Ich folge Peggy über den Flur zu einer Treppe, die auf den Dachboden führt. Mit einem umgebogenen Nagel schließt sie auf. Man sieht überhaupt nichts. Sie zündet eine Kerze an. Auf dem Boden liegen eine braune Decke und eine angebrochene Packung Russisch Brot.

«Und was ist hier?»

«Mein Versteck.»

«Wieso denn?»

«Es hat mir nicht mehr gefallen.»

«Wo?»

«Na, im Lager.»

Seltsam, ihr gefällt es nicht mehr, und ich möchte am liebsten für immer bleiben.

«Ich brauch nur was zu essen. Kannst du mir manchmal was bringen?»

In einem Film aus dem Ferienprogramm gab ein Junge einem Partisanen, den er versteckt hielt, Tauben aus seiner Zucht zu essen, jeden Tag opferte er eines der Tiere, bis auch das schönste dran war, sein Lieblingstier.

«Die suchen dich bestimmt überall.»

«Deshalb bin ich ja im Versteck.»

«Und wenn sie es deinen Eltern sagen?»

«Meine Mutter ist im Krankenhaus.»

«Und dein Vater?»

«Der ist bei meiner Geburt gestorben.»

Ich weiß nicht, was ich dazu sagen soll. Ich schäme mich, weil es mir so gutgeht, daß ich einen Vater habe.

«Das war ein Witz», sagt Peggy.

«Ach so.»

«Ich hab gar keinen Vater.»

Was soll ich jetzt tun? Muß ich sie nicht irgendwie trösten? Oder macht es das noch schlimmer? Sie weiß doch, daß ich ihren Vater gar nicht kenne. Genau wie bei Marcel, dessen Vater vor seiner Geburt in einer Kneipe erschlagen worden ist. Ich habe früher nie darüber nachgedacht, daß er keinen Vater hatte, und wir haben auch nie darüber gesprochen. Die Eltern waren ja sowieso meistens arbeiten, wenn wir uns besuchten. Meine Mutter hat es mir auch nur widerstrebend gesagt, weil ich ein Gespräch mitgehört hatte, das nicht für meine Ohren bestimmt gewesen war.

Irgendetwas ist mit ihren Haaren, der Pony sieht schief aus.

«Das waren die Mädchen. Birgit und so.»

«Wieso denn?»

«Weil ich gesagt hab, daß ich meine Haare an Barbie verkaufe.»

«Was hat denn deine Mutter?»

«Die ist immerfort traurig.»

«Aber sie werden es ihr doch auf jeden Fall sagen?»

«Ich muß sie vorher anrufen. In Liebstadt gibt es eine Telefonzelle.»

«Wo gehst du eigentlich aufs Klo?»

«Na, nachts heimlich unten, und wenn ich's nicht aushalte ...» Sie zeigt in eine Ecke.

26

Am Morgen darf ich das Krankenzimmer verlassen. Im Bungalow haben alle Sahne-Tuben im Mund, verschieden weit aufgerollt. «Da könnt ick ma rinlegen!» sagt Marko, und ich stelle mir das vor, wie er sich in eine aufgeschnittene Tube legt und mit der Metallhülle zudeckt. Meine eigenen Tuben hebe ich für Peggy auf. Ich habe nie ein Haustier besessen, und bei Menschen weiß ich erst recht nicht, wie oft sie etwas zu essen brauchen, ich habe mir nie darüber Gedanken gemacht. Essen Mädchen das gleiche wie Jungs? Ich nehme mir vor, das nächste Mal im Speisesaal darauf zu achten.

Ein Polizei-Barkas hält vor dem Steinhaus. Wie bei den Zugtoiletten sind die hinteren Scheiben bis in Sitzhöhe aus Milchglas, damit man die Verbrecher nicht sehen kann, oder damit sie nicht merken, wohin sie gebracht werden. Zwei Polizisten verschwinden im Steinhaus. Wir sehen es vor uns, wie sie Gaby in Handschellen abführen, aber als sie wieder rauskommen, nähern sie sich über die Wiese unserem Bungalow. Ich weiß, warum sie hier sind. Die anderen denken, es sei wegen der Kaninchen in Dresden, oder weil wir Wein getrunken haben, oder wegen Rita.

Einer der Polizisten übernimmt das Reden: «Folgendes ist der Sachverhalt: Eure Peggy ist heute nacht verschwunden und hat einen Brief hinterlassen. Das ist eine ernste Sache. Kann sich jemand von euch vorstellen, wo sie ist?»

«Ist die jetzt ein Zombie?» fragt Eike.

«Was?»

«Na, wie Wulf und Rita. Vielleicht haben die sie ja gebissen.»

«Zombies beißen doch nicht, das ist bei Vampiren», sagt Dennis.

«Ach, bist du schlau ...»

«Wenn alle durcheinanderreden, kommen wir nicht weiter», sagt der Polizist.

«Hat sie nicht geschrieben, wo sie ist?»

«Sie hat nur geschrieben: ‹Es hat mir nicht mehr gefallen.› Könnt ihr mir erklären, was sie damit meint?»

«Das hat doch alles keinen Sinn hier», sagt der zweite Polizist.

Beide tragen grüne Uniformhosen mit Schlag und Bügelfalte. Diese Hosen sind ein Grund für mich, mich vor der Armee zu fürchten. Wenn man nicht beim Manöver von einem russischen Panzer überrollt wird, weil der Fahrer Benzin getrunken hat, wird man sich überall, wo man in der Ausgehuniform auftaucht, lächerlich machen.

Gaby bricht in Tränen aus. Es ist seltsam, einen Erwachsenen weinen zu sehen. Jörg schweigt. Seit der Sache mit der Disko hat er kaum mit uns gesprochen.

«Wir haben versucht, ihre Mutter zu verständigen, aber niemanden erreichen können.»

«Bestimmt ist die rüber», sagt Holger.

«Was meinst du mit ‹rüber›?»

«Na, im Westen, wie Wulf und Rita.»

«Wie heißt du?»

«Hiroshima.»

«Hiroshima wie?»

«Das hat doch alles keinen Sinn hier», sagt der zweite Polizist.

«Wie kommst du denn darauf, daß eure Leiter Republikflucht begangen haben?»

«Wenn sie nicht mehr hier sind, wo sollen sie denn sein? Auf dem Mond?»

«Können wir mal Ihre Pistole sehen? Bekommen Sie wirklich Milch gegen die Abgase?»

Beim Frühstück achte ich genau darauf, wieviel die Mädchen essen. Ich schmiere Peggy ein paar Stullen und sage, daß ich mir die für später aufhebe. Ich hätte großen Hunger, weil ich von der Krankheit ausgezehrt sei. Das ganze Lager wird von uns nach Peggy abgesucht. Eigentlich wollten wir heute baden gehen, deshalb sind alle sauer auf sie, die könne mit «Gruppenkeile» rechnen.

Weil die Leiter uns ablenken wollen, dürfen wir im Clubraum Ferienprogramm gucken. Alle johlen, denn vom Abend, als hier die Leiter saßen, ist immer noch ARD eingestellt: «Guten Abend, meine Damen und Herren.» Allerdings ist der Empfang sehr schlecht. Eine Gruppe von Urlaubern versucht, über den Zaun eines Campingplatzes zu klettern, sie haben es so eilig, als sei draußen ein Löwe ausgebrochen, ihre Kinder reichen sie als erstes rüber. Die Männer sehen aus wie unser Rettungsschwimmer, mit Schnurrbart und Marmorjeans, die Frauen haben Dauerwellen. Manche weinen, vielleicht, weil ihr Mann sie schlägt oder weil sie soviel Gepäck zu tragen haben. Ich kann aber nicht genauer erkennen, was los ist, weil das Bild so verrauscht ist und sogar ganz ausfällt, als auf der Landstraße ein Motorrad vorbeifährt. Gaby schaltet sowieso nach wenigen Sekunden um. Wir sehen einen Film über ein junges Pärchen, das durch ein Neubauviertel in Bulgarien stromert. Aus Übermut schütten sie Waschmittel in eine Wasserkaskade, daß es schäumt. Sie gehen die ganze Zeit Hand in Hand. Das macht mir am meisten Angst, daß ich mit einer Freundin Hand in Hand gehen müßte und alle es sehen würden. Ich hatte ja erlebt, wie das traurige Mädchen mit der Appellbefreiung gehänselt wurde, weil sie angeblich in Wulf verliebt war.

Am Abend mache ich mir die Füße mit dem Sand vom Volleyballplatz dreckig. Peggys Stullen habe ich in meiner Waschtasche versteckt. Henriette hat Brückenwache. «Ich muß mir noch mal die Füße waschen. Das hatte ich vergessen», sage ich.

«Das fällt dir ja früh ein.»

«Die Polizei war hier. Sie wollten deine Mutter anrufen. Ich hab Stullen und Sahnetuben.»

«Haben sie schon angerufen?»

«Da war niemand da.»

«Kommst du mit nach Liebstadt?»

«Nach Liebstadt? Und wenn sie uns erwischen? Die schicken uns nach Hause.»

«Wir gehen ja nachts, und wir können uns das Gesicht schwarz anmalen zur Tarnung. Warum hast du denn so dreckige Füße?»

«Damit ich über die Straße komme.»

«Und das Pflaster?»

«Da wollte ich mit einer Lupe Feuer machen.»

«Das hast du doch schon die ganze Zeit.»

Mein bestgehütetes Geheimnis, mir kommen fast die Tränen, es war kaum auszuhalten, damit so allein zu sein.

«So was kann man doch wegmachen», sagt Peggy.

«Wie denn?»

«Man muß sich mit Nadeln stechen.»

«Kannst du das?»

«Das können nur die Chinesen. Wenn man da was falsch macht, ist man querschnittsgelähmt. Ich kann es mit Handauflegen versuchen. Und außerdem einen Zauberspruch sagen, das kann ja nicht schaden.»

Ich pule mir das rundgeschnittene Pflasterstück ab. Die Warze ist ganz weiß und weich, aber wenn man sie abkratzt, ist sie nicht weg, sondern wächst neu. Alle müssen denken: Der hat eine Ratte angefaßt.

Peggy legt ihren Zeigefinger auf die Warze. «Abrakadabra, dreimal schwarzer Kater.»

«Das ist doch für Kinder.»

«Ich kenn' sonst keinen Zauberspruch.»

«Und der von Goethe?»

«Konnte der denn zaubern?»

«Na, nicht selber, aber in dem einen Gedicht. Mußtet ihr das nicht lernen für Deutsch? ‹Walle walle, manche Strecke, daß zum Zwecke Wasser fließe› ...»

«Geht der denn auch für Warzen?»

«Wenn man ganz fest daran glaubt?»

Wir schließen die Augen und versuchen, ganz fest daran zu glauben, daß meine Warze weggeht. Ich weiß nicht, wie man mit Absicht fest glaubt, deshalb mache ich es, wie wenn ich aufs Klo gehe, halte die Luft an und presse das Blut in den Kopf.

«Warum sagst du eigentlich nichts, wenn sie dich Miss Piggy nennen?»

«Ich heiße ja Peggy und nicht Piggy.»

«Und warum hat es dir nicht mehr gefallen im Lager?»

«Weil mich keiner leiden kann. Weil ich ein Sachse bin.»

«Das ist doch nur, weil du so sprichst.»

«Aber ich kann nicht anders sprechen.»

«Soll ich dir Hochdeutsch beibringen?»

«Wie denn?»

«Ich gehe zur Sprecherziehung, weil ich den Mund nicht richtig aufmache und deshalb Stimmlippenknötchen habe. Vielleicht funktioniert das auch bei Sächsisch.»

Bei der Sprecherziehung sitze ich immer einer jungen Frau mit schwarzen Haaren und weißem Kittel gegenüber, die übertrieben die Lippen bewegt und «Mnjamnjamnjam» macht, was ich wiederholen muß. Das beste daran ist, daß ich vormittags ein paar Stunden aus der Schule wegkann, weil ich zur Phoniatrie muß. Dieses wissenschaftliche Wort macht die Lehrer ganz kleinlaut. Auf dem Gelände vom Klinikum stehen so schöne altmodische Backsteingebäude, und man findet jede Menge Kastanien. Ich habe nur immer Angst vor den Verrückten aus Station 213, die angeblich nachts rausgelassen werden.

Peggy macht mir die Übung nach. «Mnjamnjamnjam, mnjemnjemnjem, mnjimnjimnjim. Meeren, Mähren, Möhren. Masten, mästen, misten. Susi, sei leise, Sausewind. Und jetzt sag mal: ‹Kaiser Karl konnte keine Kümmelkörner kauen.›»

«Gaiser Gorl gönnte geine Gümmelgörner gauen.»

«Man muß das jeden Tag üben. Und dann jedes Wort aus dem Wörterbuch einzeln. Ich kann meine Eltern fragen, die sind Diplom-Philologen.»

«Was machen die denn?»

«Weiß ich eigentlich gar nicht. Ich glaube, die erforschen die Rechtschreibung oder so.»

Henriette wundert sich, daß meine Füße immer noch dreckkig sind. Aber ich sage, daß ich unterwegs schon wieder vergessen habe, daß ich sie waschen wollte. Diesmal geht sie zur Sicherheit mit.

27

Ich muß lange warten, bis ich sicher bin, daß alle eingeschlafen sind. Im Film schnarchen die Riesen in solchen Situationen immer, so daß man sich daran orientieren kann. Bei Comics sogar noch besser, weil aus ihren Mündern dort verschieden große «Z's» aufsteigen. Ich halte mich mühsam wach, indem ich die Augen aufreiße und mich ins Gesicht kneife, aber ich schlafe immer wieder kurz ein. Wenn ich musikalisch wäre, könnte ich mir in Gedanken etwas vorsingen und den Schluß weglassen, wie Mozart als Kind, dann konnte sein Vater ja nicht weiterschlafen und rannte zum Klavier, um den letzten Akkord zu spielen. Mit aller Vorsicht gleite ich vom Bett, ohne Wolfgang zu wecken. Ich schleiche aus dem Bungalow und ziehe mir draußen meine Sachen über den Schlafanzug. Dabei trete ich auf den Metallfußabtreter und schreie fast vor Schmerz. Die Brückenwache ist jetzt nicht besetzt. Hinter dem Steinhaus, bei Opa Schulzes Wiese, wollten wir uns treffen. Die Stoffturnschuhe sind sofort naß vom Gras. Peggy wartet schon auf mich. Ich hoffe eigentlich, daß sie es nicht ernst meint, ich will nicht erwischt und nach Hause geschickt werden. Sie geht aber wirklich los, und ich folge ihr. Wir schweigen, bis das Lager hinter der Ecke verschwunden ist.

«Brauchen wir nicht Proviant?» flüstere ich.

«Ich hab Russisch Brot und Pfeffis.»

«Kann ich einen?»

Sie reicht mir eine Stange Pfeffis.

«Zitrone schmeckt besser.»

Ich stecke mir zwei Pfeffis als Hasenzähne unter die Oberlippe.

«Hattu auch Möhren gewollt?»

Peggy bekommt einen Lachanfall, bis jetzt hat sie noch nie gelacht. Es klingt wie ein quiekendes Meerschweinchen, sie krümmt sich richtig.

Wie kommen wir nach Liebstadt? Trampen? Es fahren doch gar keine Autos nachts. Und wenn, dann würde man uns nicht sehen, und wenn man uns sehen würde, würde niemand anhalten. Und das wäre ja auch beängstigend, man weiß ja nicht, wer drinsitzt. Wir schwanken, ob wir winken oder uns verstecken sollen, falls ein Auto kommt. «Wir müßten uns Decknamen ausdenken, und eine Parole, damit wir uns wiederfinden, falls wir getrennt werden. So wie bei Lenin, der heißt doch nach seinem Lieblingsfluß Lena. Stalin ist der ‹Stählerne› und Gorki der ‹Bittere›, weil ihn das Leid der Ausgebeuteten so traurig gemacht hat.»

«Ich möchte Papagena sein.»

«Und ich bin Pankin, weil ich von der Panke komme.»

«Das paßt aber nicht. Wenn ich Papagena bin, mußt du Papageno sein.»

«Ist das nicht so ein Clown?»

«Nein, das ist von Wolfgang Amadeus Mozart.»

«So was hören meine Eltern immer am Sonntagmorgen auf BBC, so laut, daß man aus dem Bett fällt.»

«Meine Mutter hört das auch, wenn es ihr nicht gutgeht.»

«Das darf aber keiner von den anderen erfahren, daß wir klassische Musik kennen.»

«Ich werd's ihnen nicht sagen.»

«Stell dir vor, man würde gefoltert.»

«Ich würde gleich alles verraten.»

«Man muß sich mit Nadeln unter den Fingernägeln stechen, um zu üben, jeden erdenklichen Schmerz zu ertragen.»

«Die Faschisten haben mal einem Partisan die Zunge abgeschnitten und in den Mund gesteckt. Dann haben sie ihn geknebelt, bis die abgeschnittene Zunge verfault ist.»

«Dann kann man kein Softeis mehr essen.»

«Wieso, man kann doch abbeißen.»

«Aber die Zunge ist dafür da, daß das Eis schon im Mund erwärmt wird. Die Verdauung beginnt nämlich im Mund.»

«Daß man nicht mehr reden kann, ist doch viel schlimmer.»

«So wie Lassie.»

«Wenn sie uns mit Hunden verfolgen, müssen wir durch einen Fluß gehen.»

«Oder einer opfert sich und lenkt sie mit seinem Blut ab.»

Es fängt an zu nieseln. Sollen wir unter den Tropfen durchrennen, nach Dennis' Methode? Die Bäume werfen plötzlich einen Schatten, der sich schnell bewegt. Hinter der Kurve nähert sich ein Auto, es könnte aber auch eine optische Täuschung sein, wenn es in Wirklichkeit zwei nebeneinander fahrende Motorräder wären. Peggy hält die Hand raus. Ein grüner LKW fährt ganz langsam an uns vorbei, hinten steht auf einem gelben Schild: «Люди». Zum Glück fährt er weiter. Nach 100 Metern hält der LKW aber doch. Ist das wegen uns? Wir wissen nicht, ob wir hinrennen oder wegrennen sollen.

Ein Mann mit kahlgeschorenem Kopf und ein zweiter mit kurzen, schwarzen Haaren, sie stehen vor dem LKW und begutachten den Motor. Als sie uns sehen, werden wir mit einer Taschenlampe angestrahlt. Wir bleiben vorsichtshalber stehen, und ich nehme die Hände hoch. Sie rufen etwas, wir wissen nicht, ob wir weitergehen sollen. Der mit der Taschenlampe kommt auf uns zu, ich bereue, daß ich mit Peggy mitgegangen bin, daß ich nach «Schneckenmühle» gefahren bin, daß ich am Leben bin. Oma Rakete hatte nach dem Krieg im Nachttisch einen Schlagring, wenn besoffene Russen kamen. Einmal hat ihnen einer die Scheibe eingeschlagen und durchgegriffen, um die Türklinke zu drücken. Mein Onkel ist zur benachbarten Kaserne gerannt und hat einen Offizier geholt. Der hat den Soldaten mit einem Faustschlag zu Boden gestreckt.

Der Mann nimmt die Taschenlampe runter. Auf seinen Schulterstücken steht auf russisch «CA», das hatte mich immer gewundert, daß sie das nicht selber komisch finden, denn das hieß doch «SA». Er scheint Offizier zu sein, und der andere Soldat.

«Kaputt?» frage ich.

«Nix kaputt» sagt der Offizier.

«Liebstadt?» sage ich.

«Ich liebe dich!» lacht der Offizier. Hoffentlich ist er nicht betrunken.

Der Soldat zieht ein Kabel aus einer Steckverbindung. Er beißt ins Kabel, entfernt mit den Zähnen die Isolierung und spuckt sie weg. Bei einem anderen Kabel macht er das gleiche. Er verknotet die Kabel an den freigelegten Stellen. Man kann auf die Kabel auch leere Tintenpatronen fädeln, um die Kontakte vor Korrosion zu schützen. Immer merke ich mir solche Sachen, die mir nichts nützen.

Der Offizier zeigt auf sich und sagt: «Sergej Iwanowitsch.» Er zeigt auf den Soldaten am Lenkrad: «Iwan Sergejewitsch.»

«Sdrastwujtje», sage ich, «Menja sawut Jens. Eto Peggy. Druschba. Wuj na Liebstadt?»

«Liebstadt? Da, da, paschli.»

Auf der Bank im Fahrerhäuschen ist Platz für uns beide, den Soldaten und den Offizier. Auf dem Armaturenbrett steht ein Holzrahmen mit Rechenperlen. Der Soldat versucht zu starten, der Offizier erklärt ihm verschiedene Knöpfe und Hebel, die in einer bestimmten Reihenfolge zu drücken und zu ziehen sind. Ruckartig setzt sich der LKW in Gang, offenbar lernt der Soldat gerade fahren. Die beiden sehen gar nicht aus wie Russen, eher wie die mongolischen Radsportler, die bei der Friedensfahrt immer die letzten sechs Plätze belegen. Auf der Armbanduhr vom Offizier steht «Победа».

Was haben wir in Russisch gelernt? Ich versuche, mich an Wörter oder Sätze zu erinnern. «Druschba narodow», Völkerfreundschaft, und «Gonka Wooruschenii», Wettrüsten. Ob sie sich mit einer Hand in der Hosentasche aus Machorka eine Papirossi drehen können? Auf dem Armaturenbrett steht «Масло», das heißt doch «Butter»? Warum steht da Butter? Ich zeige auf die Schrift und sage: «Eto Maslo?» «Maslo», lacht der Offizier, «Maladjetz!»

Unglaublich, ich habe ein russisches Wort gesagt, und er hat es verstanden. Das funktioniert ja wirklich! Ein ganz eigenartiges Gefühl, daß man im Kopf des anderen etwas auslöst, indem man ein Wort ausspricht, das sich bereits dort befindet und das man eigentlich nur gelernt hat. Einen Satz könnte ich noch: «Ja sabiraju nakleiki ot spitschetschnijch karabok», «Ich sammle Zündholzetiketten.» Vielleicht kann ich die Wörter irgendwie umstellen und etwas Brauchbareres daraus basteln?

Plötzlich singt Peggy: «*Tschunga Tschanga, sinij nebos-wod, Tschunga Tschanga, ljeto kruglijgod ...*»

Die beiden Russen seufzen und halten sich die Hand ans Herz. Peggy soll weitersingen. Der Offizier hat Tränen in den Augen. Ich habe Angst, daß sie vergessen haben könnten, wo wir aussteigen wollen. Aber so langsam, wie wir fahren, könnten wir auch rausspringen und wegrennen.

«Jens? Dawai!» Der Soldat zeigt auf das Lenkrad.

«Ich kann nicht fahren.»

«Nitschewo. Dawai!»

Ich soll das Lenkrad halten. Der Soldat streckt die Arme in die Luft und reckt sich wohlig. Er hält sich die flachen

Hände an die Wange und legt den Kopf schräg, um zu zeigen, wie müde er ist. Ich soll auch noch den Fuß aufs Gaspedal drücken. Ich kann nicht glauben, daß ich den LKW lenke, ich bin bisher nur zwei- bis dreimal Autoscooter gefahren, aber da sprang immer gleich ein Großer mit in den Scooter und riß das Lenkrad an sich. Ich fahre zur Sicherheit so, daß die Räder die weiße, gestrichelte Linie auffressen wie Pacman eine Reihe Punkte. Meine Hände schwitzen. So etwas hat bestimmt noch keiner erlebt, den ich kenne. Ich muß aufpassen, daß ich bei einem Aufprall nicht von der Lenksäule durchbohrt werde.

Ich weiß nicht, ob es noch Scherz ist, aber mir scheint, daß die beiden jetzt wirklich schlafen. Vielleicht sollte ich hupen, aber wo ist die Hupe? Mein Vater hat noch nie gehupt, obwohl wir es uns so sehr wünschen, das sei aber nur im absoluten Notfall erlaubt. Muß man aufs Lenkrad hauen? Oder einen der Hebel drücken? Ich kann in der Dunkelheit nirgends ein Trompetensymbol entdecken. Ich mache das Geräusch einer Hupe nach, wie von dem alten Auto in «Die Waltons». Die beiden wachen davon aber nicht auf. Vielleicht heißt das aber auch, daß sie sich nur schlafend stellen. Woran erkennen die Leiter immer den Unterschied? In dem einen Gedicht von Bertolt Brecht sagt der Arbeiter zum toten Lenin: «Iljitsch, die Ausbeuter kommen», um sich zu vergewissern, daß Iljitsch wirklich tot ist. Ich sehe flehend zu Peggy, was soll ich machen? Irgendwann sind wir im Ort, und ich weiß nicht, wie man sich an Kreuzungen verhält. Haben russische LKWs nicht immer Vorfahrt? Ein Kollege meiner Eltern hat an einer Kreuzung im Wald eine Panzerkolonne abgewartet, dann ist er mit seinem Trabi auf die Straße gebogen und von einem Nachzügler überrollt worden. Peggy holt ihr Russisch Brot aus der Tasche und öffnet die Packung. Sie hält dem Offizier ein «B» vor die Nase. Ohne die Augen aufzuschlagen, schnappt er mit den Zähnen danach.

Das Anhalten scheint das schwerste zu sein. Dem Soldaten werden wieder Knöpfe und Hebel erklärt, und der LKW kommt nach 100 Metern zum Stehen, diesmal genau neben einem Wartburg, an einer Waldeinfahrt. Der Offizier und der Soldat steigen aus, wir ducken uns. Ein Mann mit fettiger Dauerwelle, die bis über die Schultern reicht, der Pony ist aber über den Augenbrauen akkurat gerade geschnitten, steht neben dem Wartburg. Er gibt dem Offizier die Hand. Ich versuche, im Rückspiegel zu sehen, was sie machen, aber es ist zu dunkel, um es genau zu erkennen. Der Soldat schraubt etwas am LKW ab, er steckt einen Schlauch in ein Loch und saugt daran. Trinkt er etwa Benzin? Ich dachte, das war nur Quatsch? Das Schlauchende wird in den Tank vom Wartburg gesteckt. Der Soldat sammelt Steine am Wegrand ein. Das Schlauchende wird nacheinander in mehrere Benzinkanister gesteckt. Schließlich verstaut der Soldat den Schlauch im Kofferraum, und jetzt hören wir dumpfe Schläge, klonk ... klonk ... klonk, die Steine fallen in den Tank.

«Ist wieder was kaputt?» fragt Peggy.

«Ich weiß nicht.»

Sergej Iwanowitsch und der Mann gehen zum Kofferraum des Wartburgs. Sie holen einen schweren Sack heraus, in dem sich etwas bewegt. Gemeinsam schleppen sie den Sack hinter den LKW, und dann hören wir einen dumpfen Aufprall und lautes Quieken, das erst wieder vom Motor übertönt wird.

Als wir in Liebstadt halten, reicht mir Sergej Iwanowitsch eine Büchse Fisch und eine graue Schachtel, ich soll mir eine Zigarette rausnehmen. Sie hat ein Pappröhrchen als Filter. Ob es gesünder ist, daß der Tabak dadurch einen Zentimeter Abstand von den Lippen hat? Vielleicht ist das auch, weil es in der Sowjetunion so kalt ist? Im Winter kann es dort passieren, daß Wildfremde auf einen zuspringen und einem das Gesicht mit Schnee einreiben, weil einem die Nase abzufrieren droht. Das ist dort eine Form von Höflichkeit. Aber es ist eine trockene Kälte, deshalb kann man dort auch bei Frost Eis essen. Das sagt jedenfalls Irina, die ihre ersten Lebensjahre in Moskau verbracht hat. Einmal hat sie mich in der Klasse ausgelacht, weil ich dachte, daß die Metro alle russischen Städte verbindet.

28

«Ich wußte gar nicht, daß du so gut Russisch kannst», sage ich zu Peggy.

«Ich find' die Buchstaben schön, am meisten das Ж, das sieht wie ein Käfer aus.»

Die Telefonzelle am Platz der Republik stinkt nach Urin. Man muß die Tür mit dem Fuß aufhalten, sonst bekommt man keine Luft.

«Hoffentlich ist es nicht kaputt», sagt Peggy.

Ich nehme den schweren, schwarzen Hörer ab, das Tuten ist zu hören, «duduut... duduut... duduut...», das Morsezeichen für den Buchstaben «A».

«Hast du 20 Pfennig?» frage ich.

«Bis Dresden ist das bestimmt teurer.»

«Dann 50. Oder lieber gleich eine Mark. Man kann das auch irgendwie an eine Strippe binden und umsonst telefonieren, aber dazu müßte man ein Loch reinbohren.»

Sie küßt ihr Markstück, läßt es in den Schlitz fallen und wählt. Eine Frauenstimme ist zu hören: «Kein Anschluß unter dieser Nummer... Kein Anschluß unter dieser Nummer...» Sie legt auf, das Geld kommt nicht wieder raus.

«Vielleicht hättest du sagen müssen: ‹Vermittlung›?»

«Hast du noch Geld?»

«Ich hab auch nur eine Mark. Vielleicht geht das mit einem Knopf?»

Jemand klopft an die Scheibe der Zelle, wir sind starr vor Schreck.

«Ihr wollt hier wohl was abmontieren?» sagt Opa Schulze.

«Nein, wir müssen telefonieren.»

«Habt ihr Nachtwanderung?»

«Nein, wir müssen nur telefonieren. Es ist sehr dringend. Aber die Nummer geht irgendwie nicht.»

Wir folgen ihm durch den Ort. Ich bin froh, daß er die Sense nicht dabeihat. Fast nirgends brennt mehr Licht. Die Rolläden sind unten, als müßten sich alle verstecken. Ich kenne den Ort von unseren Besuchen mit der Gruppe, aber es fühlt sich seltsam an, auf eigene Faust hier zu sein, die Stellen, wo wir zusammen standen, kommen mir so verlassen vor. Nur aus einem Haus dringen Geräusche, das ist der «Grüne Baum», wo wir sonst immer Eis kaufen. Vor der Kneipe riecht es nach Erbrochenem. Wir folgen Opa Schulze in den Schankraum. Die Tür geht wirklich nach außen auf, wie bei allen Kneipen, damit man auch betrunken noch rauskommt. Bis auf die Frau hinter dem Tresen sind nur Männer im Raum. Die Luft ist verqualmt, es riecht säuerlich nach Bier, wie früher im Friedrichshain, wenn wir mit der Kindergartengruppe an einer Eckkneipe vorbeigegangen sind. Opa Schulze führt uns zum Stammtisch. «Setzt euch erst mal.»

Die alten Männer spielen Skat. Sie haben kurze Zigarrenstummel zwischen den Lippen. Ist das die berühmte «Puck», die so billig sein soll und nach Waldbrand riecht? Beim Bedienen knallen sie die Karten mit der Faust auf den Tisch, als müßten sie Nägel einschlagen. Ich weiß nicht, ob sie unterm Tisch noch Beine haben. Seltsamerweise trinken alle im Raum aus Pappbechern.

«Was sind denn das für Vögel?» fragt einer.

«Aus ‹Schneckenmühle›», sagt Opa Schulze.

«Berliner?»

«Nur ich. Sie ist aus Dresden.»

«Steckst 'n Finger in' Arsch und Dresd'n.»

«Freßt uns hier die Eierschecken weg?»

«Ein halbes Stück Butter hatte ich, hart gefroren», sagt der alte Mann neben mir. Er hat keine Zähne mehr und einen Gummiring auf der Pfeife, damit sie nicht aus dem Mund fällt. Die Zähne der anderen sind länglich und gelb, mit Zwischenräumen. Ihre Haut sieht aus, als hätten sie ihr Leben im Regen stehend verbracht, bei starkem Wind. Vielleicht sind es Seeleute? Das würde man dann am Gang sehen, weil sie sich daran gewöhnt hätten, die Schwankungen des Schiffs auszugleichen, so daß sie das Gleichgewicht verlieren, wenn sie an Land sind. Ich halte nach einem Telefon Ausschau. Vielleicht sollten wir schnell wegrennen? Aber mit Opa Schulze kann eigentlich nichts passieren. Ich bereue, daß ich nicht auch behauptet habe, aus Dresden zu kommen, und daß ich mir nicht von Peggy Sächsisch habe beibringen lassen. Man muß dazu irgendwie den Unterkiefer runterhängen lassen und ihn gleichzeitig ein Stück vorschieben.

Ein Mann betritt den Raum, sein rotes Gesicht ist aufgedunsen, als hätte er eine Nacht im Wald unter freiem Himmel geschlafen. Es ist der Mann, der vorhin mit seinem Wartburg am Straßenrand stand. Er geht zur Wirtin und hält ihr die Hände hin, in denen er einen Haufen Kleingeld hat: «Roswitha, mach mich mal besoffen.»

Die Wirtin schenkt Bier in einen Pappbecher ein, aber der Mann schiebt ganz ruhig ihre Hand zur Seite: «Für mich bitte ein Glas, für den gepflegten Biergenuß.»

«Heute kommen aber die Russen.»

«Die kommen heute nicht.»

«Ingo, zieh 'n Finger», sagt der, den sie Renz nennen, er ist der Jüngste in der Runde, er hat lange, schwarze Lokken und eine Tätowierung auf dem Arm, «Gerlinde».

Ingo klopft auf den Tisch, die anderen klopfen auch. So begrüßt man sich in Kneipen, damit man nicht jedem einzeln «Guten Tag» sagen muß. Er betrachtet uns mißtrauisch. «Riecht nach Milchbrei.»

«Aus der Hauptstadt.»

«Hauptstadt? Von was?»

«Die Kleine ist aus Dresden», sagt Renz.

Ingo beugt sich zu Peggy runter und schnüffelt an ihrem Gesicht. «Riecht gar nicht verbrannt ...»

«Wir müssen nur mal telefonieren, ihre Mutter liegt im Krankenhaus», sage ich.

«Dann fahrt doch nach Berlin, da gibt's Telefone.»

«Es muß schnell gehen, sie ist *sehr* krank.»

«Was hat sie denn?»

«Schwindsucht.»

Eine andere Krankheit ist mir so schnell nicht eingefallen. Ingo antwortet nicht mehr, er setzt sich zu den anderen. Er hat kein Interesse an uns. Sie spielen Skat, und ich weiß nicht, ob es Sinn hat, noch weiter zu warten, daß Opa Schulze sich an das Telefon erinnert.

«Hast du die Dachpappe?» fragt Renz.

«Nitschewo. Ich hab's bis hier. Wär ich mal im Lager geblieben.»

Im Lager? Hat er das wirklich gesagt? Ich versuche, zu schätzen, wie alt Ingo ist, und rechne rückwärts, aber ich verrechne mich in der Aufregung immer wieder.

«Scheiß Osten! Die pfeifen auf dem letzten Loch!»

«Ein halbes Stück Butter! In Ölpapier eingewickelt. Aber steinhart!» sagt der Mann neben mir.

Butter! Öl! «Maslo» heißt bestimmt auch «Öl»!

«Hör doch auf mit deinem Krieg, Wendland, hier ist bald wieder Krieg, den Berlinern muß man die Reifen aufschlitzen, die haben uns die Russen ins Land geholt!»

«Roswitha, hier ist schon wieder Luft im Becher, pump die mal ab!», sagt Renz. An den muß ich mich halten, der wirkt nicht ganz so aggressiv. Aber nur im Vergleich zu Ingo, sonst würde ich mich vor Renz genauso fürchten.

«Wenn die Russen kommen, dürfen keine Gläser rumstehen, das ist zu gefährlich, wenn sie besoffen sind», sagt Renz zu mir.

«Die Weiber und der Suff, die reiben den Menschen uff», sagt Ingo.

«Und führe uns nicht in die Milchbar.»

«Der ist 'ne Seele von Mensch», flüstert Renz mir zu. «Aber seine Frau wohnt neuerdings in Ingolstadt.»

Die Wirtin bringt Bier und Schnapsgläser. Renz singt eine dramatische Melodie, und die anderen stimmen ein. «Na, Männer? Alles klar?» «Jawohl, Herr Kaleu!» Sie tauchen die Schnapsgläser in die Biergläser und lassen sie los. Die Schnapsgläser sinken bis nach unten.

«Schulze, hast du dem schon erzählt, woher du dein Auge hast?»

«Von seinem Großvater», sage ich.

«Nee, von seinem Teddybär», sagt Renz.

«Und daß er in die LPG mußte, hat er dir auch erzählt?» fragt Ingo. «Und daß er im Knast war, weil sie als erstes haben die Schweine verrecken lassen? Sogar im Schreibtisch hatte er ein totes Ferkel versteckt, halb verwest.»

«Wieso starrst du denn immer die Glocke an? Willst du mal ziehen?» sagt Renz.

Ingo hält mir die Strippe hin.

«Na, los, tut nicht weh.»

Ich zögere. Er nimmt meine Hand und quetscht sie mit seiner Pranke zusammen. «Hier ziehen, wie beim Scheißen.»

Ich läute die Glocke, und der ganze Raum jubelt.

«Ganz schön großzügig», sagt Ingo.

Ich sehe zu Opa Schulze, aber der ist eingeschlafen.

«Wer A sagt, muß auch B sagen», sagt Ingo.

«Ich hab kein Geld, nur zum Telefonieren.»

«Jetzt hör doch mal auf mit deinem Teleonanieren. Kannst du Skat?» fragt Ingo.

«Ja, aber nicht mit dem deutschen Blatt.»

«Quatsch nicht. Geld auf den Tisch.»

«Die Kleine ist schon ganz blaß, die kippt uns noch ab», sagt Renz.

«Wie heißt du, Bonzensohn?»

«Papageno.»

«Was?»

«Na, eigentlich Jens.»

«Also, Jens, wir spielen jetzt eine Runde. Wenn du gewinnst, darfst du dein Geld zum Telefonieren nehmen, wenn ich's mir bis dahin nicht anders überlege. Wenn du verlierst, dann machen wir mit euch heute noch eine Schloßbesichtigung und erklären euch die Diktatur des Proletariats.»

Alle lachen. Das nächste U-Boot wird versenkt. Ich müßte irgendwie Opa Schulze wecken, ich könnte ihn heimlich unter dem Tisch mit dem Finger pieken, aber ich traue mich nicht. Außer beim Händeschütteln habe ich noch nie von selbst einen Erwachsenen berührt, jedenfalls kann ich mich nicht erinnern.

«Ich geh mal Erwin um die Taille fassen», sage ich.

«Aber nicht türmen! Sonst bricht deinem Schatz hier das Herz.»

29 An einer Tür steht «WC» und ein Pfeil. Ich öffne die Tür, dahinter ist der Hausflur mit den runden Mülltonnen für Asche und Knochen. Ich folge den Pfeilen bis auf den Hof, wo in Stapeln Holzkästen mit leeren Flaschen stehen. Außerdem ein verrosteter Oldtimer neben einem Berg Kohlen. An einem zehn Meter hohen Mast ist ganz oben eine Antenne angebracht. Bretter führen über einen Wassergraben, dahinter kommt schon der Hang, der gleich an der Rückwand eines Plumpsklos aufsteigt. Die Holzwände vom Klo sind mit vergilbten Aktfotos tapeziert. Manche erkenne ich von der Altstoffsammlung wieder. Das Loch im Holz, auf das man sich setzen muß, ist herzförmig. Der Geruch aus der Grube kommt mir vertraut vor, es riecht nach Ferien auf dem Dorf, in Alt-Lipchen. Da wollen wir hinfahren, wenn ich wieder zu Hause bin. Statt Klopapier hängt an einem Nagel in der Wand ein Bündel zerschnittener Zeitungen.

KAMPA
DDR
kalt

Frontberichters
Westfernsehen
Springerzeitungen u
Westfernsehen verbreite
rum, die DDR beabsicht
sen von Bürgern der D
Ungarn einzuschränken
ist, wie der Sprecher de
Ministeriums der DDR
mitteilte, kein wahres W
che Lügen werden fabri
Verwirrung zu stiften
Stile des kalten Krieges
DDR zu hetzen. Die Wah
daß Reisen von Bürgern
nach Ungarn ebenso
Bulgarien und Rumänie
bisher weiter stattfinde

Auf einem anderen Zettel ist von Drahtziehern, Schmugglern, Menschenhändlern und Brunnenvergiftern die Rede. Ich blättere den Zettelstapel durch, aber es kommen keine Karikaturen. Als Waschbecken dient eine Emailleschüssel mit einem Kunstfaserbeutel für Seifenreste.

Ingo gibt. Das erste Spiel ist um, ohne daß ich kapiere, was vor sich geht. Ich höre nur das Hämmern der Fäuste auf dem Tisch, vom Qualm ist mir schlecht. Beim zweiten

Spiel sitze ich sogar in Vorhand und muß rauskommen, was noch schwerer ist, weil man dauernd Entscheidungen treffen muß. Ich verliere wieder. Müßte man die Karten nicht nach jedem Spiel zerreißen und neue nehmen? Sehnsüchtig gucke ich auf die Bilderrahmen an der Wand, in denen Skatkarten von Grand Ouverts aus der Vergangenheit aufbewahrt wurden wie seltene Schmetterlinge. Mit Feder und Tinte sind die Daten notiert worden, in einer besonders schönen Schrift, wie auf meinen Schulurkunden von der Altstoffsammlung.

Das nächste Spiel, diesmal muß ich geben. Wenn ich jetzt nicht spiele, bekomme ich ein «Brot» angeschrieben. Ich versuche, mich nicht schon beim Mischen zu blamieren. Irgendwie ist mir im Gedächtnis, daß man bei den richtig alten Männern verloren hat, wenn eine Karte auf den Tisch fällt. Einen Grand Ouvert nimmt man geschlossen auf. Ich versuche, beim Kartensortieren so zu gucken wie Steve McQueen. 7, 8, 9, 10 von Kreuz, 7, 8, 10 von Herz, 7, 8 von Karo, und eine Pik 8. Das ist doch Null, eigentlich sogar Null Ouvert? Im Skat kann nur etwas Schlechteres liegen, da kann ich gleich Hand spielen. Dann hätte ich 55 «Augen». Mein Herz pocht, aber ich versuche, mir nichts anmerken zu lassen, «orthogenes» Training. Ich reize immer höher. Ingo antwortet gar nicht mehr, er hat die Faust auf den Tisch gelegt, der Daumen zeigt nach oben: «Solang er steht.» Aber dann zieht er den Daumen ein, und ich sage: «Null Ouvert.»

«Dann hat sich wohl einer überreizt.»

«Ich meinte ja ‹mit Hand›.»

Ingo spielt die Karo 9, ich bleibe drunter. Renz ist am Spiel. Er spielt Kreuz. Ich bleibe drunter, ich kann sogar die 10 nehmen, obwohl es ja egal ist. Ingo wirft das Herz As. Renz spielt wieder Kreuz, diesmal wirft Ingo den Herz König. Renz spielt wieder Kreuz, was soll das? Jetzt wirft Ingo die Pik 9. Und noch einmal Pik. Jetzt spielt Renz Herz, das macht mir nichts, ich kann sogar die 10 werfen. Habe ich irgendetwas übersehen?

Noch zwei Mal spielt Renz Herz, langsam wird mir mulmig wegen meiner Pik 8. Aber damit bleibe ich immer drunter. Vielleicht ist die 7 ja sogar im Skat? Ich habe nur noch Pik 8 und Karo 7 und 8. Und jetzt spielt Renz die Pik 7. Was macht Ingo? Er starrt mir in die Augen, ich traue mich nicht, die Karte anzusehen, die er spielt. Das Karo As. Der Stich geht an mich.

«Pech im Spiel, Glück in der Liebe», sagt Ingo, steht auf und wirft ein riesiges Schlüsselbund auf den Tisch. «Schloßbesichtigung?» Ich gucke zu Opa Schulze, der immer noch schläft, ich muß mich zwingen, nicht zu weinen. Peggy ist völlig starr vor Angst. Wenn wir schnell wegrennen, ob wir es bis zur Kirche schaffen? Da darf einem keiner was tun.

«Wir wollten doch nur telefonieren, ihre Mutter ist krank.»

«Ich bin auch krank, vor Sehnsucht.»

Mit seinem Gesicht nähert er sich dem von Peggy.

«Und die Auswahl ist nicht so groß.»

In dem Moment springt Peggy auf, Ingos Glas in der Hand und schreit: «Faß mich nicht an! Faß mich nicht an! Ich bring dich um!»

«Ist ja gut», sagt Renz. «Der will doch nur spielen.»

«Ich bring dich um! Ich bring dich um!»

Sie schmeißt das Glas auf den Boden.

Die Wirtin zieht uns weg und schiebt uns durch eine Tür. Wir stehen bei ihr im Wohnzimmer. Die Decke ist niedrig.

Überall Schnitzfiguren, wie bei uns zu Weihnachten. In den Fenstern Schwibbögen. Am Kachelofen sitzt ein alter Mann und lächelt. Er macht Versuche aufzustehen, kommt aber nicht hoch.

«Warum habt ihr denn nicht in der Telefonzelle telefoniert?»

«Da ging die Nummer nicht.»

«Wieso? Wollt ihr im Westen anrufen?»

«In Dresden.»

«Dann war vielleicht die Vorwahl falsch.»

«Ich hab nur die Nummer vom Krankenhaus.»

«Du brauchst die Vorwahl von Dresden.»

«Das wußte ich doch nicht.»

«Können wir mal anrufen?»

«Mitten in der Nacht? Da geht sowieso keiner ran. Wer weiß, ob da überhaupt noch Ärzte oder Schwestern sind.»

«Wieso denn nicht?»

«Lebt ihr auf dem Mond?»

Wir wollen es noch einmal mit der Telefonzelle versuchen, diesmal mit Vorwahl. «Du mußt ganz laut in den Hörer sprechen, wenn es ein Ferngespräch ist», sage ich, «das macht meine Mutter immer so, wenn sie in Rendsburg anruft.» In der Zelle fällt mir ein, daß ich mein Geld ja beim Skat verloren habe. Ich versuche, mir meinen Hosenknopf abzureißen, aber das geht nicht. Und wer weiß, ob das überhaupt funktionieren würde mit Hosenknopf.

Die Tür der Dorfkirche ist zum Glück offen. Mit einem Streichholz mache ich Licht. Es riecht eigenartig süßlich-chemisch. Wenn ich meine Mark wiederhole, ist das eigentlich kein Diebstahl. Ich muß es nur schaffen, sie aus der Orgelpfeife zu kriegen. Peggy leuchtet mir mit Streichhölzern. Vorsichtig drehe ich die Orgelpfeife um, es rasselt, eine Münze liegt quer zum Schlitz, aber mit dem Fingernagel kommt man nicht ran. Man bräuchte ein Buttermesser.

«Und wenn wir das Schloß aufbrechen? Mit einer Nadel?»

«Kannst du das denn?»

«Versuch doch mal. Du mußt vielleicht mit dem Ohr dran lauschen, wie bei der Olsenbande.»

«Ich hab keine Nadel.»

«Und einen Schlüssel?»

«Ein Dietrich wäre gut.»

Die Pfeife ist mit einem Vorhängeschloß verschlossen, das aussieht wie bei unserem Keller. Zum Glück ist es kein chinesisches Schloß, die sollen ja die Besten sein. Irgendwie finde ich das auch logisch, daß die Chinesen so etwas besonders gut hinbekommen, die haben ja auch das Papier erfunden. Der einzige Schlüssel, den ich dabeihabe, ist mein Kofferschlüssel, «Echt Vulkanfiber». Der Schlüssel ist so klein, daß er ins Schloß paßt, das Licht geht an. Ich ziehe schnell den Schlüssel wieder aus dem Schloß. Ein Mann steht in der Tür, graue Haare, die wie selbst geschnitten aussehen, der Pony ganz gerade, im rechten Winkel zu den Haaren an den Schläfen, wie bei Ingo, aber bei ihm sieht es eher aus wie Martin Luther.

«Kann man euch helfen?»

Ich bin ein guter Mensch, muß ich denken, aber es käme mir komisch vor, das zu sagen.

«Sucht ihr was?»

«Die Tür war offen.»

«Die Tür ist immer offen.»

«Ich wollte nur meine Mark wieder, die hab ich gespendet. Wir müssen in Dresden anrufen, weil ihre Mutter Schwindsucht hat.»

«Da könnte ja jeder kommen.»

«Aber die Tür war doch offen.»

«Die Tür ist immer offen.»

30

Das Pfarrhaus steht direkt gegenüber der Kirche, man hat als Pfarrer einen sehr kurzen Weg zur Arbeit. Im Wohnzimmer sehe ich einen Flügel, allerdings nicht von «Steinway», also nicht ganz so wertvoll. Die Tür zu einem Zimmer voller Bücher läßt sich nicht schließen, weil im Türrahmen ein zwei Meter hoher, sehr ordentlich aufgeschichteter Stapel Zeitungen steht, hier und da gucken Zettel als Lesezeichen heraus. Die Bücher in den Regalen kommen mir bekannt vor, zwei Reihen «Insel»-Bücher mit bunten Einbänden, die sammelt mein Vater auch. Er kauft Bücher, wenn sie gutes Papier haben, egal, was drinsteht. Das beste Papier hat zu seinem Leidwesen der Militärverlag.

«Ihr habt bestimmt Durst?»

Der Pfarrer verschwindet in der Küche, und wir sehen uns um. Ich fühle mich hier wie zu Hause. In verschnörkelten Goldrahmen Ölporträts von altmodischen Menschen mit Pfarrerkragen. Runde Steine und interessant gebogene Holzstücke in den Regalen. Ein Plakat: «Gott will bei uns wohnen.» Ein anderes, auf dem groß «Zum Beispiel» steht, mit Fotos von Mülleimern, Betonwänden und Straßenlaternen, die von Efeu umrankt sind. Überall liegen geheftete Papiere rum, mit blasser Schreibmaschinenschrift, die Buchstaben ganz verschwommen von den vielen Durchschlägen und die Bilder wie mit Kartoffeldruck hergestellt.

Der Pfarrer erscheint mit einem Tablett, auf dem drei getöpferte Tassen stehen, sie sehen aus wie kleine Kleckerburgen, ich suche den Henkel.

«Die sind von unserer Behindertenwerkstatt.»

Ob die ihm auch Pommes schneiden?

Auf dem Pappschild steht «Teekanne». Hat er wirklich Westtee für uns geopfert? Warum heißt es eigentlich «Teekanne»? Als würde man eine Brausesorte «Brauseflasche» nennen?

«Jetzt noch mal ganz langsam. Wo kommt ihr her, warum seid ihr nicht dort, und was wolltet ihr in unserer Kirche?»

«Wir sind aus der Sportschule abgehauen, aus dem Internat, weil meine Mutter Schwindsucht hat», sagt Peggy.

«Dann schlaft ihr heute nacht bei uns, und ich werde euch morgen zurück zur Schule bringen müssen.»

«Wir wollen aber nicht mehr Olympiasieger werden.»

«Das verstehe ich. Man muß nicht immer der Beste sein. Es kann auch schön sein, sich für andere zu freuen.»

«Und morgen ist zu spät, wir müssen ihre Mutter anrufen. Die weint sich sonst die Augen aus vor Angst um Peggy», sage ich.

«Am Platz der Republik ist eine Telefonzelle, die kann ich euch morgen zeigen.»

«Da kommt aber das Geld nicht wieder raus, und ich hatte meine Mark gespendet und wollte sie ja nur wiederholen», sage ich.

«Aber was ihr vorhattet, ist Diebstahl. So geht das nicht. Da könnte ja jeder kommen.»

«Es wäre ja nur geborgt gewesen.»

«Das sagen alle, und wohin hat uns das geführt?»

«Wieso uns?»

«Unser Land.»

«Sie meinen mit dem Sozialismus? Sind Sie denn kein Idealist?»

«Wenn alle Menschen wie Jesus wären, würde der Sozialismus funktionieren.»

«Aber daß man in die Kirche geht, macht aus einem sowenig einen Christen, wie man ein Auto wird, wenn man eine Garage betritt.»

«Das ist ein sehr gutes Bild. Das würde sich gut für eine Predigt eignen.»

Ich habe den Spruch aus meinem Poesiealbum, eine Cousine aus Bonn hat ihn mir reingeschrieben: «Indianisches Sprichwort». Ich überlege, ob mir noch andere Sprüche einfallen, die dem Pfarrer gefallen könnten. Wenn man mit Erwachsenen redet, versucht man ja immer, ihr Mißtrauen zu unterlaufen, man muß sie irgendwie unauffällig beruhigen, ohne daß sie es merken, weil sie ja immerfort Angst vor den Jugendlichen haben. Der Pfarrer freut sich bestimmt, wenn ich noch mehr christliche Sachen sage. «Und wenn das fünfte Lichtlein brennt, denn haste Weihnachten verpennt», ausgerechnet das fällt mir jetzt ein. Dabei liegen zu Weihnachten neben einem Satz Unicef-Postkarten mit krakligen Kinderzeichnungen immer Kalender und Fotobücher in unseren Westpaketen, mit christlichen Sprüchen, meistens von Carl-Friedrich von Weizsäcker oder von Dorothee Sölle. Carl-Friedrich von Weizsäcker ist der Bruder des Präsidenten, der ja eigentlich auch kein schlechter Mensch ist, aber sein Bruder ist eben Physiker, und deshalb zählt es noch einmal mehr, was er sagt, vor allem, wenn er als Atomforscher gegen die Atomkraft ist, *der* muß es ja schließlich wissen.

Ich weiß überhaupt nicht, was ich zum Pfarrer sagen soll. Ich bin es gewöhnt, daß ich für solche herausragenden Personen wie den Pfarrer oder den Schuldirektor unsichtbar bin, höchstens Teil einer Gruppe von Kindern. Das war immer eigenartig, weil man selbst diese Leute ja schon seit Jahren kannte. Was hat er nachts in der Kirche vorgehabt? Wollte er mit Gott sprechen, wie Don Camillo?

«Herr Pfarrer, warum ist eigentlich die Tür von der Kirche immer offen?»

«Das ist wegen der Holzwürmer. Wir haben ein Holzschutzmittel eingesetzt, von unserer Partnergemeinde in Essen. Das war wohl ein bißchen stark, die Leute haben im Gottesdienst Kopfschmerzen bekommen, deshalb lüften wir zur Zeit Tag und Nacht. Was machen wir denn jetzt mit euch?»

Wir können hier nicht übernachten, jedenfalls ich nicht, ich muß rechtzeitig zurück ins Lager. Wir könnten höchstens ins Bett gehen und, wenn er eingeschlafen ist, heimlich abhauen.

«Ich schlage vor, ich zeige euch jetzt eure Betten. Wenn ihr etwas braucht, könnt ihr einfach Bescheid sagen, ich bin noch eine Weile wach, ich schreibe meine Predigten immer nachts, sonst habe ich ja nie Ruhe. Das ist nicht immer einfach mit fünf Kindern.»

Er wird vielleicht die ganze Nacht wachbleiben, Künstler arbeiten doch auch immer nachts. Ich müßte ihn irgendwie müde machen, solange ich die Gelegenheit habe. Die anderen Erwachsenen, die uns helfen wollten, sind doch auch alle eingeschlafen. Wenn ich ihn hypnotisieren könnte? Ich starre ihn an und wiederhole in Gedanken immer wieder: «Müde, müde, müde ...» Er sieht aber nicht müde aus. Bedächtig trinkt er seinen Tee, er schlürft sogar ein bißchen. Ich muß ja immer gähnen, wenn ich in der Kirche das Vaterunser bete, das ist mir unangenehm vor Gott, aber ich schaffe es nie, ohne zu gähnen, durchzukommen. Es ist so lästig, daß man zum Beten aufstehen muß.

«Können wir vorher noch mit ihnen das Vaterunser beten?»

«Seid ihr denn getauft?»

Ich bin richtig erleichtert, daß ich das bejahen kann. Das ist ihm bestimmt eine große Freude.

«Und meine Oma hat abends immer mit uns gebetet, wenn sie zu Besuch war.»

In Wirklichkeit fand ich das schrecklich, es reichte doch schon, daß man sich die Zähne putzen mußte. Inzwischen richte ich aber freiwillig lange Monologe an Gott, weil ich mich immer dafür entschuldige, ihn mit einer Bitte belästigt zu haben, und ihm dann auch noch mit meiner Entschuldigung die Zeit zu stehlen. Bei Oma Rakete hat mich gestört, daß sie «und erlöse uns von dem Übel» sagte, statt «von dem Bösen».

«Ich halte es gar nicht unbedingt für richtig, mit Kindern zu beten. Dadurch werden Konflikte an einen anonymen Dritten delegiert, der keine Antwort gibt, statt sie rational mit seinem Gegenüber zu lösen.»

«Aber jetzt bin ich es schon gewöhnt.»

«Nun denn. Lasset uns beten. Vater Unser im Himmel, geheiligt werde dein Name ...»

Es funktioniert nicht, ich muß zwar gähnen, aber bei ihm passiert nichts.

«Und nun ins Bett mit euch, ihr Athleten Christi.»

«Meinen Sie, daß es Gott recht ist, daß wir Sportler werden?»

«Selbstverständlich, der Körper ist der Tempel Gottes. Es ist allerdings ein Unterschied, ob man einem vergänglichen Siegerkranz nachjagt oder einem unvergänglichen. Habt ihr in der Konfirmandenstunde den ersten Paulus-Brief an die Korinther gelesen?»

Mir schnürt es die Kehle zu, wir haben im Konfirmandenunterricht noch nicht mal gelernt, die Bibel an der richtigen Stelle aufzuschlagen. Man bekommt ja nicht die

Seite gesagt, sondern solche Namen wie Hesekiel und Habakuk, und eigentlich müßte man bis zur Konfirmation wissen, was wo in der Bibel steht. Wir spielen aber meistens mit dem Pfarrer Tischtennis in der Gruft der Kirche, wo die Mumien irgendwelcher Adliger liegen, denen Buch früher gehört hat. Die Franzosen oder die Russen haben mal einen davon raufgeholt und ihn, weil er steif gefroren war, in die Ecke gestellt, um ihm zuzuprosten. Seitdem ist er doch verwest.

«Paulus sagt: Ich boxe nicht in die Luft, sondern treffe den eigenen Körper und mache ihn gefügig. Den Siegerkranz in diesem Kampf hat man für sich gewonnen und niemandem weggenommen. Wenn ein Christ mit sich kämpft, heißt der Sieger immer Christus. Der Tod ist verschlungen vom Sieg. Welche Sportart betreibt ihr denn?»

«Sie soll Eisschnelläuferin werden und ich Diskuswerfer. Obwohl sie lieber Eiskunstläuferin wäre, und ich auch. Wir möchten gerne als Paar im Eistanz antreten, aber die Trainer sagen, daß es besser ist, wenn jeder von uns einzeln Olympiasieger wird, weil es dann gleich zwei Goldmedaillen wären. Aber Diskus ist sehr ungesund für den Rücken. Und außerdem ist es ja ursprünglich eine Waffe gewesen, und ich bin doch getauft. Ich würde meines Lebens nicht mehr froh.»

«Der Sport sollte ein heiterer Kranz des Lebens sein. Aber das ist ein kleines Land mit einem großen Minderwertigkeitskomplex. Wenn man das schöne Geld lieber für etwas Sinnvolles einsetzen würde. Man könnte damit jüdische Friedhöfe instandsetzen.»

«Aber die anderen Länder gewinnen doch auch gerne.»

«Ich erinnere mich, wie ein Afrikaner barfuß Olympiasieger im Marathon geworden ist. Und mit dem Auto, das er als Siegerprämie bekommen hat, ist er tödlich verunglückt. Das erscheint mir gleichnishaft.»

Gleichnis! Das Wort hatte uns unser Pfarrer nie richtig erklären können. Nur, weil Jesus sich in Gleichnissen äußerte, brauchte man die Pfarrer, um der Gemeinde zu erklären, was Jesus eigentlich gemeint hatte.

«Die Afrikaner müssen immer morgens 20 Kilometer zur Schule rennen, deshalb sind sie so ausdauernd», sage ich.

«Ja, wir wissen gar nicht, wie gut es uns geht. Ich war früher selbst ein guter Läufer.»

«In Rumänien schaffen sie sogar schon U-Bahn-Stationen ab, damit die Leute mehr zu Fuß gehen und gesünder werden, hat mir mein Bruder erzählt.»

«So? Interessant.»

«Es gab mal einen Hürdenläufer, der war sich seiner Überlegenheit so sicher, daß er mit einem Buch in der Hand angetreten ist, um seinen Gegnern zu zeigen, daß er unterwegs noch Zeit zum Lesen haben würde.»

«Was war das denn für ein Buch?»

«Weiß ich gar nicht. Ist das denn wichtig?»

«Ich denke schon.»

Ich wundere mich selber, wieviel mir zum Thema Sport einfällt. Mit meinen Eltern habe ich noch nie darüber gesprochen. Für sie ist Sport das einzige Fach, in dem es nicht auf die Zensur ankommt. Mich interessiert es aber sehr, daß irgendwann jemand erfunden hat, rückwärts über die Latte zu springen, und auf diese Weise viel höher kam, oder beim Skispringen die Arme nach hinten zu drehen statt nach vorne. Vielleicht habe ich ja ein Talent zum Sportreporter? Ich schlafe aber immer beim «Sportstudio» ein, spätestens bei den Lottozahlen.

Ich muß gähnen. Genaugenommen hat zuerst der Pfarrer gegähnt und mich damit angesteckt.

«Ich finde das immer so langweilig, wenn sie im ‹Sportstudio› die Lottozahlen sagen: 5 ..., 7 ..., 25 ..., 30 ..., 32 ..., 33 ..., Zusatzzahl 2», sage ich.

«Wir haben gar keinen Fernseher.»

«Und dann sagen sie sie ein zweites Mal, damit die Blinden sich die Zahlen merken können. Ich wiederhole: 5 ..., 7 ..., 25 ..., 30 ..., 32 ..., 33 ..., Zusatzzahl 2.»

Ist er eingeschlafen? Wir sitzen eine Weile unschlüssig da und beobachten den Pfarrer. War der Tee viermal aufgebrüht gewesen? Aber dann müßten wir jetzt «high» sein. Wie fühlt sich das denn an? Leise stehen wir auf und schleichen auf Zehenspitzen, wie die Bösewichter in den Zeichentrickfilmen, zur Tür. Wir gehen rückwärts, dann können wir, falls er aufwachen sollte, so tun, als würden wir gerade kommen.

Schade, daß ich mir hier nicht alles in Ruhe angucken kann. Ich hätte ihn fragen sollen, ob er sich vorstellen kann, daß der Papst in Wirklichkeit Pan Tau ist. Ich fand immer, daß sie sich so ähnlich sehen, und die Serie lief ja zufällig genau bis zu dem Jahr, wo der neue Papst gewählt worden ist. So eine Wohnung hat man nur, wenn man Pfarrer ist. Sollte ich auch Pfarrer werden? Angeblich bekommen sie einen Teil ihres Gehalts in Westgeld, genau wie die Verkäufer im Intershop, die damit vom Klauen abgehalten werden sollen. Als Pfarrer kann man wahrscheinlich sogar ausschlafen. Man kann unter dem Talar seine normalen Hosen anbehalten. Und auf den Geistlichen wird in den Western meistens nicht geschossen. Allerdings muß man jede Woche eine Predigt schreiben, sein Leben lang. Ich würde von Montag bis Sonnabend an die ungeschriebene Predigt denken, wie an die Hausaufgaben.

Ich bin überhaupt nicht müde, obwohl es schon hell wird. So früh bin ich sonst nie wach. Jetzt könnte man die Zeit an der Vogeluhr ablesen, aber ich habe ja eine Uhr. Peggy hat schon beim Pfarrer nichts mehr gesagt und schweigt den ganzen Weg über. Ich schäme mich, weil ich sie nicht gegen Ingo beschützen konnte. Muskeln, wenn man Muskeln hätte. Man müßte irgendwie an das Buch von Nakayama kommen, vielleicht können meine Eltern es in der Bibliothek ausleihen? Oder ich wünsche mir zu Weihnachten einen Expander? So ein Gerät am Gürtel müßte man haben, mit dem man sich in die Luft erheben kann, wie bei Captain Future. Warum ist Peggy so still? Ich überlege, ob ich ihre Hand nehmen soll oder ob sie dann beleidigt wäre, weil ich nur an mich denke, wo ihre Mutter doch krank ist. Das mit den Hasenzähnen ist jetzt vielleicht nicht das richtige. Irgendwas muß ich sagen. Ich verstehe überhaupt nicht, was in ihr vorgeht. Ob das überhaupt stimmt mit ihrer Mutter?

«Vielleicht sollen wir morgen nacht nach Dresden?» sage ich.

«Ohne Geld?»

«Ich hab eine Sicherheitsnadel. Wenn man sich damit den Jackenärmel zumacht, kann man im Laden was zu essen drin verstecken.»

Ich ziehe mir vor dem Bungalow die Sachen wieder aus, den Schlafanzug habe ich ja schon an. Ich schleiche mich rein und überlege, wie ich möglichst geräuschlos die Leiter vom Doppelstockbett hochsteigen kann. Als ich das Sachenbündel ablegen will, fällt mir etwas Schweres aus der Hosentasche. Mir bleibt fast das Herz stehen, aber die Fischbüchse landet gar nicht auf dem Boden, Wolfgang hat sie aufgefangen.

«Bist du schon wach?»
«Bei mir schläft immer nur eine Gehirnhälfte.»
«Ich war auf Toilette.»
«Nykturie?»
«Was?»
«Ach so, du willst ja auf die *Mathe*schule ...»
«Verpetzt du mich?»
«Was soll ich denn sagen?»
«Weiß ich nicht. Was weißt du denn?»
«Ich weiß, daß ich nichts weiß.»
«Versprichst du mir, daß du nichts sagst?»
«Nur, wenn du mich Großwesir nennst.»

31 Vielleicht wollen uns die Leiter nicht verunsichern, deshalb wird einfach mit dem Plan weitergemacht. Wir bestehen darauf, daß unsere Nachtwanderung stattfindet, wozu haben wir sonst die Taschenlampen mit? Manche haben den Stiel ihrer Artas-Taschenlampe mit einem zweiten Stiel verlängert, so daß noch mehr Batterien reinpassen und das Licht heller wird. Marko hat eine flache Armee-Lampe, bei der man drei bunte Folien vor die Birne schieben kann. Meine Taschenlampe habe ich von meinem Vater, sie ist ziemlich alt, und es steht «Daimon» drauf. So hieß die Artas-Fabrik früher, als meine Mutter noch Studentin war und für diese Firma im Ferienlager gearbeitet hat. An einem Abend ist sie mit dem Fahrrad 20 Kilometer nach Arnstadt und wieder zurück gefahren, um im Kino den Film «Die Frau meiner Träume» mit «Marie Karöck» zu sehen.

Es wird immer unangekündigt gewandert, in irgendeiner Nacht gibt es Feueralarm, alle rennen auf die Wiese, Kompaß und Sani-Tasche werden verteilt, und dann geht es gruppenweise in den Wald. Wir bekommen einen Tip und legen uns mit Sachen schlafen. Taschenmesser und Taschenlampen griffbereit. Als die Sirene heult, wissen wir, weshalb, aber es ist trotzdem sehr beängstigend, ein bißchen wie im Krieg.

Es ist derselbe Wald wie am Tag, derselbe Weg, aber jetzt ist es so dunkel, daß wir uns ganz nah an Jörg halten. Der Wald ist wie ein großes Lebewesen, in dessen Bauch man sich bewegt, es darf uns nicht bemerken. Im Dunkeln kämpfen die bösen Geister mit unseren namenlosen Beschützern. Es ist völlig offen, wer gewinnt und ob unser letztes Stündlein geschlagen hat. Man darf auf keinen Fall den Glühwürmchen folgen, die führen einen sonst ins Moor, wo man die Leichen aufwecken würde.

Immer, wenn man sich umdreht, haben sich die Monster schnell hinter den Stämmen versteckt, und nichts bewegt sich. Ich glaube ja an Gott, deshalb kann mir eigentlich nichts passieren, außer, wenn es ihn nicht gibt. Aber wenn er zeigen will, daß er unparteiisch ist und alle Menschen gleich liebt und gerade deshalb einen Gläubigen opfert, um die Ungläubigen zu überzeugen? Ist da irgendwo eine Hand zu sehen? Mit roten Fingernägeln? Ich singe im Kopf: Tomatensalattomatensalattomatensalattomatensalat ... Als könnte einem nichts Schlimmes passieren, solange man sich albern benimmt.

Wir orientieren uns mit dem Kompaß und Marschrichtungszahlen. Ameisen bauen ihre Haufen meistens auf der Südseite der Bäume. Ameisen, die Polizei des Waldes. Jörg muß uns von der See erzählen, und wie er einmal in Rotterdam Landgang hatte. Hat er Arbeitslose gesehen? Würde er in den Westen abhauen? Aber das geht sicher gar nicht mit Gipsarm? Gibt es noch Piraten? Und Fliegende Fische? Mußte er Senf trinken bei der Äquatortaufe? Hatten sie schon mal einen blinden Passagier?

«Stimmt es, daß die Erde rund ist?»

«Logisch ist die rund, das sieht man doch am Globus.»

«Ich kann mir das irgendwie gar nicht vorstellen, daß sich die Erde jetzt gerade dreht, mit uns drauf. Da müßte man doch eigentlich immer so im Fahrtwind stehen, wie wenn man sich aus dem Zug hängt.»

«Kolumbus war gar nicht der erste Mensch in Amerika, das war ein Wikinger, Erik der Rote.»

«Erich der Rote?»

«Habt ihr auch einen Anker gehabt, Jörg?»

«Unten im Schiff drin sammelt sich die ganze Pisse.»

«Quatsch, die wird doch ins Meer gekippt.»

«Ih, und da badet man dann drinne.»

«Und wenn einer stirbt, wird der Sarg versenkt.»

«Ich will auch Seemann werden, da kann man in einer Hängematte schlafen.»

«Da muß man voll viele Knoten können.»

«Bleibt mal stehen, ich hab was gehört ...», sagt Jörg.

Wir verstummen.

«Seid ihr schreckhaft ...», sagt Jörg und lacht. Jetzt komme doch erst die eigentliche Mutprobe. Er werde ein Stück vorausgehen, und wir sollen ihm einzeln folgen. Oder wolle wer kneifen? Wollten wir uns lieber doch als Micky Maus verkleiden?

Ist das nicht der «Silberweg»? Dürfen wir denn da langgehen? Jörg steigt über den Zaun und verschwindet in der Dunkelheit. Jetzt können wir weder vor noch zurück. Eike meldet sich als erster. Daß ausgerechnet Eike so mutig ist? Ohne sich noch einmal nach uns umzudrehen, macht er sich auf den Weg. Ich beneide ihn, daß er es schon hinter sich hat. Ich bin aber auch ein bißchen neugierig auf die Gefahr, man will doch wissen, wie sich das anfühlt. Nach und nach schrumpft die Gruppe der Übriggebliebenen. Im Grunde braucht man jetzt mehr Mut, als wenn man schon weg wäre. Ich will nicht als letzter hier stehen, vielleicht bin ich hinter dem Zaun sicherer, ich bekomme plötzlich Panik, daß ich noch nicht drüben bin.

Von dem, der irgendwo vor mir läuft, kann ich nichts sehen. Es ist aber gar nicht so dunkel, obwohl Nacht ist, man sieht durchaus noch seine Hand vor Augen. Mir ist aber, als würde ich in einen Abgrund fallen, wenn ich einen Schritt vom Weg abkomme. Ich versuche, an etwas Komisches oder Normales zu denken. Ich müßte mehr Gedichte auswendig wissen. Als Oma Rakete ins Gefängnis kam, weil man ihr als Leiterin der christlichen Bahnhofsmission Spionage vorwarf, haben ihr die Gedichte sehr geholfen, die sie sich in der Zelle aufsagen konnte. Das haben unsere Eltern uns immer klarzumachen versucht, daß man deshalb Gedichte lernen sollte, falls man einmal im Gefängnis sitzt. Ich stelle mir das eigentlich gar nicht so schlimm vor im Gefängnis, solange man Bücher lesen darf, von Karl May gibt es doch noch ungefähr hundert, die ich nicht kenne. Daß man wenig Platz hat, müßte auch auszuhalten sein, wir haben uns ja jahrelang ein Kinderzimmer geteilt.

«Ich ging im Walde so für mich hin ... Und nichts zu suchen, das war mein Sinn ...» Auf Boviste *soll* man ja treten. Ich kann kaum atmen vor Angst. Aber wovor fürchte ich mich denn? Eigentlich doch nur vor Menschen. Wenn mir jetzt ein Fallschirmspringer begegnen würde? Von hinten ein Messer in die Nieren? Er darf mich nicht für einen Feind halten. «Ich bin doch noch ein Kind», muß ich denken. Vor Kampfschwimmern dürfte man ja hier sicher sein. Zur Not habe ich einen aufgesparten Silvester-Knaller dabei. Danach könnte ich den anderen nur noch mit der Taschenlampe blenden. Über mir der Sternenhimmel. Der Große Wagen. Das war eine der Enttäuschungen im Leben, daß oben gar kein richtiger Wagen zu sehen war, sondern daß die Sterne gemeint waren, zwischen denen man in Gedanken Verbindungslinien ziehen mußte, ohne daß sich daraus ein richtiger Wagen ergeben hätte. Ein Erwachsener würde jetzt bestimmt denken: Was für eine schöne Nacht, was für ein schöner Sternenhimmel, dafür haben Kinder noch keinen Sinn. Wenn ich die Taschenlampe auf den Weltraum richte und SOS blinke, dann wird es in Milliarden Jahren irgendwo empfangen werden. Ein Spritzer Licht, der bis in alle Ewigkeit weiterfliegt. Hinter den Wänden des Universums kommen Gebilde, die Quasare heißen, das habe ich einmal gelesen. Und *da*hinter? Andersrum gibt es neuerdings Quarks. Vielleicht sollte ich Astronom werden. Mit einem Fernrohr so weit gucken, bis irgendwo einer zurückguckt.

In die Rinde mancher Bäume ist ein bestimmtes Muster gekratzt, Harz wird geerntet und tropft in Töpfchen, daraus werden dann mal Fahrradreifen. Es raschelt, ich bleibe stehen und halte den Atem an. Wartet da wer, daß ich weitergehe, um selber weiterzugehen? Jetzt raschelt es auch an anderen Stellen, das sind wohl Mäuse im trockenen Laub. Ich mache kurz die Augen zu, ob ich in der Dunkelheit überhaupt einen Unterschied bemerke. Ob es besser ist, von Geburt an blind zu sein oder wenigstens noch eine Weile gesehen zu haben? Wenn man blind ist, muß man lernen, daß auf dem Teller bei «halb 3» die Erbsen liegen. «Die Männer von der 3-Punkt-Bande» sagen wir immer, wenn jemand eine gelbe Armbinde trägt. Das ist gemein, aber leider auch sehr lustig.

Wenn ich jetzt der letzte Mensch bin, weil eine Neutronenbombe gefallen ist und ich als einziger überlebt habe? Dann müßte ich mit der Taschenlampe Motten fangen und verspeisen. Wenn meine Streichhölzer alle wären, würde es vielleicht noch an der ewigen Flamme in Berlin Feuer geben. Da warten wir immer auf die Wachablösung. Die beiden Soldaten rechts und links vom Eingang stehen auf einem Klingelknopf, damit sie genau gleichzeitig das Gewehr in die andere Hand nehmen können. Kann man mit dem Bajonett wirklich jemanden erstechen? Die müssen stundenlang stillhalten und dürfen keine Miene verziehen. Fratzen schneiden, sie zum Lachen bringen, das anspruchsvollste Publikum, das man sich denken kann. «Meiner hat gegrinst!» ruft mein Bruder von der anderen Seite. Die Wachablösung im Stechschritt, jede Richtungsänderung im Winkel von 90 Grad. Das muß man natürlich auch mal probieren, die Beine so hochzuwerfen. In einem durchsichtigen Kristallwürfel lodert das Feuer. Daß das nie ausgeht und in alle Ewigkeit brennt. «Ewig», das ist ja wohl so etwas wie «für immer». Also auch lange, nachdem man selber tot wäre? Ich hätte gerne die weißen Handschuhe von den Soldaten, die sehen aus wie für Break Dance.

Ein Hochstand, um die gibt es sonst immer Streit zwischen uns Brüdern. Die sind nie besetzt, man weiß nicht, wann Jäger eigentlich arbeiten. An der Kante von der

Luke sind immer solche Kerben für die Gewehrläufe, für jede Richtung, damit man besser zielen kann. Plötzlich trifft mich ein Schlag auf den Kopf, ich weiß nicht, woher, und ducke mich. Die Stelle blutet nicht, so stark war der Aufprall gar nicht, es war vielleicht nur ein Kienapfel. «Hierher, du Gödel!» Die Stimme kommt vom Hochstand, es ist Wolfgang. Ich klettere die Leiter hoch. Leider liegt im Häuschen kein Gewehr, es gibt nur eine Sitzbank, eine leere Bierflasche und eine Fischbüchse mit Zigarettenstummeln. Ich wollte als Kind immer Kranführer werden, dann hätte man auch so eine Kabine für sich.

«Hast du das geworfen?»

«Weil du so blind bist.»

«Hast du keine Taschenlampe?»

«Nein, ich orientiere mich an den Sternen.»

Wir warten auf die nächsten. Wenn Holger kommt, könnten wir meinen Knaller werfen. Aber vielleicht würde Wolfgang das kindisch finden.

«Hast du keine Angst?»

«Man hat doch nur Angst vor seinen eigenen Phantasien. Die Wahrscheinlichkeit, daß dir jemand im Wald begegnet und sich nicht zu Tode erschreckt, sondern dir die Kehle durchschneidet, ist äußerst gering.»

Wir sehen Dennis vorbeilaufen. Ich habe ihn bis jetzt noch nie wirklich beobachtet. Es kommt mir so vor, als würde ich ihn plötzlich als Menschen sehen, sofort tut er mir leid.

«Was willst du eigentlich mal werden?» frage ich Wolfgang.

«Willst du mich verarschen?»

Anscheinend habe ich wieder etwas Falsches gesagt, aber ich weiß nicht einmal, was daran falsch war.

«Na, was du mal studieren willst.»
«Ich will nicht studieren.»
«Aber was willst du später machen?»
«Mit einer Waffe nachts durch den Wald wandern, bis in alle Ewigkeit.»
«Wieso denn mit einer Waffe? Ich denke, du hast keine Angst?»
«Als Notausgang.»
Wir schweigen wieder. Ich finde das sehr unangenehm, meine Mutter macht immer überbrückende Geräusche, wenn bei Tisch zu lange geschwiegen wird. Ich grüble angestrengt, um in meinem Kopf irgendeinen Gedanken zu finden, der für ihn interessant sein könnte. Aber was bei anderen sicher gut ankommen würde, scheint mir für ihn schon vorher nicht geeignet.
«Und was treibt dich eigentlich an?» fragt er mich.
Was mich antreibt? Ich weiß es gar nicht. Daß immer möglichst viel Zeit bleiben soll, bis die Zukunft beginnt?
Der nächste nähert sich. Ich zeige Wolfgang meinen Knaller. Er lacht, mit einem Geräusch wie ein Trabi-Anlasser, seltsamerweise findet er diese Idee nun gerade äußerst komisch. Er zieht den Knaller über die Reibefläche einer Streichholzschachtel. Dann hält er ihn in der Hand, ich habe Angst, daß er nicht weiß, was er tut, und rücke ein Stück weg. Der Knaller brennt und versprüht Funken, Wolfgang hält ihn aber so tief, daß von unten nichts zu sehen ist. Schließlich wirft er ihn nach Holger, der Knaller explodiert noch in der Luft, und Holger stößt einen spitzen Schrei aus, wie mit einer anderen Stimme, die der Körper nur für solche Gelegenheiten bereithält. Dieses Geräusch ist eigentlich verstörender und beängstigender, als es irgendwelche Geister sein könnten. Wir kriegen so einen Lachanfall, daß wir die Leiter vom Hochstand halb

hinunterfallen. Auf dem Weg taumeln wir vorwärts und krümmen uns immer wieder vor Lachen, wie nach einem Bauchschuß. Meine Beine sind nicht mehr in der Lage, mich zu tragen, ich falle ins Gebüsch, das knackend nachgibt, bis ich weich liege. Kassiopeia erkenne ich auch noch, das ist ein «W». Der Vorname von Oma Raketes Bruder fing mit «W» an, und er hatte mit seiner Frau ausgemacht, daß sie nachts immer zu einer bestimmten Zeit zu Kassiopeia gucken, als er in der russischen Kriegsgefangenschaft war. Ich könnte mit Wolfgang auch so etwas ausmachen, ich muß ihm ja nicht verraten, daß die Idee nicht von mir ist.

Beim Aufstehen sehe ich einen Mistkäfer, der auf dem Rücken liegt und verzweifelt mit den Beinen rudert. Ich drehe ihn um, das würde mir Peggy bestimmt hoch anrechnen.

32

«Stell dir mal vor, es ist nichts mehr da, wenn wir nach Hause kommen, daß unsere Heimat nicht mehr existiert», sagt Peggy.

«Das hab ich mal bei ‹Raumschiff Enterprise› gesehen, da war die Erde vom Atomkrieg zerstört, als sie nach vielen Jahren nach Hause wollten.»

«Ich stell mir vor dem Einschlafen immer meine Beerdigung vor, wie alle traurig sind, weil ich ihnen plötzlich so leid tue und es zu spät ist, sich bei mir zu entschuldigen.»

«Meine Mutter sagt immer: Ihr werdet noch an meinem Grab weinen. Wie lange willst du denn noch hier oben bleiben?»

«Bis es mir wieder gefällt.»

«Und wenn du wiederkommst? Was willst du dann sagen?»

«Keine Ahnung.»

«Du kannst ja sagen, du bist entführt gewesen und darfst deine Entführer nicht verraten, weil sie uns allen sonst den Garaus machen.»

«Wollen wir bei der Abschlußdisko zusammen tanzen?»

«Ich kann doch gar nicht tanzen.»

«Das kann ich dir zeigen.»

«Du kannst doch auch nicht tanzen.»

«Wieso?»

«Na, weil du nie tanzt.»

«Klar kann ich tanzen.»

«Und warum tanzt du dann nie?»

«Weil mich keiner auffordert.»

«Wenn du mir Tanzen zeigst, zeig ich dir Vorhand.»

«Man muß eigentlich nur im Rhythmus hüpfen.»

Sie stellt sich neben mich, nimmt meine Hand, und wir hüpfen. Sie lacht wieder wie ein Meerschweinchen.

«Du siehst aus wie von der ‹Augsburger Puppenkiste›.»

«Tanz ich schon?»

«Eigentlich schon.»

«Wirklich? Mehr muß man nicht?»

«Du kannst noch mitsingen, wenigstens die Lippen bewegen.»

«Das mach ich immer im Musikunterricht.»

Wir setzen uns hin und schnappen nach Luft.

«Weißt du, woran ich denken mußte, als wir das Holz gesammelt haben?» fragt Peggy. «Als mein Opa vor dem Zweiten Weltkrieg auf dem Bahnhof in Dresden meine Oma gesehen hat, hat er sie gefragt: ‹Fräulein, darf ich ihre Kiepe tragen?› Und dann haben sie geheiratet. Warst du schon mal verliebt?»

«Ich weiß nicht. Woran merkt man das denn?»

«Dann warst du noch nicht verliebt.»

«Wenn man jemanden liebt, muß man ihn ja auch noch lieben, wenn er durch einen Unfall querschnittsgelähmt ist, und auch noch, wenn ihm ein Ziegelstein auf den Kopf gefallen ist und er einen nicht mehr erkennt. Man kann doch dann nicht aufhören, ihn zu lieben, sonst müßte man immer ein schlechtes Gewissen haben, daß man den anderen gerade dann im Stich gelassen hat, als er einen am nötigsten gebraucht hat. Warum weinst du denn? Was ist denn?»

«Nichts.»

«Hab ich was gemacht?»

«Nein, das ist nur alles so traurig. Mir tun die Schnekken leid, die ihr ins Feuer werfen wollt.»

«Du darfst nicht immer so viel weinen.»

«Es tut aber gut. Manchmal, wenn ich weinen will, stelle ich mir vor, wie die Urmenschen ein Mammutbaby in eine Falle locken und mit Steinen bewerfen, bis es tot ist. Wenn man auf dem Rücken weint, kullern einem die Tränen in die Ohren.»

«Hast du deshalb wegen dem Vogel geweint? Weil dir Tiere so leid tun?»

«Ja, der hat doch noch gelebt.»

«Und bei einer Spinne, würdest du da auch weinen?»

«Natürlich.»

«Hast du keine Angst vor Spinnen?»

«Doch. Aber man darf doch kein Lebewesen töten, nur weil es bequemer ist.»

«Willst du mal im Tierpark arbeiten?»

«Nein, da sind die Tiere doch eingesperrt. Aber ich würde gerne mal die Nase von einem Löwen anfassen.»

Ich erinnere mich, daß ich eine Zeitlang «Verhaltensforscher» werden wollte, als ich von der Existenz dieser Forschungsrichtung gehört hatte. Ich stellte es mir einerseits aufregend, andererseits aber auch nicht allzu anstrengend vor, Tiere zu beobachten. Man konnte dann in einem nächsten Schritt vielleicht auch das Verhalten der Menschen erklären. Wahrscheinlich wollte ich nur einen Beruf, den möglichst wenige andere hatten.

Es macht Spaß, mit Peggy zu reden, das, was ich noch sagen will, staut sich immer schon in meinem Kopf. Mir tut schon die Zunge weh. Ist das jetzt ein besonders schöner Moment im Leben? Oder war es ein paar Sekunden vorher noch schöner? Der Moment ist ja eigentlich schon vorbei, wenn man auf ihn achtet. So etwas darf ich doch in so einem Moment gar nicht denken.

«Der große Zeh sieht immer aus wie ein Fernseher», sage ich.

«Du bist ein komischer Vogel.»

Wir legen uns auf den Rücken, und ich versuche, an etwas Trauriges zu denken. Falls man einmal mit einem glühenden Messer geblendet wird, können einen Tränen retten. Meine Eltern fallen mir ein, die werden mich gar nicht wiedererkennen. Der neue Mülleimer, ich hatte mich doch so darauf gefreut. Im Kopf höre ich mich immer wieder den Satz sprechen: «Ich war so ein fröhliches Kind.»

«Früher hatte ich immer Angst, daß mir vom Streicheln an der Stelle Haare wachsen auf der Hand», sagt Peggy.

33

Unsere Gruppe läuft nach Liebstadt, zum Tischtennisturnier, bei dem wir gegen ein anderes Betriebsferienlager antreten. Dort sind nur 30 Kinder, es wirkt alles sehr ärmlich auf uns, so wenig Kinder, so feuchte Baracken. Deren Betrieb stellt bestimmt Wäscheklammern her oder so etwas wie Peggys Schmierseife. Sie sagen «Schlägo» und «Batsche» zu ihrer Kelle, das können wir gar nicht glauben. Die leben ja hinter dem Mond. Ich bin stolz auf uns, wir fühlen uns so unendlich überlegen, weil wir aus der Hauptstadt kommen. Sie verlieren ja auch in allen Wettbewerben, wir gewinnen Gold, Silber und Bronze, wie die DDR im Zweier-Bob.

Am Abend gibt es im Freibad eine Mitternachtsdisko unter freiem Himmel. Wie die hier tanzen! Das sieht so altmodisch aus! Einer mit Popper-Schnitt trägt ein braunes Hemd mit einer Lederschärpe quer über der Brust, wie von der HJ. Zwei Mädchen, die sich gegenüberstehen und sich immer auf dem Ballen in die Höhe schrauben und dabei den Oberkörper verdrehen. Manche schütteln auch den rechten Arm aus und bücken sich stufenweise tiefer, bis fast auf die Erde. Ich habe so etwas noch nie gesehen, es erinnert mich an die Tanzszene in «Raumschiff Orion». Wir brechen wie ein Modernisierungsschub in die Disko ein. Ich bin stolz auf die anderen, deren Bewegungen ich nun schon so lange studiert habe.

In der Wurstbude hängt über dem Grill ein Plakat mit einer Frau, «Miss Mai». So sah die schönste Frau der Welt vom Monat Mai des Jahres 1979 aus. Schönheitskonkurrenzen gibt es nur im Westen, bei uns würde man Frauen nicht wie Tiere behandeln. Ich kann gar nicht wegsehen, ihre Brüste sind so groß, daß es praktischer wäre, sie auf dem Rücken zu tragen. Hat die «'ne schöne Figur»? Wir warten immer, bis sich eine lange Schlange gebildet hat, dann geht einer eine Wurst kaufen, und die anderen begleiten ihn und können heimlich Miss Mai betrachten. Das Plakat ist aus dem Westen, man sieht es an den Farben und an der amerikanischen Frisur von Miss Mai, wie eine aus «Denver Clan». Außerdem gibt es Pornographie bei uns ja nicht. Das arme Mädchen ist bestimmt drogensüchtig gemacht und gezwungen worden, sich für das Foto auszuziehen. Ich schäme mich ein bißchen dafür, daß ich als Christ nicht freiwillig wegsehe.

Henriette holt mich aus der Schlange, sie hat einen Verehrer unter den Dorfjugendlichen, er hat sie zum Tanzen aufgefordert, und sie hat Angst, ihn nicht loszuwerden. Henriette hat zu Hause einen Freund, aber wir vermuten, daß sie ihn mit Wulf betrogen hat. Ich habe die beiden so vertraut im Wald sitzen sehen. Ich werde mit meiner Freundin zur Ostsee wandern, Hand in Hand, jeder auf einer Eisenbahnschiene. Die letzten Meter rennen wir, ein leerer Strand, kein Mensch weit und breit. Ich sehe alles genau vor mir, nur das Gesicht des Mädchens ist ein verschwommener Fleck.

Ich soll mit Henriette tanzen, um ihren Verehrer abzuwimmeln. Ich kann doch gar nicht tanzen. Sie läßt aber nicht locker. Hoffentlich ist es nicht Ingo. Sie zieht mich an der Hand auf die Betonfläche, wo man sich zwischen die anderen drängeln muß. Von hier sieht alles ganz anders aus, man ist den anderen plötzlich so nah. Man fühlt sich irgendwie zusammengehörig. Das Pflaster der Tanzfläche kenne ich aus Berlin, die großen, rechteckigen Steine, von denen manche eine leicht rötliche Farbe haben, wodurch sich ein Muster ergibt. Die Steine eignen sich gut, wenn man beim Gehen nicht auf die Linien treten will. Die anderen scheinen es völlig normal zu finden, daß ich auch hier auftauche. Mein Körper ist ganz steif, ich fühle mich wie ein Pflaumenmännchen. Soll ich erst mal im Rhythmus hüpfen? Es ist so eng, daß man sofort Ellbogen in den Rücken bekommt. Man muß sich bewegen, um den anderen auszuweichen und einer Lücke zu folgen, die wie eine Luftblase weiterwandert. Der Himmel, die Sterne, ob Oma Rakete mich jetzt sieht? Als das Lied zu Ende ist, warte ich ungeduldig auf das nächste, die Pause stört, man möchte gleich weitermachen, damit man es nicht wieder verlernt. Ich kann es gar nicht glauben, Mischen, Käuzchenruf, Fliegenfangen und jetzt auch noch Tanzen, ich habe in so kurzer Zeit so viel gelernt wie noch nie im Leben. Ich bin stolz, daß ich Henriette beschützen soll. Sie ist schon Studentin, das sind die Jugendlichen, die nach Prag trampen, mit einer Mundharmonika am Gürtel, für lange Nächte auf der Karlsbrücke. Ich habe ein schlechtes Gewissen, daß ich mich ohne Peggy so wohlfühle.

Weil es nach Regen aussieht, machen wir uns auf den Rückweg. In der Dunkelheit halten wir uns nah am Straßenrand. Seltsam, daß man nachts so munter wird, alles ist viel schöner und aufregender, eigentlich müßte immer Nacht sein. Ich gehe neben Henriette, und wir reden über die Beatles. Sie weiß, daß bei denen gar nicht immer der gleiche singt, dabei hört man doch gar keinen Unterschied. Mein Lieblingslied ist «Rocky Raccoon», das kennt sie nicht. Ich habe bei der Platte, die eigentlich meiner Schwester gehört, schon x-mal den Anfang vom Lied abgespielt, um zu versuchen, den Text genauso schnell mitzusprechen wie der Sänger. Das klingt so westernmäßig lässig. Wenn man Englisch könnte, es wäre ja schon interessant, einmal zu wissen, was sie eigentlich sagen in den Liedern.

«Was meinst du eigentlich, wo Peggy ist?» fragt mich Henriette.

«Wieso?»

«Vielleicht haben wir nicht gründlich genug gesucht?»

«Mir hat sie gesagt, sie fährt zu ihrer Mutter.»

«Und warum sollte sie das ausgerechnet dir sagen?»

«Weil sie bei mir im Krankenzimmer war.»

«Und warum sollte sie ausgerechnet dich besuchen im Krankenzimmer?»

«Weiß ich doch nicht.»

«Warst du schon mal verliebt?»

Ich bekomme einen Schreck. Warum fragt sie mich das? Kann sie Gedanken lesen? Wie soll ich darauf antworten? Ich habe Angst, daß sie sich in mich verliebt haben könnte.

«Ich weiß nicht. Woran merkt man das denn? Außer, daß man es dann eben weiß ...»

«Wenn deine Brille beschlägt.»

«Ich hab doch keine Brille.»

«Dann mußt du deinen Puls messen, wenn du an das Mädchen denkst.»

«Ich dachte, man muß auf so ein Spezialpapier pinkeln.»

Es regnet heftig, und wir sind schnell durchnäßt. Manchmal flackert der Himmel hell, und es donnert wenig später. Ein Auto kommt uns entgegen, die Scheinwerfer blenden. Es ist der Fahrer, er holt uns mit seinem Barkas ab, so einem, wie sie auch als Krankenwagen oder als Begleitfahrzeug bei der Friedensfahrt benutzt werden. Man hat uns mal wieder gerettet, im Faradayschen Käfig sind wir sicher. Ein paar kommen auf die Rückbank, ein paar in den Kofferraum. Beim Losfahren öffnet sich die Kofferraumtür, und Dennis fällt raus, alle lachen, was für ein Stunt! Die Mädchen singen: «*Lenchen ging mit 14 Jahren in den tiefen Wald, ihr Verfolger war ein Jüngling, 19 Jahre alt. Ja, ja, ja, ach ja, es ist traurig, aber wahr, denn, denn, denn, ja denn, sie war erst 14 Jahr.*»

Es ist so eng, daß ich zwischen Henriettes Beinen sitze und sie mich von hinten umarmt. Ich bemühe mich, nicht die Haut ihrer nassen Oberschenkel zu berühren, aber sie nimmt meine Hände und legt sie sich auf die Knie. Wegen der Dunkelheit kann es keiner sehen. Ich versuche, die Bewegungen des Autos auszugleichen und die Hände ruhig zu halten, damit der Druck der Berührung sich nicht verändert, weil es sonst so aussieht, als würde ich sie anfassen oder als würde ich merken, daß es peinlich ist, und meine Hände von ihren Beinen lösen.

34

«Was ist denn?»

«Nichts.»

Wir sitzen auf der braunen Decke und schweigen. Ich weiß nicht, was ich sagen soll. Es wird immer bedrückender, je länger man wartet. Sie ist plötzlich ganz anders zu mir, als hätte *ich* ihr die Haare abgeschnitten.

«Was ist denn?»

«Das interessiert dich doch gar nicht.»

«Wieso denn?»

«Das merke ich.»

«Was denn?»

«Ist doch egal.»

«Tanzen wir morgen?»

«Du mußt das nicht sagen.»

«Aber ich will doch.»

«Das sagst du nur, weil du denkst, ich bin eingeschnappt.»

«Warum bist du denn eingeschnappt?»

«Bin ich gar nicht. Es ist nur alles so traurig.»

Wenn ich sie jetzt küsse, sind wir ein Paar und müssen es vor allen anderen zugeben. Das ist dann passiert, man kann dann die Zeit nicht mehr zurückdrehen. Im Film pressen sie immer so die Gesichter aufeinander, daß man gar nichts mehr von den Mündern sieht, und machen kreisende Bewegungen mit der Nase. Oder der Mann nimmt den Arm der Frau und küßt sie von der Hand immer höher bis dorthin, wo der Stoff anfängt. Oma Rakete hat dann immer vom Stricken aufgeschaut und gesagt: «Jetzt küssen 'se sich.»

«Peggy?»

«Ja?»

«Ich glaube, das wird klappen morgen. Du mußt nur im richtigen Moment auftauchen. Die werden so erleichtert sein, daß keiner mit dir schimpft.»

«Die werden mich alle hassen.»

«Ist doch egal, du siehst sie doch nie wieder. Und nach Hause können sie dich auch nicht mehr schicken. Wir warten einfach den richtigen Moment ab. Erst mal tanzen die Leiter in Ballettkostümen mit Spitzenhäubchen und weißen Strümpfen den Tanz der Schwäne aus ‹Schwanensee›. Wo die so vom Rand in die Mitte hüpfen und sich an den Händen fassen und Standwaage machen und dann in einer Reihe diesen Spitzentanz. Die Beine von denen sehen immer so seltsam knollig aus in den weißen Strumpfhosen.»

«Und dann kommt ein Kamel aus Decken rein, und der unbeliebteste Leiter muß sich drunterlegen und bekommt einen Eimer Wasser ins Gesicht, weil das Kamel gepinkelt hat.»

«Und dann ‹Stadtführung›, wo die immer den Kopf in die Richtung von den Sehenswürdigkeiten drehen, und die Hände sind mit Kohle eingeschmiert.»

«Und dann werden die ‹Liebespaare› verheiratet. Als letztes Heike und der Rettungsschwimmer.»

«Letztes Jahr hat sie gesagt: ‹Und wann kann man sich wieder scheiden lassen?›»

«Der arme.»

«Dann singen die Mädchen: ‹*Rotlackierte Fingernägel und ein Paar Boogie-Woogie-Schuh, ein kariertes Miniröckchen, das gehört dazu …*› Am Ende muß Dennis das ABC ins Mikro rülpsen. Aber ausgerechnet morgen würgt er nur verzweifelt und kriegt es nicht hin. Bei der Disko öffnet sich plötzlich die Tür, allen bleibt der Mund offen stehen, weil du erscheinst, diesmal aber nicht als Micky Maus, sondern schön wie eine amerikanische Schauspielerin. Du bist ja wieder da? Wo warst du denn die ganze Zeit? Ich fordere dich auf, und du antwortest in perfektem Hochdeutsch. Wir tanzen zusammen, ich kann sogar Stepptanz. Die Tür geht wieder auf, jetzt sind wir selber erstaunt, Wulf und Rita! Sie haben Geschenke mitgebracht, Luftschokolade und Waldmeistereis. Gott sei Dank ist der Spuk vorbei, alles ist wieder wie immer. In vier Jahren kommen wir alle als Leiter, und wenn wir Kinder haben, werden die in unseren Bungalows in unseren Betten schlafen und alles erleben, was wir auch erlebt haben.»

35

Ich sitze im Auto und starre in die Ferne. Es riecht nach Benzin und Schmieröl, ich habe Angst, daß mir schlecht wird. Die Tachonadel steht kurz vor der 100. Ich habe mir immer gewünscht, wenigstens einmal im Leben 100 km/h zu fahren, wie sich das wohl anfühlt? Meine Eltern starren auf die Straße und schweigen. Vielleicht haben sie sich gestritten. Weil der Brief eben nicht «am» Spiegel war, wie meine Mutter gesagt hat, sondern «unterm» Spiegel. Ich muß mir immer wieder vorstellen, wie sich meine Mutter zu mir umdreht und sagt: «Wir lassen uns scheiden.» Im Film wird Kindern so etwas in einem ernsten Gespräch mitgeteilt, mit der Versicherung, daß sich für sie gar nichts ändern wird. Sie bekommen ein Stofftier geschenkt, das sie sich immer gewünscht haben, über das sie sich aber nicht mehr richtig freuen können. Mit solchen Kindern will dann keiner spielen, höchstens ein anderes Scheidungskind, obwohl die meistens zu gestört und bockig sind, um sich wenigstens untereinander anzufreunden.

In meinem Kopf höre ich immer noch den schrillen, nicht abreißenden Klang hunderter Kinderstimmen, manchmal sehe ich ganz deutlich ein Gesicht vor mir, aber warum gerade dieses? Es fühlt sich seltsam an, daß ich nicht mehr in Schneckenmühle bin, heute früh war ich noch dort. Daß man immer nur das erlebt, was man selbst erlebt, aber daß überall sonst auch etwas stattfindet. Es ist so heiß, daß mein Arm am Kunstleder der Armstütze festklebt. «Hattest du eine Freundin?» Die Frage meiner Mutter macht mich aggressiv. Als wenn das alles so einfach wäre. Die anderen spielen jetzt Tischtennis um die grüne Platte unter dem Scheunenvordach, wo es so schön nach Holz riecht. Ich stelle mir vor, wie ich unbemerkt aus dem Auto gleite, mich in den Graben rollen lasse und zurück nach «Schneckenmühle» wandere. Wir könnten uns verbarrikadieren oder mit einem Spiegelsystem tarnen. Jeder würde eine Aufgabe übernehmen, je nachdem, was er besonders gut kann. Ich könnte mich um den Computer kümmern und mich irgendwie einhacken, so daß wir für die Geheimdienste unsichtbar wären und unendlich viel Geld hätten. Wir würden für immer im Ferienlager bleiben.

Ich war zu Gaby gerufen worden, ins Lagerleiterbüro. Hatte ich wieder etwas Falsches geschrieben? Oder hatten sie rausgefunden, daß ich wußte, wo Peggy war? Aber dann saßen meine Eltern da. Ich hatte ein schlechtes Gewissen, weil es mir peinlich war, sie hier im Ferienlager zu sehen. Sie paßten irgendwie nicht hierher. Mein Vater hatte eine neue Brille mit Stahlgestell, und meine Mutter war beim Friseur gewesen. Gaby war ganz blaß, weil sie Neuigkeiten von Peggys Mutter hatte. Ich mußte ihr irgendwie eine Nachricht hinterlassen, aber ich konnte sie ja nicht verraten. Ich holte meinen Koffer aus dem Bungalow. Alle gaben mir die Hand. Hiroshima-Holger sagte: «Du Satansbraten.» Ich konnte in dem Moment kaum atmen vor Stolz. Die kleinen Mädchen, denen ich Spitznamen gegeben hatte, guckten ganz traurig. Ich war ihr Held, aber draußen wußte das niemand.

Wir standen schon am Auto, da kam Jörg und brachte mir das Geld, das am Anfang von Wulf eingesammelt worden war, jeder hatte ja nur 10 Mark behalten dürfen.

«Hast du 'n Stüft? Darf ich dir noch was auf den Gipsarm schreiben?»

Sein Gips war schon vollgeschrieben wie eine Klotür. Nur an einer Stelle war noch Platz. In großen Buchstaben stand dort: «PAPAGENA». Ich schrieb darunter: «PAPAGENO».

Der Wartburg sprang an, und wir fuhren auf der Chaussee am Lager vorbei, noch konnte ich die Bungalows am Waldrand sehen, dann das Schwimmbecken. Ich hatte das Gefühl, daß meine Eltern gar nicht wußten, wer ich war, weil sie die letzten Wochen nicht miterlebt hatten. Es hatte gar keinen Sinn, ihnen davon zu erzählen, weil es nicht möglich war, alles genau so zu beschreiben, wie es gewesen war. Auf der Wiese hinter dem Lager war das Holz für das Feuer aufgeschichtet, wie ein großes Indianerzelt, heute abend würde es brennen. Eike würde mit strahlendem Gesicht Hocker aus unserem Bungalow anschleppen, um sie ins Feuer zu werfen, und Jörg würde ihn gerade noch davon abhalten können. Ich tat mir plötzlich so leid, daß ich das verpassen würde, mir war, als würde Gott ganz traurig werden, wenn er davon erführe. Ob sich wieder alle an der Weltzeituhr treffen würden?

Meine Mutter reicht mir ein Nimm2. Ich verstehe nicht, wie das gehen soll, daß man immer zwei nimmt, dann muß man ja nach jedem Mal noch einmal doppelt so viele Bonbons nehmen und immer so weiter. Der Bonbon schmeckt, als würde man durch eine Wolke aus Orangensaft schweben. In der Hosentasche habe ich eine angebrochene Pfeffi-Packung. Es hätte gar keinen Sinn, meinen Eltern davon zu erzählen, wie Dennis mit Zombie-Zähnen aussah, sie haben es ja nicht gesehen. Es ist so traurig, daß mich zu Hause keiner versteht, sie wissen ja nicht mal, daß ich Auto fahren kann. Die kleinen, von meinen Händen klebrigen Pfeffis tun mir plötzlich leid. Ich pule mein Pflaster ab und reibe mit dem Finger an der Warze. Die Haut löst sich, darunter ist alles glatt. Das macht mich irgendwie noch trauriger. Ich weiß nicht mal ihren Nachnamen.

Ich wollte doch immer ins Ausland. In Ungarn gibt es Berge von Wassermelonen und Danone-Joghurt, ganz normal in der Kaufhalle. Meine Eltern sind noch angespannter als sonst im Auto, Autofahren ist ja gefährlich, man kann jedesmal froh sein, wenn man mit dem Leben davonkommt. Sie wollen mir später etwas Wichtiges erklären, wenn wir eine Rast machen. Ob sie sich doch scheiden lassen?